JN131918
The Berserker
Rises to Greatness.
黒の召喚士 17
迷井豆腐
Illustration
ダイエクスト、黒銀(DIGS)

「巌窟観音（ケイブカンノン）」
舞台と融合するかのように現れた
神々しい巨大ゴーレムは、
空に居るバッケへと視線を移し——
無数の拳骨（げんこつ）による殴打を開始した。

リオン Lion
リオンが紫電の巨番犬(ギガスケラウノス)を、ラミが雷神雲(トールモールン)を手元に全て引き寄せ、
その雷の形を別のものへと変えていった。
言うなればそれは、電気で形成された巨大な球体だ。
「――電磁双星(マグネティックノヴァ)!」
ラミ Rami

「滅火飛爪（タロンレゲン）」

途切れる事のない斬撃の豪雨――
隙間のない赤壁とも呼べる代物が、
キッチリ舞台上全範囲に限定して降り注ぐ。

バッケ Backe

グラハム Graha

学園戦線

黒の召喚士 17

迷井豆腐

黒の召喚士

The Berserker Rises to Greatness.

登場人物

ケルヴィン・セルシウス

前世の記憶と引き換えに、
強力なスキルを得て転生した召喚士。
強者との戦いを求める。二つ名は『死神』。

ケルヴィンの仲間達

エフィル

ケルヴィンの奴隷でハイエルフの少女。
主人への愛も含めて完璧なメイド。

セラ

ケルヴィンが使役する美女悪魔。かつての魔王の
娘のため世間知らずだが知識は豊富。

リオン・セルシウス

ケルヴィンに召喚された勇者で義妹。
前世の偏った妹知識でケルヴィンに接する。

クロト

ケルヴィンが初めて使役したモンスター。
保管役や素材提供者として大活躍！

クロメル

瀕死だったクロメルがケルヴィンと契約したこと
で復活した姿。かわいいだけの、ただのクロメル。

メルフィーナ

元転生神の腹ペコ天使。現在はケルヴィンの妻と
して天使生を満喫中。

ジェラール
ケルヴィンが使役する漆黒の騎士。
リュカやリオンを孫のように可愛がる爺馬鹿。

シュトラ・トライセン
トライセンの姫だが、今はケルヴィン宅に居候中。
毎日楽しい。

アンジェ
元神の使徒メンバー。
今は晴れてケルヴィンの奴隷になり、満足。

ベル・バアル
元神の使徒メンバー。激戦の末、姉のセラと仲直り。天才肌だが、心には不器用な一面も。

学園都市ルミエスト

リオンとクロメル、ベルがその入学試験に合格し、
晴れて入学することになった学び舎。
名門中の名門。

アート・デザイア
ルミエストの学院長で、
「縁無」の二つ名を持つS級冒険者。
自意識強い系のダークエルフ。
シンとは因縁浅からぬ仲のようで……？

迷宮国パブ

その国内に数多のダンジョンを有しており、
冒険者ギルドの本部も存在。
そのため、冒険者のレベルも高い。

シン・レニィハート
ギルド総長にして、
「不羈」の二つ名を持つS級冒険者。
神の使徒先代第五柱。
初対面でケルヴィンに襲い掛かる暴走レディ。

CONTENTS

イラスト／ダイエクスト、黒銀（DIGS）

第一章 ▼夢の学園生活

ルミエスト入学式当日、この日は学園都市中が騒がしくなる特別な日だ。街の東西南北に設置された各門がいつにも増して混雑し、以前ケルヴィン達が視察に訪れた時より、警備も厚くなっている。それもその筈、ルミエストの入学式があるという事は、各国重鎮の跡取りや親族が新たに集まる事を意味している。これはS級冒険者の昇格式に匹敵する出来事であり、民衆にとって未来の王や偉人を直接目にする事ができる、一大イベントでもあったのだ。好奇心旺盛な野次馬や良からぬ事を考える者、その他大勢の部外者達が学園都市の門を叩こうと、こうして押し寄せている訳である。

しかしながら、当然その分検問は厳しくなるものだ。この期間中、学園都市の関係者以外の者は身分が証明でき、確固たる目的がなければその場で門前払いされてしまうのが常識である。それでもこの日、民衆がルミエストを目指すのは、なぜだろうか？

「へ～、都市の外で屋台とかの出店を出しているんだ」

宿を出発した馬車の中にて、リオンが興味津々な様子でそんな言葉を口にする。

「へい、そうなんですよ。流石にこの期間は検問が厳しく、なかなか街に入る事はできませんからね。当時はそのまま帰らせていたようなんですが、ほら、お偉いさんって目立ちたがり屋が多いでしょ？　折角自分達見たさに集まった民衆を無下にはできないとかで、いつからか街の防壁の外、その至る場所でキャンプ地を開くようになったんです。それから各国の出店が集まるようになって、今ではそこでお祭り騒ぎですよ。お偉いさん見たさで集まった筈が、今ではただ祭りに参加したいって奴ら(やつ)が大半になっていますがね」

馬車を操るルドが、更にそこへ補足。

「お祭り、とっても楽しそうです。ママがいたら、全てのキャンプ地の出店を巡ると思います！」

「ははははっ、一日で回れる数じゃありませんって。何せ学園都市の周りをぐるっと囲うほどなんですよ？」

「あはは、あながち無理ではないかも……」

「へ？」

「う、ううん、こっちの話。でもそれじゃあ、本来の目的だった新入生の見学は、殆(ほとん)どできないって事だよね？　運良く検問のところで目にできれば良いけれど、僕達みたいに殆どの新入生は当日前からルミエストに入っているし、それも無理じゃない？」

「それがですね、今はそうでもないんですよ。ガウンのコロシアムで使用されている、映像を流すマジックアイテムがあるでしょ？　最近じゃアレをガウンが有料で貸し出して、キャンプ地の中心に置いているんですよ。お蔭(かげ)で外からも入学式の様子を見られるようになって、年々祭りの規模も大きくなっているとか」

「わあ、益々(ますます)楽しそうです！」

「映像か～。有料ってところが獣王様らしいというか、ちゃっかりしてるよね」

「レオンハルト様ですからねぇ。あの商才をあっしも見習いたいもんでさぁ」

　そうこうしているうちに、リオンらの馬車はルミエスト学区内に到着する。まだ時間には余裕があるのだが、既に馬繋場(ばけいじょう)にはちらほらと他の馬車が停(と)まっていた。馬車やそれを引く馬だけでも、実に種類が様々である。

「わあ、これぞ多種多様な文化、ですね。馬車の違いを見るだけでも面白いです」

「うんうん、スケッチしてみたいくらい」

「フフッ、入学前から素晴らしい向学心ですな。では、あっしはこれにて。御二人(おふたり)とも、学園での生活を謳歌(おうか)してくだせぇ」

「うん！　ルドさん、どうもありがとう！」

「ありがとうございました。ツバキ様によろしくお伝えください」

　ルドに与えられた任務はこれにて終了。この後は防壁外のキャンプに移り、別の仕事に取り掛かる事になっているらしい。リオン達はルドを見送った後、入学式の会場へと向かおうとする。

「おっと、そこの可憐(かれん)なお嬢さん達。もしかしたら迷子かな？　ハハッ、仕方ないなぁ。このバッカニア王国の第三王子、シャルル・バッカニアが君達を案内しちゃうよ？　そう、恋路という名の迷宮をね♪」

「……？」

「……！」

突然、リオン達の目の前に褐色肌の少年が現れた！　リオンは少年の言葉の意味を分からないでいる！　クロメルは見知らぬ人間の登場に、人見知りを発動している！

「えっと――」

「――おっと、早速自己紹介をしようとしてくれているんだね。嬉しいじゃないか～。でも、ちょっと待って。ここは僕に当てさせてくれ。そうだなぁ、先ほどから君達も注目しているみたいだし、馬車という要素から推測しようか。君達が乗って来た、あの斬新なフォルムかつ機能性に優れた馬車は、この場に集まったどれよりも高性能……つまり、余程の大国のものと見た！　そしてそして、運命的な事に君達は僕と同じ黒髪だ。この髪色を持つ人は珍しいからね、博学な僕はそれだけで出身地を当ててしまうんだよね。これまでの情報を統合して、ヒットするのは、そう、ズバリ――君達は水国トラージからやって来た王族、フジワラ家の親族だ！」

「違うよー」

「……フッ、惜しいな。運命とは難儀なものだよ。そう簡単には祝福してくれないって事か」

「あぅ……（ぷるぷる）」

クロメルがリオンの背後に隠れる。どうやらシャルルの意味不明な言動に、怖がってしまっているようだ。

「言われてみれば確かに、こちらの彼女は肌が白い。僕とした事がちょっち迂闊な答えを出しちゃったかな。シャルル、猛省猛省〜」

しかし、シャルルは空気を読まない。ずずいと隠れるクロメルの顔を見て、一人で納得している。

「ごめん。クロメルが怖がってるから、少し離れてもらっても良いかな？」

「オーケー、言わんとしている事は理解しているよ。恐怖を覚えるほどに、僕に見惚れてしまった。つまり、そういう事だね？」

「んー、それは違うかなー」

驚くほどに言葉が通じない。クロメルだけでなく、誰とでも仲良くなれるリオンにとっても、シャルルは初めて出会うタイプの人間であった。シンジールと似てなくもないが、あちらよりも随分と我が強く、ポジティブが過ぎていたのだ。

「うんうん、僕の魅力に怖がらせてばかりというのは、こちらの望むところじゃないな〜。そうだ！　ここは一つ友好の証として、今年の警戒すべき新入生を教えてあげよう！」

「警戒？」

「すべき？」

既に眼前に注意すべき人物がいるのでは？　と、クロメルは警戒感を強める。

「そう、要注意人物さ。学園の生徒が皆、僕みたいに友好的な奴とは限らなくてね。あそこの白と青で装飾された馬車、見えるかい？　ちょうど今、気障(きざ)ったらしい男が降りて来たあの馬車さ。ご丁寧に馬まで白馬で揃(そろ)えちゃってさ、本当に嫌らしいよ。下心がスケスケ！」

　もしかして渾身(こんしん)のギャグを言おうとしているのでは？　と、クロメルは若干混乱してきている。

「彼は氷国レイガンドの王子でね、エドガー・ラウザーという。力と権力こそが全てって感じの、典型的な野心家さ。元々レイガンドは西大陸内でリゼア帝国に次ぐ国力を持った強国だったんだけど、領土内に住む竜王の監視に戦力を割かれて、思うように動く事ができなかったんだ。それが最近になって、レイガンドの竜王が住処(すみか)を移したみたいでね。晴れてレイガンドは戦力を自由に動かせるようになり、他国に圧力を掛けるようになってきている。そしてそのタイミングで、あの腹黒王子エドガーのルミエスト入学だ。これは何かあると踏んでるね、僕は！」

「なるほど、シャル君は物知りなんだね。凄(すご)いや！」

「シャ、シャル君!?　え、えぇーっと、当然だよ！　僕はシャルル・バッカニアだからね！　何でも教えちゃうから、何でも聞きなよ！」

　素直に喜んでくれた事に驚いたのか、シャルルは大変高揚している。リオンは早くもシャルルの手綱を握り始めたようだ。

「リ、リオンさん、凄いです！　これが大人の女性の対応……！」

この素晴らしき対応力に、クロメルはすっかり安堵していた。

「シャル君、あの馬車はどこの国の？」

「フフフッ、馬車博士の僕に任せなよ！　あの馬車はね、あ、あれはぁ……」

しかし、上り調子だったシャルルは直ぐに絶句する事となる。彼の目の前を通った馬車は酷く悪魔的なデザインであり、それを引く馬は首より上がなく、怪しげな紫色の炎を纏っていたのだ。悪魔の馬車、正にそう表現するのが相応しいものだった。

悪魔的馬車の登場に、シャルルは思わず尻餅をついてしまった。ポジティブを極めた彼も、こういった不測の事態には驚きを隠せなかったようだ。そんなシャルルを嘲笑うかのように、頭部のない二頭の馬はブルルと鳴き続けている。

「おっと？　これはこれは、リオン様にクロメル様ではありませんか。お久しぶり……ではありませんが、奇遇ですねぇ。クフフ」

悪魔的馬車の御者台から、正装姿の何者かが降りて来た。どうやらその者は、リオン達と知り合いのようで。

「あっ、ビクトールさん！」

「御者をされていたんですね。馬を操るのがお上手です！」

「クフフ、伊達に長く生きていませんからね。ですが、ご安心を。これはスキルによる力ではなく、純粋な経験と技術によるものです。誰も食べてはいませんよ」

「あはは、ビクトールさんったらおっかしいんだ〜」

「うふふ、冗談もお上手さんです」

その特徴的な姿と笑い声で、二人は直ぐに彼がビクトールであると理解し、小粋な談笑まで挟んでいた。

「へ？……え、えっとだね、もしかして君達、そちらの彼とお知り合いなのかい？」

「うん！　とっても知り合いだよ」

「お家に招いてもらった事もあります」

「え、ええー……」

「クロメル様、それは少し語弊があります。城は私の家ではなく、職場なのですから」

どちらにせよ、シャルルにとっては「ええー」な情報であった。

「ね、ねえ、アレって悪魔じゃない……？」

「今年、悪魔の国から新入生が一人来るってあの噂、本当だったんだ……」

「悪魔って言葉を喋れたのか？　強いけど知能は低いとかって、どっかで聞いたんだけど？」

「馬鹿、それは下級悪魔だよ！　あの人、いや、あの悪魔はどう考えたってそれ以上だ！」

「けどよ、下級悪魔でさえ騎士団が派遣されるほど凶悪なんだろ？　それ以上ってんなら、一体どれくらい強いんだ？」

「そ、それは……」

ビクトールの存在に気付いた周囲の生徒が、徐々に騒めき始めている。

「おっと、やはり私の姿はインパクトが強過ぎましたか。しくじりましたねぇ、クフフ」

「ビクトールさんもですが、こちらのお馬さんも凄いインパクトですよ？」

「わっ、よく見るとこの子達、紫色の炎が顔の形になってる！」

「ブルッ？」

「ほほう、そこに目を付けるとは流石ですな。彼らは中級悪魔の中でも特に足の速い種族でして──」

「──ビクトール、世間話も良いけれど、いつまで私を待たせるつもりなのかしら？　貴方も偉くなったものね？」

「……おっと、これまた失礼致しました」

悪魔的馬車の中より、可憐ながらも少し不機嫌そうな少女の声がした。ビクトールは大急ぎで馬車の扉を開け、その場に跪く。

「どうぞ、ベル様」

「フンッ。セバスデルよりも適任だと思って任せたのだから、その期待に応えてほしいものだわ。まあ、及第点はあげるけど」

「ありがたき幸せ」

ビクトールとくれば、次に現れたのは当然ベルだ。リオンらと同様、ルミエストの制服姿となった彼女は、今や生徒達の注目の的である。というか、試験の際は隠していた悪魔の角や翼、尻尾という特徴的な部位を、本日のベルは全く隠していない。姿を誤魔化す『偽装の髪留め』を外しているのだ。これでは余計に目立つというものである。

ただ、これにはある理由があった。他の受験生達に要らぬ悪影響を与えぬように、という試験当日の配慮は最早必要でなく、ベルが悪魔の国の王族として堂々とルミエストへ入学する為だ。これは学院長のアートも了承済であり、むしろありのままの姿で登校してほしいと、学園側から要請された事でもあったのだ。

「ベルちゃん、制服がとっても可愛いね！」

「お似合いさんです」

「二人だって同じ衣服を纏ってるじゃないのよ……ビクトール、ありがとう。ここまでで良いわ」

「よろしいのですか？」

「これ以上貴方がここにいたって、周りを混乱させるだけでしょうが。パパには上手く言っておいて。少しでも心配させたら、自力で来ようとするから。割と本気で」

「承知致しました。国を出発するのにも、かなり苦労しましたからなぁ。割と本気で。クフフフ」

そう言って一礼し、ビクトールが御者台へと移動する。

「大変お騒がせしました。それでは皆様方、どうかベル様をよろしくお願い致します。では……！」

「「ヒヒーンッ！」」

炎頭の馬が駆け出し、ビクトールを乗せた悪魔的馬車が颯爽と去って行った。元気に手を振るリオンとクロメル、ツンとした様子のベル以外の殆どの面々は、それこそポカンとした表情で固まっていた。そんな中、逸早く自らを取り戻した者も。

「やあやあやあ！　君ってばベルじゃないか！　こんなところで出会ってしまうなんて、やはり運命を感じちゃわないか～い？」

「……」

シャルル、尻餅と混乱からの復活。想像以上に早い復帰であった。しかし一方で、彼の存在に気付いたベルの気分は最悪そのものである。

「二人とも、こんな奴に出遭ってしまうなんて、最低最悪に不幸ね……さ、会場に向かいましょう。馬鹿が移るわ」

「フフッ、馬鹿とは大きく出たね。こう見えて僕は、学力試験で結構良い線をいっていたんだ。ま、聡明なベルならお見通しだよね？　君の心の叫びが聞こえる僕は騙されないよ～。相変わらず素直じゃないんだからって、あれれれぇ!?　もう会場に入ってるしぃ!?　そ、そんなに恥ずかしがらなくても良いんじゃないかって、僕は思いますよー!?」

ベル達を追いかけ、自らも入学式の会場へと駆け出すシャルル。駆け出した瞬間に躓き、顔面から地面に衝突してしまう彼であるが、それでもめげずに三人を追いかけるのであった。

……そして、そんな愉快な一部始終を遠目に眺めていた新入生が、あちらにも。

「なるほど、彼女が余から首席合格の座を奪ったベル・バアルか。確かに余と同じ覇王としての気質を感じなくもないが……いや、それよりも彼女が悪魔であるという噂は誠であったのだな」

都合よく設置されてあった柱の後ろに隠れるようにして、白髪の少年が意味深に呟いた。男の両隣には取り巻きらしき生徒の姿もあり、片膝をつきながら待機している。

「はい。どうやったかは分かりませんが、試験日に角や翼はなかったと記憶しています。第一試験で彼女と同じ会場でしたから、それは確かです」

「ほう……文武だけでなく、姿を偽る未知の力を有しているという事か。なかなかに興味深い。レイガンドの未来を担うのに、その力で是非とも貢献してもらいたいものだ」

「エドガー様、入学も終えてないってのに気が早いッスよ。いくら有力な嫁さんを探してるからって、バッカニアの馬鹿王子と思考回路が同じってのはちょっと引くッス」

「フッ、余とシャルルの思考が同じだと？　不敬が過ぎるぞ、ペロナ。しかし、冗談としては面白い。余は貴様を許そう」

「あざッスー」

眼鏡を掛けきっちりと髪を分けた少年アクス、何とも軽いノリと口調の少女ペロナは、新入生でありながら白髪の少年の配下であった。彼らを率いるこの白髪の生徒の名はエドガー・ラウザー、氷国レイガンドの第一王子である。

「あ、でもエドガー様」

「何だ、ペロナ？」

「私調べによれば、エドガー様が試験の総合点数で負けたの、あのベルって子だけじゃないみたいッスよ？　隣にいた黒髪のリオンとクロメルって子達にも負けてるッス。ついでにグラハムって大男にも。私と同じ波長を感じるラミって派手で軽い子には勝ってますけど、それはラミが第一試験でずっと寝てたからッス。辛うじて総合成績5位入りッスね、エドガー様」

「……」

「こ、こら、ペロナ！　流石にそれは不敬が過ぎるぞ！」

「えー？」

焦るアクスに相変わらず軽いペロナ。エドガーはというと――

「フ、フフッ……フハハハハッ！　なるほどな、余の才覚をも超える正妻候補が四名もいると！　一筋縄ではいかないものよなぁ！　だが、だからこそ我が国の未来は明るいぞ！」

「「……」」

――シャルル同様、思った以上にポジティブだった。

◇　◇　◇

ルミエストの入学式は毎年講堂で行うのが恒例となっている。今年もそれは例外ではなく、新入生達は会場となる講堂へ続々と集結していた。リオンらも会場に入り、今は受付にて本人確認をしているところだ。

「おはようございます。お名前と合格通知の提示をお願いします」

「はい！　リオン・セルシウスです！」

「クロメル・セルシウスです」

「ベル・バアルよ」

「シャルル・バッカニアさぁ」

約一名、その後に転びながらついて来た者も、無事に合流できた様子だ。

「はい、確認できました。それでは皆さんに、こちらの学生証をお渡し致します。今後本人確認をする際はこちらで行う事になりますので、紛失しないようにお気を付けくださ い」

受付担当より学生証を受け取る四人。学生証はやや厚いくらいのカードで、顔写真や名前などといった記載は何もない。ルミエストの校章と風変わりな文字が記されているだけだ。リオンやクロメルはもちろん、ベルもその文字を読む事はできなかった。

「あの、学生証に書かれているこの文字は？」

「我が学園が独自に生み出した紋章文字です。そちらの説明はまた後に行う事になっていますので、今は指定された席の方へ移動してください」

「「はーい」」

「こちらが講堂内の席順です」

続いて席順表の記された紙がそれぞれに渡される。

「んー、皆バラバラの位置だね」

「残念です……」

「おっと、僕とリオン君の席は心持ち近いね。これは教官方も僕達の事を応援している、そう受け取って良いのかな？」

「へ？」

「リオン、無視なさい。時間と労力の無駄だから」

「あれ？　ベルさんの席、他の方々とは違って、先生方の近くにあるような……」

「気のせいよ、気のせい。さ、行くわよ」

広い講堂には既に何十名かの新入生が着席しており、隣り合った者達同士で軽く会話をしている光景がよく見られた。在校生は入学式に参加しないのだが、関心のある者は学園に許可を取って見学する事ができる。リオンとクロメルがチラリと二階席を見上げると、ちらほらと上級生らしき者の姿を発見。全身黄金色の制服を纏（まと）った生徒が特に目を引いたが、二人は何も言わずに何も見なかった事にした。

「じゃ！」

「では」

「アデュー！」

「ハァ……」

席がバラバラである為、三人＋αはここで一旦お別れ。各々に指定された席へと移動する。

「あそこかな？」

リオンの席の隣には、既に新入生らしき女の子が一人座っていた。栗毛色の髪をした大人しそうな少女である。が、キョロキョロと頻りに辺りを見回しており、凄まじく緊張しているのが直ぐに見て取れた。

「やっ、隣失礼するね」

「へ？　あ、はは、はいっ！　ど、どうぞ！」

「ありがとう！　入学式って緊張するよね～。僕はリオン、よろしくね」

「そ、そうですよね。あ、私、ドロシー、ドロシーっていいます。よよ、よろしくお願い致しますすす……！」

「ドロシー？　ドロシー、ドロシー、ドロシー――じゃあ、シーちゃんだね！」

「シ、シーちゃん!?」

「そう、シーちゃん。僕の事も好きに呼んで良いよー」

それからリオンは緊張し切ったシーちゃんをリラックスさせ、瞬く間に彼女と仲良くなってしまった。出会いから数十秒、早くも会話に花を咲かせている。

（ふふん、僕は空気だって読める色男だからね。見目麗しい女の子達が友情を育もうとしているところに割って入るなんて、全然スマートじゃな～い事はしないのさ！　今はこの光景を目に焼き付けて、視覚的に愛でるとするよ！　フフフフ……）

リオンの二席分後ろの席では、シャルルがそんな事を考えながら目を輝かせていた。彼の隣に座る男子生徒がかなり引いた様子だが、そちらには全く気付いていないようである。

一方、そんなリオンの周辺から離れた場所に席を指定されたクロメルも、自らの席に無事着席していた。が、ここである問題が発生する。

（ええっと、んー！　ま、前が見えません……）

クロメルの前の席には、眼鏡をかけた男の新入生が座っていた。きっちりと髪を七三に分け、大変理知的なルックスをしている。ただ、彼にはそれ以上に特徴的な点があった。……途轍もなく巨体なのである。

（でっかいです。ジェラールさんやセラさんのパパさんくらいの大きさ、でしょうか？）

座っている彼の背中は、歳相応に小柄なクロメルにとって壁に等しい。そんなクロメルが背伸びをしながら立ったところで、前なんて丸っきり見える筈がなかったのだ。

「あら、クロメルさん、どうかしましたか？」

「え？　あ、ミルキー先生」

クロメルが困った顔をしていると、不意に何者かから名前を呼ばれた。振り向くと、そこには教官用の制服を纏った女性が立っていた。彼女の名はミルキー・クレスペッラ、クロメルの面接試験にて試験官を務めた女教官である。

「その、私の背がちっちゃくて、前が見えなくて、です……」

「前が？　ああ、前の席が巨漢のグラハム・ナカトミウジ君だから、高さが足りないんですね。ごめんなさい、この席順を決めた担当の頭に致命的な欠陥があったみたいです。こんなにも可愛い(かわい)クロメルさんを困らせるなんて、本当に困った奴ですよね。というか、クズです。そいつはクズ。ですがご安心を、後で私がお灸(きゅう)を据えておきます。良い感じに髪の毛を全部刈り取って来ますから」

「そ、そこまでは困っていませんよ!?」

ミルキーの素敵だけど、どこか怖い笑みに圧倒されるクロメル。

「……失礼。もしや、拙者が邪魔でござったか？　無駄に大きくて申し訳ない」

クロメルとミルキーの会話に気が付いたのか、巨大なる男子生徒、グラハムがクルリと振り向く。巨漢が振り向くインパクトも凄まじいが、それ以上に口調が想像の斜め上をいっていた。よって、クロメルがダブルで驚くダブルインパクトが発生していた。

「ご、ござ、ですか……!?」

「おっと、重ねて驚かせてしまったか。この喋り(しゃべ)方(かた)は水国トラージ古来のもの、聞き慣れないのも仕方ありませぬ。いや、ござりませぬ？」

「……？　えと、もしかしてその口調、喋り慣れていないのですか？」

「あっぱれ、その通りじゃ」

「ミ、ミルキー先生ぇ……」

「クロメルさん、どうか落ち着いてください。彼はこんな威圧的な形でこんな変な口調ですが、中身はとても真面目で優秀なんですよ、中身は。なんとこのグラハム君はトラージの姫王、ツバキ様から推薦を受けた新入生なのです」

「トラージの！　それは凄いです！　でも、あれ？　グラハムさんはトラージの方とは、ちょっと雰囲気が違うような……」

　クロメルが改めてグラハムを観察する。グラハムの髪色は青、肌色は白と、日本人を基本とするトラージの人種とは、どう見ても異なっていたのだ。

「ええ、色々と込み入った理由がありまして。クロメルさんの仰る通り、グラハム君の生まれや育ちはトラージではありません。複雑な事情を経て行き着いた結果、今はトラージ古来の方言を練習している最中なのです。よくよく聞けば言葉の意味は分からなくもないので、どうか口調に触れる事なく普通に接してあげてください」

「教官殿、簡潔なる説明、誠にかたじけない。つまり、そういう事なのじゃ。よろしくお願い致す」

「な、なるほど、です？　えと、よろしくお願いします」

ミルキーを仲介として、奇妙な知り合いができてしまったクロメル。ただ、グラハムと席を交換してもらったので、ちゃんと前が見えるようにはなったようだ。

「そろそろ式が始まりますので、先生は自分の席に戻りますね。では～」

「ありがとうございました、ミルキー先生」

「苦しゅうない、いや、かたじけない？」

ミルキーが去り暫(しばら)くすると、講堂内に入学式開始のアナウンスが鳴り響いた。

「まもなく入学式を開催致します。新入生の皆様は速やかに指定の席に着き、そのままの状態でお待ちください。繰り返します、まもなく――」

アナウンスを聞いた新入生達がその指示に従い、続々と席に移動していく。会場の天井部を見上げれば、外に流す映像を撮っているのか、いつか合否結果を届けてくれたフクロウ型モンスターが、カメラらしきマジックアイテムを首に下げながら、その辺りを飛び回っていた。大型だというのに、羽ばたく音は殆(ほとん)どしない。

「んー、『隠密(おんみつ)』のスキルとかを持っているのかなぁ？」

「リオンさん、上を見上げてどうし――モ、モモ、モンスぅんっ……！」

リオンに倣って天井を見上げたドロシーが反射的に叫びそうになっていたので、リオンは大急ぎで彼女の口を手で塞いだ。

「ヒソヒソ（シーちゃん、こんなところで大声出したら駄目だよ。他の皆の迷惑になっちゃう。ほら、よく見て。あのフクロウさん、合否結果を運んでくれた郵便屋さんだよ）」

「んふぁ？（えっ？）……ほぉ、ほぉんふぉーふぁ（ほ、本当だ）」

「ヒソヒソ！（うん、だから安心だよ！）」

ドロシーが落ち着き、会場も後は式が始まるのを待つだけの状態となった。すると再びアナウンスが流れ出し、入学式を開催すると宣言。次いで祝辞を述べられ、式の内容を説明される。予定表によれば、まずは学院長の挨拶があるのだとか。

（えっと、これって校長先生のお話みたいなものなんだよね？　漫画みたく、すっごく長いものなのかな!?　一説によれば、相手の眠気を誘う催眠効果があったり、意識を朦朧とさせて敵を戦闘不能にしたりするらしいけど！）

戦いを絡めて思考してしまうのは、ケルヴィンを兄に持った弊害と言えるだろうか？　すっかり染まってしまっているリオンは、不思議なところでワクワクが止まらない様子だ。そんなリオンの輝く瞳に見守られながら、ルミエスト学院長のアートが壇上へと上がって来る。

「まずは心から祝わせてもらおう。新入生の諸君、ルミエストへの入学おめでとう。厳しい基準、最難関の試験を乗り越えて来た君達は、世界の未来に多大な影響を及ぼすと私は確信している。……そう、芸術的な美しさを持つ、この私のようにね！」

至極真面目なものであった筈のアートの挨拶は、唐突な謎のポージングによって中断される。その瞬間、会場はドッと笑い声で溢れ返り、それまでの厳粛な空気が随分と緩和された。

「フフッ！　学院長先生、ユーモアに溢れていて、とっても面白い方ですね」

「う、うん、そうだね。本人的には真面目にやってるかもだけど……」

アートの奇行はその後も何回か続き、新入生達はすっかり和やかな雰囲気に。一方、入学前より学院長の本質を知っていたリオンも、想定していた話とは違ったが、何だかんだで楽しんでいたようだった。

「アート学院長、ありがとうございました。続いて、新入生代表による挨拶です」

「い、いよいよですね」

「ん？　いよいよって？」

「この挨拶、毎年その年の試験の成績最優秀者、つまりは首席合格された方が行う事になっているんです。そしてそして、首席合格された方は将来高確率で生徒会長となり、首席のまま卒業されていかれます。学園の模範、学園の憧れ、学園の象徴となる方を、平民出なのに何かの間違いで入学してしまった私みたいな人間は、注目しない訳にはいきませんから」

自嘲気味な苦笑いを浮かべながら、そう説明するドロシー。リオンからすれば何の伝手も財力もなく、この学園に入学できてしまう方が凄いのだが、どうも彼女には自分を卑下する癖があるらしい。

「それではベル・バアルさん。お願い致します」

「あ、首席の方がいらっしゃいましたよ」

「どれどれ――って、ベルちゃん？」

アナウンスに呼ばれ壇上に上がったのは、他でもないベルであった。

（そういえばベルちゃん、一人だけ席の位置が違ったっけ……あ、それ以前に首席合格の人が挨拶するんだったら、ベルちゃんにその役目が回ってくるのは当然か）

「わあ、とっても凛々しくて綺麗な方ですね。立ち振る舞いだけで、住む世界が違うって分かっちゃいます。あれ？　ですけど、あの角や翼は……」

登壇したベルに見惚れていたドロシーであったが、ベルが中央に立った辺りで、彼女に人間にはない、もちろん獣人やエルフといった亜人だって持ち得ない筈の、悪魔の特徴がある事を視認する。周りの新入生達も同様のようで、ざわざわと騒ぎが広まっていった。

「お静かに、どうかお静かに――」

「――このままで結構」

「えっ？」

騒ぎを鎮めようとアナウンスが鳴り響く。が、ベルはそんなものは必要ないとばかりに、手でそれを制した。そして、さっさと演台の前に立ってしまう。

「……ご紹介に与りました、ベル・バアルです。御覧の通り、私は北大陸にあります悪魔の国の出身です。にもかかわらず、公正公平に成績を評価してくださった学園の教官方に、そして本日、このような名誉ある機会を頂けた事に、まずは感謝を申し上げます。一方で皆さんの中には悪魔に対して否定的、或いは恐怖の対象として認識されている方も、もちろんいらっしゃるでしょう。しかし、それはとても悲しい事です。私は祖国グレルバレルカの姫として、人と悪魔の橋渡し役を担いたく――」

手元に原稿がある訳でもないのに、すらすらと自然に言葉を紡いでいくベル。しかも彼女はただ喋っているだけでなく、生徒一人一人の心に訴えかけるように、迫真の演説レベルで弁舌を振るってみせていたのだ。言葉遣いに息遣い、間の取り方から感情の表現の仕方まで、何もかもが完璧だ。全てを引き込ませるベルの言葉を耳にし、先ほどまでの喧騒の渦巻きは綺麗に消失。親しいリオンやクロメルなんて、尚更驚いてしまって言葉を失っているところだ。言葉を失ったので、代わりに念話を飛ばし合う。

『リ、リオンさん、ベルさんの雰囲気がいつもと違いませんか？　し、失礼な物言いになってしまうのですが、一瞬誰なのか分かりませんでした……』

『う、うん、僕も今驚いてるとこ。あ、でもジェラじいに聞いた事があったかも』

『何をです？』

『僕がこの世界に召喚されるよりも前に、トラージのツバキ様と謁見した事があるんだって。その時のセラねえがすっごく綺麗な佇まいで、ケルにいがこっそり見惚れていたとか何とか』

『も、もう、パパったら……ですが、それなら納得さんですね。同じ英才教育を受けて育ったベルさんなら、その時のセラさんと同様の立ち振る舞いができるかも、です』

『なるほどだね～。でも、あんなベルちゃんは本当に新鮮だよね！　普段からやってくれないかなぁ？』

にこやかな笑顔を普段から振り撒く、そんなベルを想像するリオン。それはそれは、大変に大変にレアな光景であった。

『嫌よ、クッソ面倒臭くて疲れるじゃないのよ』

『べ、ベルさん？』

『ね、念話をする余裕まであるんだね……』

ちなみに、ベルの挨拶はまだ続いている最中である。

「――ルミエストを卒業された先輩方の中には、優秀であるが故に飛び級を重ね、一年という驚異的な歳月で首席卒業された方もいらっしゃるとお伺いしています。非才の身でこのような事を口にするのは分不相応かもしれませんが、私もそのような偉大なるレコードを残せるよう、今後始まる学園生活を邁進して行く事を、ここに誓いたいと思います。ご清聴ありがとうございました」

ペコリとベルが礼をした瞬間、会場は万雷の拍手で包まれた。もうここにいる殆どの者は、ベルが悪魔だからと偏見の目で見る事はないだろう。そう確信させられるほどの喝采だった。

（でもベルちゃん、最後の言葉は本気だったような……）

但し、友達はベルの本心をよく分かっていたようだ。

入学式を終えた新入生達を次に待つのは、各生徒に割り振られた寮への移住作業だ。馬車に積み込んだ荷物を部屋へ移動させ、今後共に生活を送る事となる同級生との初顔合わせを行う事となっている。部屋を整えるにも時間が必要、そして新たな環境を迎えるに当たっての疲労を考慮し、本日の表立った予定はこれにて終了。後は寮の仲間達との交流を深めるも良し、改めて校内の施設を見学するも良し、何をするかは各々の判断に任される。とはいえ、最初に行う事は殆どの者が同じだろう。寮の部屋の確認だ。

リオンが配属されたのはボルカーン寮、面接試験の試験官を担当したアーチェ・デザイアが寮長を務める場所である。リオンを含めた新入生二十五名は、炎の寮章が掲げられた寮の入り口に集まっていた。ここに集まった生徒達でリオンの知る顔は、今のところドロシーとシャルルのみだ。そして、その前では太陽の光で眼鏡を輝かせているアーチェが、今日も元気に点呼を取っていた。

「ひー、ふー、みー、よー……はいはーい、ちゅーもーく！　皆さん、入学おめでとうございます！　今日という記念すべき日を、一人も欠ける事なく無事に迎えられて、私はとっても感動しています！　健康って大事だよね！」

眼鏡をクイッ！……台詞（せりふ）と仕草がいまいち一致していない。

「もう皆さんは知ってると思いますが、寮の部屋は二人一組ないしは三人一組の部屋割りになっています。所謂（いわゆる）共同生活ってやつです！　折角の機会ですので、相部屋となる相棒と仲良くなってくださいね！」

「アーチェ教官、その部屋割りは生徒の自主性に任されるのでしょうか？　だとすれば、僕はもちろん女子と――」

「――当然ながら部屋割りは男女別、更には学園側でもう決めてしまっているので、今から発表しますねー」

「そうきましたか。ですが、まだ僕のロマンスは始まったばかり。急ぐ必要はどこにもない。と、そういう事ですね!?」

「う～ん、このアーチェ先生を困らせるとは、ある意味凄（すご）い新入生が入ってきたものですね。こいつはたまげました！」

「フッ、そんなに褒めないでください」

「「「……」」」

シャルル、早くもボルカーン寮の女子生徒達に白い目で見られ始める。

「さ、気を取り直して発表しちゃいますよ。まずはラミさんと――」

「――わっ、早速ラミちゃん!?　はいはーい！」

最初に呼ばれたラミという生徒が、アーチェと同じくらいに元気、というか騒がしい声と共に両手を上げて返事をしている。派手な金髪、着崩した制服といい、大変に目立つ。ついでに着崩した分、露出している肌分も多い為、男子生徒の注目もそこそこに集まっていて、当然のようにそこにはシャルルも交じっている。そんな彼女に対し、リオンは少し思うところがあるようだった。

(うう～ん？　あのラミって女の子、どこかで見覚えがあるような……それも試験の時とかじゃなくて、もっと前に)

首を右に左に捻りながら、考えに考えるリオン。しかしリオンが答えを出すよりも早くに、部屋割りの順番が回って来てしまう。

「リオンさんはドロシーさんと一緒のお部屋です。仲良く楽しく過ごしてくださいなー」

「あ、はーい！」

「よ、良かった～。知らない人じゃなくて、リオンさんと一緒だ……リオンさん、これからよろしくお願いしますね」

リオンはドロシーと相部屋になるようだ。リオンと一緒になれた事がよほど嬉しかったのか、ドロシーはすっかり晴れやかな笑顔になっている。改めて握手をしようと、右手を前に差し出すドロシー。これに応えようと、リオンも右手を差し出そうとする……が。

「こちらこそ。僕もシーちゃんと一緒で良かっ――」

「――リ――ちゃ――ん！　お久――！」

「あわあっ!?」

「リ、リオンさん!?」

握手が交わされようとする寸前、真横からリオンにタックルをするように抱き着く者が現れた。閃光の如く凄まじい速さの不意打ちであった為か、リオンは回避が間に合わない。それでも何とか咄嗟に体勢を変えて、タックルを抱き止める形で受け止める。

――ズザァ――！

二人は数メートルほど吹き飛んだだろうか？　リオンが尻餅をつき、強襲した女生徒はそんなリオンの胸に顔を突っ込むようにして、馬乗りの体勢になっていた。ニコニコ顔のアーチェ以外の者達は、皆一様にポカンとするしかない。通り過ぎた地面には電流が迸り、未だにバチバチと音を立てていた。

「やっぱ、ちょい勢い強過ぎた？　ねーねー、リーちゃん平気ー？」

リオンの胸からバッと顔を上げ、そう言葉を発したのは先ほどの少女ラミ。一応は心配しているようだが、彼女の両手の指はなぜかリオンのほっぺに向かっていた。そして、すっごいむにむにしている。

「イタタタ……も、もう！　急に抱き着いてきたら駄目だよ、雷ちゃん！」

「わ、感動ー！　この姿でも私の事が分かったんだ。やっぱ私とリーちゃんの心はいつも繋がってた的な？　全然気付く様子なかったから、すっごい心配してたんだよー？」

「気付いたのは今さっきだよ。あと、好き勝手にむにむにしちゃ駄目だってば」

「だって至福だし？　ほらー、むにむに♪」

「雷ちゃーん!?」

リオンに雷ちゃんと呼ばれたラミはそれで機嫌を良くしたのか、破顔しながらほっぺむにむにを継続。どうも指を放す気はないらしい。

「あと、私の今の名前、ラミ・リューオだから。その辺もよろしくー」

「よろしくするなら、お願いだから僕の言葉も理解してー！」

振り払おうにもラミの体はビクともせず、また体勢も悪い為にリオンはむにむにに地獄から抜け出す事ができない。

「んんー？　リオンさんとラミさんは前からのお知り合いだったのですか？　そういえばお二人とも、東大陸の出身でしたっけ？」

周囲がポカンとする中、ただ一人楽しそうに二人の様子を眺めていたアーチェであったが、流石にこのままにしておく訳にはいかないと感じたのか、そんな助け舟となる質問を投げ掛けた。

「え？　ええーっと……そうです、友達です。でも知っている姿と大分違っていたので、僕の方が少し混乱しちゃって……」

「友達っていうか、親友？　みたいな？　久しぶりの再会だったんで、思わずテンション上がっちゃってー。ごめんなさーい」

「ははー、そんな偶然も起こるものなんですね。でも、再会を喜ぶのは引っ越し準備を終えてから、ですよー？　さ、行った行ったー。特徴のない空き部屋を、自分色に染めてこーい！」

「ちょ、ちょっと――」

アーチェによって首根っこを摑まれ、寮の中へポイッと放り投げられるラミ。生徒も生徒であれば、教師も教師かもしれない。

「リオンさんもドロシーさんと一緒に、まずは指定された部屋に行ってくださいね。保管機能付きのマジックアイテムがあれば作業は楽かもですけど、その場合はドロシーさんの引っ越しを手伝ってあげてください。ドロシーさんは馬車から荷物を運ぶ事になると思いますので」

「わ、分かりました……」

こうしてリオンはむにむにに地獄から解放され、ドロシーと共に自室へと向かう事になるのであった。

「リオンさん、大丈夫ですか？」

「ちょっとヒリヒリするくらいかな？　大分ほっぺを弄られちゃったけど、何とか形状は記憶できてたみたい」

「だ、大事に至らなくて良かったですね。でも、あのラミさんという方とは、本当にお知り合いなんですか？　リオンさん、かなり驚いているようでしたけど？」

「うん、友達だよ。さっきも言ったけど、本当に格好が違っててさ」

「へえ、そんなになんですか？　うーん、昔はもっと静かなタイプで雰囲気が変わった、とかかなぁ？」

ドロシーはラミの昔の姿に思いを馳せているようだ。但しリオンの言う姿の変化と、ドロシーが想像している姿の変化は、全くの別物である。

（ラミ・リューオ、ライ・リューオウ、雷・竜王、雷竜王――雷ちゃん、その名前はちょっと安直過ぎたんじゃ……）

「わっ、ここが僕達の部屋か～」

「え、ええっ、えええ～～～！」

ボルカーン寮の二階、見晴らしの良い角部屋を割り振られたリオンとドロシーは、早速部屋の扉を開けて中を確認する。部屋には家具一式、それも見るからに高級そうなものばかりが、備品として既に備え付けられていた。流石は王族貴族が多く通う学園といったところだろうか。中には家具まで持ち込みで変えてしまう者もいるようだが、そんな事をする必要がないほど、ベッドなんてフカフカのヌクヌクである。そして、そんな部屋の内装を目にしたドロシーは、開いた口が塞がらない様子であった。

「し、資料で家具が予め設置されている事は知っていましたけど、ここまで凄い高級品で揃えてしまうものなんですか……!? うわ、うわー、ベッドがフカフカのヌクヌク……」

「わーい♪ お行儀は悪いけど、やっぱりお尻から飛び込んじゃうよね～」

「そ、そんな、ベッドをトランポリンみたいに! こんな高級品を粗末に扱うなんて、でも、私もやりたい、抗い難い……!」

結局、二人は気が済むまでベッドの感触を楽しんだ。

「さて、そろそろ引っ越し作業に戻ろっか」

「そ、そうですね、頑張りましょう。……えと?」

ベッドから跳ね起きたリオンが、その場で自分の影の中に手を入れた。何事かとドロシーが見守っていると、その影の中より一匹の子犬、いや、子狼らしき生物が飛び出す。リオンの相棒、アレックスの参上だ。

「ウォン! (出られたー!)」

「あはは、アレックスもこの部屋が気に入ったみたいだね」

「えええぇ――――!?」

尻尾を振りながらあっちにこっちにと、興奮気味に床を駆け巡るアレックス。ドロシーは状況を理解できず、取り敢えずの叫びを上げる事しかできない。

とまあ、一通りのお約束を済ませ、リオンはアレックスをドロシーに紹介。ペット枠として連れて来た事を説明すると、ドロシーも納得したように胸を撫で下ろした。

「突然だったので、かなり驚いてしまいました……ですが、そうでしたね。ボルカーンとセルバは、ペットの同伴が認められているんでした。自分の事で一杯一杯で、私、失念していました」

「ごめん、登場が急だったもんね。もしかしてシーちゃん、動物は苦手？」

「いえいえ、だとしたら最初から他の寮を希望しています。むしろ大好きです♪」

その後、アレックスと戯れモフモフタイムへと突入。リオン達の引っ越し作業が再開されたのは、それから更に数十分後の事であった。

一方、他の寮の様子はというと。

「キャー、可愛い！　このポーズも可愛いわ！」

「クロメルちゃん、次はここで座って！　あ、そのままクロトちゃんを抱えてみて！　きっと良いアクセントになるから！」

「あ、あのー……」

「クロメルちゃん、今良いところだから動かないで！」

「は、はひっ！」

クロメルが配属されたセルバ寮では、どういう訳か樹の寮章の下で大スケッチ大会が開かれていた。御供のクロトを抱えたクロメルを中心に、セルバの女生徒達がその周りを取り囲み、瞳を輝かせながら手に持ったペンを必死に動かしている。

「……できた！　どう!?　私の絵が一番天使じゃない!?」

「フフン、そんな事ないもんね！　私が描いた絵の方が絶対的に天使だし！」

「ああ、良～な～クロメルちゃん。どんなポーズでも可愛いし、本当に絵になるし～」

「ねえねえ、クロメルちゃん。どの絵が最かわだと思う？　私のだよね？」

「え、えっと――……」

「はうっ！　戸惑うクロメルちゃんもまた良き……！」

どうやら最年少のクロメルは、すっかりこの寮のマスコットとなってしまったようだ。純粋無垢（むく）なところに母性をくすぐられてしまうのか、同級生である筈（はず）の女生徒達はクロメルに夢中のようである。

「でも、クロトちゃんも何気に可愛いのよね。私、スライムにこんな感情抱いたの、初めてかも……！」

「分かる！　クロクロコンビで学園の可愛いを制覇できそうなくらいだもの！」

「ああ、クロメルちゃんとクロトちゃんをまとめて抱き締めたい……！」

可愛いの相乗効果が働き、めでたくクロトも人気になっている。但し、クロトは日頃からパーズなどで子供達の相手をしていた経験があった為、クロメルよりかは手慣れた様子で付き合っているようだ。

「おや？　お主ら、まだクロメル殿の絵を描いておったのか？　良い時間になったで候（そうろう）、そろそろ家移りの作業に戻るでござるよ」

そんなスケッチ会場に現れたのは、侍口調の巨人グラハム。彼は一足先に引っ越し作業を終わらせたようだ。

「あ、グラハム君」

「もうそんな時間？って、やばっ！　私、スケッチブックとペンしか出してないや！」

「私は『保管』の中から荷物を取り出すだけだから、今からでも楽勝かな～？　あ、その分クロメルちゃんを手伝ってあげる！　私ってば役得！」

「いや、アンタ部屋が違うでしょうが……クロメルちゃんの相方であるこの私が、責任を持って面倒を見ますから！」

「「何それ狡い！」」

　彼女達によるクロメルの取り合いは、残念ながらまだまだ終わりそうにない。

「あ、あのー、クロトが『保管』を持っているので、私もそこまで時間は掛からないのですがー……」

「ふ～む、セルバはこれから賑やかになりそうでござるなぁ。しかし皆の衆、そろそろ教官殿がいらっしゃるでござるよ。おーい、聞いてくだされー」

　クロトを両腕で抱えながらおろおろするクロメルと、やれやれといった様子で首を振るグラハム。この直後に寮長のミルキーが、怒筋を浮かべながら本当にやって来る訳であるが、そこはあまりに毒である為、割愛しよう。

　最後にベルが配属されたシエロ寮であるが、こちらは何やら、他の寮ではなかった緊迫感に満ちている様子だ。大空の寮章を掲げるシエロ寮のエントランスでは、ベルと縦ロールの髪型の目立つ女生徒、そしてその取り巻きらしき者達が対峙していた。

「ベルさん？　貴女、ちょっと調子に乗っていらっしゃるんじゃなくて？」

「調子に？　言葉の定義が分からないわね。私のどこがどう調子に乗っているのかしら？」

「そういう態度が、ですわ！　ちょっと成績が良かったからと首席になって、すっかりその気ではありませんか！　人と悪魔の橋渡し役だか何だか知りませんが、もう少し慎み深さというものを身につけるべきですの！」

「「「そうよそうよ！」」」

縦ロールの言葉に取り巻きの女生徒達が続く。

（ハァ、いつか来るとは思っていたけど、早速とはね……）

入学式にて慣れない言葉で挨拶をし、現在ベルはそれなりに気疲れしていた。さっさと部屋を整え、ひと眠りしようとしていた矢先にこんな状態になってしまった為、それはもうげんなりしている様子だ。無視するのも手ではあるが、不幸な事に部屋の相方は眼前の縦ロールだった。今後の展開を考えるに、舐められたら尚更面倒なのである。

（挨拶の時にこっそり会場に流しておいた『色調侵犯』入りの風、私への敵対心を薄める効果があった筈なんだけど……ああ、会場が広くて風量が気付かれない程度のやつだったから、プライドの高い馬鹿まで効果が及ばなかったのか。チッ、本当に面倒臭いわね）

ベルは数秒の間で考えをまとめ、彼女達に教育を施す事で、この騒動を解決する事に決めた。そしてその為に必要なのは、分かりやすい挑発であると結論付ける。

「私の事を気に掛けるよりも、まずは鏡を見てはどうかしら、三下の皆様？　キャンキャンキャンキャン煩くってかなわないわ。群れないと何もできない負け犬なのは理解してあげるけど、犬臭いから私に近づかないでくださる？　臭いが移っちゃうでしょ？」

「ハ、ハァ――――!?　な、何ですのその物言いはぁ!?　穏便に済まそうと思っていましたけど、もう許せません！　ベルさん、貴女に決闘を申し込みますわ！」

縦ロールは自身が身につけていた白手袋を、ベルの足元に向かって勢いよく叩き付けた。その際のベルの表情は、若干ケルヴィンの笑みに似ていたそうな。

シエロ寮が騒めきに包まれる。ベルに突っ掛かった新入生達が、その勢いのまま彼女に決闘を申し込んだ。そんな噂が引っ越し作業を進める生徒に、或いは自室にいた上級生らに、はたまた寮を管理する寮長の耳へと、瞬く間に広がっていったのだ。寮は城の如く広大であるというのに、噂が広まるのはいつの時代も早いものである。

「おい、聞いたか？　入学式で首席挨拶をしてたベルと、大貴族のカトリーナとその取り巻き達が決闘するってよ！」

「ええっ、入学初日に何やってんだよ。ま、見る分には面白そうだな！　で、どこでやるって？」

「いやー、それが俺も又聞きしたもんだから、場所はさっぱり」

「おいおい……つか、大貴族ってどこの大貴族なんだよ、そのカトリーナは？」

「知らん。これも聞いた情報だからな！」

「それで威張るなよ……まあ、俺の国でも聞いた事ねぇけど」

「貴方達、ベルさんとカトリーナさんの決闘が見たいの？　寮の中庭でやるって聞いたけど？」

「うおっ、マジか！　サンキュー！　おい、行こうぜ！」

「ま、待てよ。緑魔法でスピードアップするなんて狡いぞ！　普通に走れ！」

「こらぁ！　それ以前に廊下を走るなっ！」

「「げっ、ボイル寮長!?」」

とまあ、こんな風に噂が噂を呼び、シエロの寮生達は中庭へと足を向け始める。そしてここにも一人、決闘の噂を聞きつけた者がいた。

「ほう、決闘か。それもその中心にいるのは、あのベル・バアルと……」

白髪のハンサム少年、氷国レイガンドのエドガー・ラウザーである。廊下で騒いでいた先ほどの生徒達の話が、自室にて小休憩していた彼の耳にも入ったようだ。

「エドガー様、ベルって子に興味津々な感じッスか？　その決闘、私達も見に行きます？」

「いや、止めておこう。彼女が本当に余より優れているのであれば、一生徒の相手など片腕で済ませてしまうだろうからな。噂が回って来てから向かったところで、決闘は既に終わっている。そうだろう、アクス？」

「流石は エドガー様、賢明なご判断かと……！」

「流石ッスー」

エドガーと同室となったアクスはそう言いつつも、せっせと二人分の引っ越し作業を進めるのであった。一方、女性ではあるが同じ配下という立場である筈のペロナは、アクスのベッドに寝転びながら娯楽本を読み漁っている。時たま、自分の作業はどうしたというアクスの視線を浴びせられるも、全く意に介していない様子だ。

「む、エドガー様、こちらの絵画はどちらに飾りましょうか？　それにしても、素晴らしい品ですね」

「うむ、それは所在は不明だが、余のような物の価値を理解できる王族の間で有名な画家の作品でな。確か、名はライン・ハルトだったか。特にその絵は余の好みなのだ。ベッド近くに飾り付けてくれ」

「なるほど、道理で……！　承知しました！」

「うへー、私はどうも芸術ってのが分からないッスねぇ。……ん？　何か大きな足音がしないッスか？」

「足音？」

「……外からのようだな」

——ドドドドドドドッ！

眉を顰めるエドガーが窓の外を覗くと、何やら音と共に土埃が舞っているのが見えた。

何者かが外を猛スピードで駆け抜けているらしい。

「噂を聞き付け僕参上！　ベルが決闘するって本当か〜い!?　ここは未来のフィアンセ候補として、僕が間に入らないとっていうか、中庭ってどこだい寮が違うと構造も違って実は迷子！　あっ、それとは別に可愛い子を発見！　お〜茶〜し〜な〜い〜!?」

　そして、それらの出所がシャルル・バッカニアである事を確認。エドガーはそっと窓から離れ、自身のベッドに腰掛ける。

「……シャルル・バッカニアは違う寮ではなかったか？」

「は、シャルル、ですか？　確かに、アーチェ教官が管理を務めるボルカーン寮だったと記憶しておりますが」

「そうか、うむ……馬鹿も極めれば侮れないものだな。行動力だけは見習うところがある」

「「？」」

　アクスとペロナは顔を見合わせ、揃って首を傾げるのであった。

　決闘の場になったという噂の渦中にある中庭の外周には、下級生から上級生まで、既に多くの生徒達が集まっていた。中には自らの引っ越し作業をほっぽり出してまで、見学し

に来た者もいるようだ。

　手入れの行き届いた芝や木々、華やかな花壇が並ぶこの場所は、本来生徒達の憩いの場として活用される、煌(きら)びやかながらもどこか長閑(のどか)な雰囲気が漂う公園のようなところだ。

しかし、今の中庭の雰囲気はいつものそれとは真逆。絶えず生徒達の騒ぎ声が聞こえ、中庭の中心に彼ら彼女らの視線が集まっている。

「これは何の騒ぎかね！」

「げっ、ボイル寮長だ」

　そんな喧騒(けんそう)渦巻く中庭にやって来たのは、シエロ寮を統括するボイル・ポトフだった。

当然の事ながら、寮内で騒ぎを起こす事、許可なく催事を行う事は校則で禁じられている。

生徒同士が決闘をするなどという噂が飛び交えば、寮の管理を任されているボイルがこの場にやって来るのは必然であった。

「げっ、とは何だね、げっとは！　まったく、最近の若い者は態度というものが、って、今はそれどころではなかったか。ほら、そこを通しなさい！　ワシは恰幅(かっぷく)が良いのだから、余裕を持って道を開けなさい！」

「寮長が通るぞ！　道を開けるんだ！」

　ボイルの存在に気付いたシエロの上級生が、すかさず声を張り上げる。

「うむ、流石は新入生の手本となるべき上級生だ。今やるべき事をよく分かっておる」

「下級生、轢(ひ)かれたくなかったら、全力で道を開けろ！　寮長が転んで下敷きにされたら、凄く重いぞ！　最悪骨が折れる！」

「それはそれで凄く失礼じゃないかね!?」

とまあ、何だかんだ言われつつも、ボイルは中庭へと足を踏み入れる事に成功。人だかりで見えなかった中庭も、これで漸く見る事ができる。

「ふう、漸く抜け出せた……っと、そうじゃないそうじゃない。ベル君、ベル君！　決闘だなんて馬鹿な真似は止め——んんっ!?」

　気を取り直し汗を拭い、さあ行くぞと前を向いたボイルを出迎えたのは、彼が名前を連呼するベルであった。それも入学式で首席挨拶をしていた際の、至極外面の良い笑みを浮かべたベルである。

「あら、ボイル寮長ではありませんか。そのように汗をかかれて、如何されましたか？　ああ、ご心配なく。物の移動などの作業はもう済んでいますから。今は緑溢れるこの場所で、こうして心を洗っていたところです。些か人の目も気になりますが、いずれは私も国のトップを担う身。今のうちに慣れておかねばなりませんからね」

「う、うむぅ？」

　ベルは顔に貼り付けるべき笑顔だけでなく、絵に描いた優等生の如く受け答えも完璧だった。何も知らぬ者がこの場にいたら、ああ、そうだったのかと思わず納得してしまうくらいである。

「って、だからそうじゃないって！　ワシ、しっかり！　ボイル、ファイト！」

しかしボイル、気力で踏ん張る。

「ベル君、そのような建前はどうでも良い！　君が物理的に尻に敷いているその者達は何だね!?」

「で、ですわー……」

ボイルが指差す先には、折り重なるようにして地面に横たわる生徒達がいた。その中には渦中の人物、カトリーナの姿も。ベルはその生徒達をベンチ代わりに使い、座っていたのだ。

「何だね、と申しますと？」

「決闘とやらを行い、暴力行為を働いたのか、と、ん、んんんー!?……ひぃ、ふぅ、みぃ――あの、ベル君？　そこに転がってる人数、噂よりも随分と多くない？」

但し、ベルがベンチとして利用していた人数は、軽く十を超えていた。

ボイルが人数を数える為に指差した先には、カトリーナとその取り巻きの生徒の他、何人ものシエロ寮の生徒達が転がっていた。その中にはボイルが特に目をかけていたルミエストの現生徒会長メリッサや、彼女の下で働く書記の姿まで。新入生のカトリーナは兎も角として、上級生の中でもトップクラスの実力を誇るメリッサが、他の生徒達と一緒に

なって目を回しているというこの事実に、ボイルは困惑を隠し切れない。

「首席卒業を目指す、メリッサ君までもが……！　べ、ベル君、改めて問おう。この惨状は一体何なのかね？」

「惨状ですか？　怪我の類は一切させていませんし、皆さんは静かにお昼寝をしているだけで、惨状というほどのものではないと思いますが」

「ベル君！」

「ボイル寮長、顔が近いです」

「そんな事はどうでも良い！　一刻も早く、事態の説明をだね！」

「顔が近いっつってるでしょ？」

「あ、はい……」

笑顔から真顔に急変したベルの圧を受けて、ボイルが三歩ほど下がる。頗る素直であった。

「コホン。それでは、改めて説明させて頂きますね。事の発端はこちらのカトリーナさんでした。入学式での私の挨拶がお気に召さなかったのか、軽くちょっかいを出して来られまして。私としては極力揉め事を起こしたくなかったので、暫くは距離を置こうとしたのですが……どうやらそんな態度も意向に沿わなかったようで、最終的に決闘を申し込まれる形になりました。はい、これがその時に投げられた白手袋です」

そう言って、一切汚れのないカトリーナの白手袋をかざして見せるベル。一方、持ち主のカトリーナが人間ベンチの一番下で土塗れになっているのは、何らかの皮肉だろうか。

「そ、それで決闘を受け、倒した訳かね？」

「決闘を受けただなんて、とんでもありません。その後によ～くお話ししたら、この通り立場を弁えてくれたようでして。私はただ、カトリーナさん達と仲良く森林浴をしていただけ。そして彼女らはあまりの気持ち良さに、こうしてお昼寝に洒落込んだ。そうよね、カトリーナさん？」

「で、ですわー……」

「ほら、本人もこう言っていますし」

「それ、うわ言を言っているだけじゃないかね!?」

「きっと気のせいでしょう、ええ」

　ボイル、至極当然のツッコミ。しかし、ベルはそんな言い訳で押し通す気でいるようで、再び目の眩むような笑顔を顔に貼り付け始めていた。

「で、では、他の生徒達に関しては？　ワシの目が腐っていなければ、そこには生徒会長のメリッサ君もいるように見えるのだが？」

「なるほど、ボイル寮長の目は腐っておいでのようで」

「遂に笑顔のまま毒を吐きおったな、ベル君!?」

「フフッ、ほんの悪魔式ジョークですよ。お気になさらず」

　ちなみに本気の悪魔ジョークには、これに蹴りが加わるらしい。

「メリッサ生徒会長については、少し私も対応に困ってしまいまして」

「……と、言うと？」

「カトリーナさん達とこうして仲良く森林浴をしようとしたら、生徒会長から声を掛けて頂きまして。その事実にいたく感動したのですが、その、同時に緊張してしまいまして。上手く話す事ができなかったのです」

「な、なるほど」

要は無視を決め込んだのだなと、ボイルはそう理解した。

「しかしそれでも、生徒会長は熱心に話を続けてくださいました。確か、生徒会に入って共に組織を運営したいだとか、未来の生徒会長候補として、今のうちに生徒会の見習いとして努めるべきだとか、そんな事を仰っていましたね」

「ほ、ほう、メリッサ君から直々にスカウトされるとは、それこそ心の底から感動する場面だと思うのだがね。それで、そんな美談がなぜにこのような光景に繋がるのかね？」

「ボイル寮長、確かルミエストの生徒会とは学年が最低でも二年でなければ、正式に入る事はできないんですよね？」

「うむ、学園側から校則として、そのように決めておる。だからこそメリッサ君も、生徒会の見習いとして働く事を勧めたのであろう」

「でしたら、やはり無理です。私、飛び級での首席卒業を視野に入れていますから。メリッサ生徒会長と一緒に卒業したら、見習いとして働く意味もなくなるでしょう？」

「は、はいぃぃイィィ!?」

その後、ベルは今の話をメリッサにも言い、丁重に誘いを断ったらしい。メリッサが首席卒業を狙っているのを知ってか知らずか、首席卒業はまあ私だろうけど、共に卒業できる事は光栄に思うよ？　などと、言葉の最後はそんな風に締めたんだそうだ。

「そうしたら、メリッサ生徒会長が急に力試しをしようと仰いまして。今度はこちらの白手袋を頂いたんです。書記の方やメリッサ生徒会長の取り巻きの方々も乱入しそうになって、それはもう大変でした」

最初に出したカトリーナのものとはまた別に、白手袋を取り出して見せるベル。確かにその白手袋には、手の甲に当たる場所にメリッサの家の紋章が描かれていた。どうやらベルは、立て続けに決闘を申し込まれていたようだ。ボイルは頭に手を当て、次の展開がどうなったのかを想像してしまう。

メリッサは容姿端麗文武両道、生徒会長であると同時に、このシエロ寮を代表するほどの実力を擁する生徒だ。出身も正に名家と言うに相応しい家柄で、それらの事からシエロ寮の内外問わずファンとなる生徒も多い。メリッサが倒され、後に書記と共にベルに挑んだ生徒達は、恐らくはそういった者だったのだろうとボイルは推測する。そしてその推測は、見事に的中していた。

「……だが、またよ～く話し合いをしたら、この場に倒れている全員が納得してくれたと？　それから森林浴アンドお昼寝タイムに突入したと、そう言いたいのかね？」

「流石ですね、ボイル寮長。私が話そうとしていた事を、よく理解されているようで。大変助かります」

「……助かってないよぉぉぉ!? ちょっと、おい、待って、何してくれてんのぉぉぉ!?」

ボイル、魂の叫び。

「ですから、お昼寝しているだけです」

「お昼寝で通る訳がなかろうがぁ！ 入学初日に決闘十人斬りとか、規則以前に前例が――」

「――だから、問題ないと言っているでしょ？ 少し黙りなさい、豚が」

「はひっ!?」

急に耳元でドスの利いた声で囁かれ、思わず跳ね上がってしまうボイル。ベルの声は周囲には聞こえない程度の大きさで話している為、この囁きはボイルにしか聞こえていないようだ。

「これは決闘なんかじゃなく、ただ仲良しこよしでじゃれ合っていただけなのよ。それで通した方が、貴方にとっても都合が良いでしょ？」

「だ、だが、ベル君に倒された生徒達はどうするのかね？ そんなふざけた理由、誰も認めないぞ？」

「認めるわよ。というか、認めざるを得ないでしょ。たった一人の新入生に喧嘩を売っておいて、何もできずに一蹴されてしまった。そんな不名誉な情報、プライドの高い先輩達は広めたくないでしょう？　それなら、私と交友を深めていたって嘘を真実にした方が、圧倒的にマシだと思う筈よ。幸い、目撃者はこの寮の生徒しかいないの。貴方は今日起こった事を、私が言った通りの事しかなかったと周知させ、寮生に他言しないよう徹底させなさい。じゃれ合いを見ていた奴らの顔は全員覚えているから、もしもの時は私が対応してあげる」

「え、あ、ええっ……ベル君、君は一体何を狙って――」

「――手っ取り早く天辺を取るなら、相手の弱みを握るのは定石でしょう？」

　この日、ベルは入学初日にして、スクールカーストのトップに登り詰めてしまった。

◇　◇　◇

　シエロ寮にて一悶着が起こってから、暫くして。太陽が真上へと昇り、時刻はお昼時となる。

「リーちゃん、食堂へ行こう！」

「わわっ!?」

「ら、雷ちゃん!?」

　ガチャリと勢いよく扉を開けて、リオンとドロシーの部屋へと突貫して来たのは、ラミ・リューオであった。引っ越し作業が漸く終わり、綺麗になったと一息ついた瞬間のこの展開だ。ドロシーはもちろんの事、流石のリオンも驚きを隠せない様子である。

「おっと、そっちの子はリーちゃんのルームメイト？　良いねぇ、素朴でバリ良いじゃん！　磨き甲斐があるよ！　これからの学園生活、私やリーちゃんと一緒に輝いて行くしかないっしょ！」

「え、え、え？」

「も～、雷ちゃん？　さっきもだけど、話と行動が唐突過ぎるよ。シーちゃん、意訳するとね、私とも仲良くしてほしいです。友達になりませんか？って、言ってるんだよ」

「そ、そうだったんですか⁉」

「目指す先はＢＦＦ～」

「将来的に親友になれれば嬉しいな、だって」

「え、ええー……」

言葉は通じるのに、意味が理解できない。そんな不思議なラミの言葉遣いに、ドロシーは翻弄されっ放しであった。ともあれ、リオンの翻訳もあって自己紹介は無事に終わり、勢いのままラミの言う食堂へと行く事に。

「ここがそうじゃん！」

ラミの案内で辿り着いた先には、それはそれは建物が巨大かつ、何もかもがスケールの大きな――まあ、端的に言ってしまえば凄い大食堂があった。ルミエストに来てからというもの、そういった規模の施設ばかりを目にする為、段々と感覚が麻痺してくる。

「わあ、おっきい！　これって食堂って言うより、高級レストランなんじゃ？」

「えと、利用者よりも料理人さんやウェイターの方が多いような……」

「細かい事は気にしなーい。ま、それだけの学費を払って、それだけ未来を期待されてるって事っしょ。知らんけど。あ、私肉が食べたい、肉肉！」

「え、雷ちゃんって肉食べるの!?」

　リオン、竜(ラミ)が肉を頼むという眼前の光景に、今日一番の驚きを表してしまう。

「うん？　そりゃ食べるでしょ、むしろ主食っしょ。私はドラゴ――ううん、食べ盛りの乙女なんだし？　肉食がデフォと思ってくれて良いよ。あ、食的な意味じゃなくても肉食だけどねー」

「あ、あれっ？　もしかして、肉食(それ)が普通？　言われてみれば確かに、他の竜が肉じゃないものを食べてるところって、あまり見た記憶がないような……火山の時に、ボガもお肉を食べてたし……」

「んー？　変なリーちゃーん？」

　竜の主食は野菜に糖分、それが常識だと思い込んでいたリオン。だがしかし、よくよく考えてみるまでもなく、そんな常識は最初から存在しないのだ。身近にいた野菜好き(ダハク)と甘党(ムドファラク)は、あくまで例外中の例外扱いなのである。

　とまあ、そんなリオンショックを挟みつつも、三人はウェイターに注文を済ませる。ラミは宣言通りの肉と肉の肉料理、リオンは小盛りの定食的なセット料理を、ドロシーはスープとサラダを頼んだようだ。

「ええっ、二人ともそれで足りるの!?　代金は学費でもう払ってるようなもんだし、いくら食べてもおけなんだよ？　もしかしてダイエット中とか？」

「ううん。僕は小食だから、これでも多いくらいだよ」

「私もこれで十分過ぎるくらいなので。村では寒波の際に一食抜く時もありましたし、口にできるものがあるだけありがたいです」

「はえー、リーちゃんの胃の小ささは噂に聞いてたけど、シーちゃんはシーちゃんで苦労してたんだ～。マジリスペクト」

「あの、僕の噂って一体どこから……ま、まあいっか。そういえば、シーちゃんってどこの出身なの？　ちなみに僕は東大陸のパーズ」

「私はガウンになるのかなー、一応？　うん、ガウンガウン――」

ラミは自らにそう言い聞かせるようにして、ガウンの名を連呼している。ガウンの推薦を経てここに来ている筈なのだが、どうも本人はその自覚がほぼないらしい。

「私は氷国レイガンドの、えと……辺境の村の出身です。貧乏と貧困で名前もないような村でして、お恥ずかしい限りなのですが……」

「レイガンドって事は、エド君と同じ国の？」

「エド君ですか……？　あ、ああー、エドガー王子！　いえいえいえ、括りとしてはそうなるでしょうが、そう言われると恐れ多いですよ……」

自分はもちろん知っているが、あちらは自分の存在なんて知らないし、眼中にもないだろうと断言するドロシー。

「そんな事はないんじゃないかな？　そんな状況からルミエストに入学できたのって、逆に凄い才能だと思うけど。僕なんてケルにいや周りの人達に沢山助けられて、やっと入学できたって感じだもん」

「だよねー、私もリーちゃんの意見に賛成かなー。ぶっちゃけシーちゃん、入学金とか推薦とか、全部自力で何とかしたんでしょ？　やっぱマジリスペクトだわ」

「いえいえいえいえいえいえ！　本当にそんな事はないんです！　たまたま私の運が人生で一番のツキを呼び寄せたのか、村に立ち寄ったとある方の目に留まって……それから学園都市を勧められて、入学に必要なものを何から何まで用意してくれたんです。だから私、学園を卒業して立派になって、その方にお礼をして、それから故郷の村の役にも立ちたいと思っているんです」

「へ～！　でも、それはそれで凄くない？　そこまでシーちゃんに尽くしてくれる人がいるって事っしょ？　凄くない？」

「うんうん！　あと、その人にそこまでの才を見出させたシーちゃんも凄い！」

「で、ですから凄くないんです……！　本っ当にみそっかすなんです……！」

凄い凄くないと、延々と言い合い続ける三人。傍から見ても、その争い（？）は切りがなかった。

「うへー、見かけによらずマジで強情。なら、これで確認しよっか」

そう言ってラミが豊満な胸元から取り出したのは、今朝入学式で貰った学生証だった。

「それって学生証？」

「そ、二人も持ってるっしょ？　私、結構こういうアイテムは使い慣れてんだよね〜。あの式の最中に色々試してさ、面白い機能見っけたりして〜」

「雷ちゃん、式の最中だよ。式の最中」

「フフン、私としては寝なかっただけ大健闘だし。ま、学院長の話が意外とウケたってのもあったけど」

試験中に寝ていた猛者が、入学式の最中に寝なかっただけ奇跡。暗にラミはそう言いたいらしい。

「って、メインはそこじゃないし。ほら、この学生証。ここに魔力をこう込めると〜――」

ラミが僅かに魔力を流すと、波紋が広がるようにして学生証の表記に変化が生じた。

◆

氏名：ラミ・リューオ
入学試験成績（合格者100名中）
・筆記試験　100位
・運動適性　1位

◆

・表現能力　22位
・面接試験　89位
・総合点数　47位

◆

そこに映し出されたのはラミの入学試験の成績だった。筆記と運動の落差が実に酷い。

いや、酷過ぎる。

「こ、これって……！」

「試験の成績、みたいな？　この学生証の使い方はまだ説明されてないけど、自分の順位は確認できるみたいなんだよね～。これを使ってさ、二人の成績も教えてよ。もう合格しているんだし、見せ合いっこしても問題ないでしょ？　ね、ね？」

ラミに押し切られ、結局リオンとドロシーも試してみる事に。

◆

氏名：リオン・セルシウス
入学試験成績（合格者100名中）
・筆記試験　37位
・運動適性　3位

・表現能力　１位
・面接試験　１位
・総合点数　３位

◆

「おおー！　リーちゃん、超、ゆー、しゅー！」

「ラ、ラミさんの運動適性に驚きましたけど、リオンさんも凄い……！　と言いますか、あと少しで首席じゃないですか!?　こ、これからはリオン様とお呼びした方が良いでしょうか……？」

リオン、ドロシーの申し出を丁重に断る。そして、最後となるドロシーの番が回って来た。

「えと、こう……で、しょうか？」

「そそ。さ、何が出るかな、何が出るかな～？」

「わくわく！」

◆

氏名：ドロシー
入学試験成績（合格者１００名中）

◆

・筆記試験　50位
・運動適性　50位
・表現能力　50位
・面接試験　50位
・総合点数　50位

◆

「ああ、やはり御二人よりも下でしたか。私なんて突出したものが何もなくて、成績もこんなものでして……あ、あれ、御二人とも？」

偶然とは思えない奇跡的な順位に、思わず言葉を失ってしまうリオンとラミ。逆にドロシーが一番凄いのでは？　と、率直にそう思うリオンらであった。

「「ッ!?」」

◇　◇　◇

ちょうどお昼時になった為なのか、食堂という名の高級レストランに少しずつ生徒達の姿が見られるようになってきた。しかし、リオン達にとっては眼前にあるドロシーの成績の方が気になるようで、そこから目を離す事ができない様子だ。

「こ、こんな偶然ってあるんだね。これ、宝くじが当たるよりも、確率低いんじゃないかな？」

「難しい事はよく分からないけど、すっごく難しいってのは私にも分かるじゃん。シーちゃん、目立たないように裏工作とかしてない？」

「そ、そんな大層な事、私にはできませんよ……」

「うーん、意図的に操作するにしても、こんなあからさまな成績にしたら逆に目立っちゃうよね。特にメリットがないし、シーちゃんが何かした訳ではないんじゃないかな？」

「あー、言われてみれば。シーちゃん、GM（ごめん）！　私とした事が、変に疑っちゃった！」

「わ、私こそ、こんな変な成績を取ってしまって申し訳ないと言いますか——」

「——成績がぁぜぇあぜぇ……！　な、何だってぇぜぇ……！……ハニー達～？」

「あ、シャル君」

　不意に話に割って入って来たのは、なぜか息切れ気味なシャルルであった。ついさっきまで全力疾走を続けていたのか、肩で息をしてしまっている。

「確か同じ寮の男子だっけ？　私ラミ、よろー」

「ドロシーです。その、よ、よろしくお願いします」

「よろじぐぜぇ……！」

「えと、シャル君は何でそんなに疲れているの？」

「ぢょ、ぢょっど、隣の寮にまで挨拶を……でも迷子になっで、あっぢやごっぢに、ふぅ、ふぅ……ふぅ、よし、落ち着いてきた。それで、ええと……成績の見せ合いっこをしているんだって？　子猫達～、是非とも僕もその輪に入れておくれよ～」

「おっ、やけに自信満々じゃん。どれどれ、学生証を出したまえ～」

「もちろんさ～」

ラミの指示の下、シャルルが学生証に魔力を注入する。浮かび上がる成績に、皆の視線が集まるのだが――

◆

氏名：シャルル・バッカニア
入学試験成績（合格者100名中）
・筆記試験　44位
・運動適性　72位
・表現能力　76位
・面接試験　100位
・総合点数　88位

◆

――何ともコメントし辛い順位であった。だが、シャルルはどこか誇らし気だ。

「どうだい、僕の成績は？　学力的なところはそこそこ良い線いっているだろう？」

「そ、そうですね、私よりも上です」

「フッ、だろう？」

「いやいや、それよりもこれ、面接試験の順位どうしたん？　筆記試験で名前だけ書いて寝た、私みたいな順位になってんじゃん！」

「雷ちゃん!?」

それはそれで問題発言をするラミ。

「それが僕にもよく分からないんだよね。僕なりにアピールはしたつもりだし、ちゃんと試験官の女性を口説いたつもりなんだけど」

「「……」」

聞いて納得の順位であった。しかし、ある意味で本当に大物なのかもしれない。

「あれ？　そこにいらっしゃるのはリオンさんではありませんか？」

一周回ってシャルルに対し感心していると、不意に聞き覚えのある可愛らしい声が耳に入った。

「あ、クロメル！　引っ越しが終わったんだねっと？」

リオンが声の方へと振り返ると、そこには確かに制服姿のクロメルが居た。居たのだが、それだけでなく彼女の隣には、やたらとインパクトのある大男の姿も。

「やあやあ、お初にお目にかかります。拙者は――」

まあ彼の正体はクロメルと同じ寮生であるグラハムな訳だが、内容が同じである為ここでの挨拶は省略する。話を聞くに、グラハムはセルバ寮のマスコットと化したクロメルを、苛烈極まる女子生徒達の取り合いから救出してくれたんだそうだ。寮長のミルキーが現れる数秒前のタイミングであった為、かなりギリギリであったようである。その後ちょうど昼食時になったので、この食堂まで案内する事になった、という流れらしい。

「ほう、この子が噂の……ふ～ん、ま、邪悪な感じはもうしないし、良いんじゃね？」

「へ？」

「ううん、こっちの話～。それよりも、ここに来たからには学生証を提示するしかないっしょ！」

「へ？」

「ふむぅ？」

「あはは、だから雷ちゃん急だってば～」

再度の疑問符からの恒例の儀式、成績見せ合いっこの儀を執り行う事となった二人。そして言われるがままに魔力を注入。

「フッ、どれどれ？　どの程度の成績なのか、僕が見定めてあげようじゃないか。筆記試験44位の、この僕がねっ！」

ちなみにシャルル、この時にリオンらの成績はまだ確認していない。

◆

氏名：クロメル・セルシウス
入学試験成績（合格者100名中）
・筆記試験　43位
・運動適性　5位
・表現能力　28位
・面接試験　4位
・総合点数　8位

◆

「……へあ？」

よって、こんな変な声が出てしまうのも、まあ仕方のない事であった。

◆

氏名：グラハム・ナカトミウジ
入学試験成績（合格者100名中）
・筆記試験　2位
・運動適性　4位

・表現能力　5位
・面接試験　7位
・総合点数　2位

「……」

次いでの沈黙、いや、撃沈と言うべきだろうか。遂にシャルルの口と思考が止まってしまった。

「わあ、クロメル10位以内に入れたね！」

「わっ、リオンさんもですか？　良かった、これでお揃いさんで目標達成です！」

そんなシャルルはさて置き、どうやらリオンとクロメルは総合点数で10位以内を狙っていたらしい。手を握ったまま二人揃って飛び跳ねている。

「おおっ!?　グッち凄くね!?　全体的にこう……凄くね!?」

「グッちとは奇想天外なあだ名ですな。しかし、そこまで持ち上げられると拙者、顔から火が出そうでござる」

「す、凄いってものじゃないですよ、この成績……！　え、でも、こんなに凄いグラハムさんで2位？　あ、そっか、首席挨拶で見た、あの綺麗な方が……でもだとしたら、首席さんって一体どんな成績なんでしょうか？」

「へあっ!?」

「呼んだかしら？」

　本日はやたらと驚き声の多い日である。ドロシーが声の方へと振り向くと――やはりと言うべきか、そこにはベルが立っていた。そして彼女を追って来たのか、遅れて食堂にシエロ寮の生徒と思われる者達が複数人入って来る。

「べ、ベル様、急に消えないでください！　私達が見失ってしまいます！」

　少し前のシャルルがそうであったように、彼らは汗がダラダラ息も絶え絶えだ。

「消えてないわよ、ちょっと小走りで移動しただけじゃないの。というか、勧誘は他でやってくれない？　私、倶楽部に入るつもりなんて一切ないから」

「で、ですがっ！」

「えと、ベルちゃん？」

「ああ、リオンにクロメル。こんなところで会うなんて奇遇ね、今から昼食？　ご一緒しても良いかしら？」

「いや、さっきの様付けってどうしてそんな――」

「――ベルさん、小走りでも廊下を走っちゃめっ！　です！　セラさんも廊下は走りません！　良心が痛むらしいので！」

「ッ!?　セ、セラ姉様が……!?　ッチ、分かったわよ。できるだけ気を付けるわ」

「う、うん、それも大事な事なんだけどさ、それよりも後ろの人達は一体――」

「――さあさあ、学生証を出したまえ！　新たなる挑戦者、ベルっちよ！」

「は？」

「……うん、ベルちゃんも成績を教えてくれると嬉しいなって」

ベル、流れに逆らえず、疑問の解明は後回しに。

◆

氏名：ベル・バアル

入学試験成績（合格者100名中）

・筆記試験　1位

・運動適性　2位

・表現能力　2位

・面接試験　2位

・総合点数　1位

◆

「がくっ……」

「シャル君!?」

シャルルは天に召された。

◇　◇　◇

それから成績の見せ合いっこを終えたリオン達は、このまま食堂で共に食事をする事となった（戦闘不能となったシャルルは医務室へ、ベルを勧誘していた者達は解散済み）。寮は違えども同じ新入生同士、交友を深めたいというリオンたっての発案である。

「へ～、グラハム君ってデラミスのリフィル孤児院出身なんだ。ケルにい――僕のお兄ちゃんがコレットと一緒に行った事があるって、前に聞いた事があるよ」

「ほほう、それは奇遇――というよりも、『死神』ケルヴィン殿とデラミスの巫女殿の蜜月は、孤児院でも噂になっておりましたからな。共に来られたのも、当然と言えば当然でござる」

「み、蜜月!?」

「その通り。それまで男気のなかった巫女殿が、精悍な顔つきの男子を連れて来たとなれば、孤児院のシスターや童達が噂しない筈がない。拙者は一年ほど前に孤児院を卒業したのじゃが、里帰りをした際に嫌というほどその話を聞き申して。今や孤児院に死神殿と巫女殿の仲を知らぬ者はおらんぜよ」

「そ、そんなに噂になってるんだ……」

昔からコレットと関わりのあった孤児院の者達からすれば、彼女が男を連れて来た事はそれほど衝撃的だったのかもしれない。というよりも、噂自体は何も間違っていないので、訂正の必要がそもそもない。ベルなどは吐き捨てるように、「不潔ね」と呟いている。

「フハハ、まあ子供達の中には巫女殿に恋をしていた者もおりましたから、それだけ噂が広まるのも早かったのでござろう。しかしながら相手はS級冒険者、その者らも今ではすっかり諦め、新たな恋を探しておる。まあ拙者としては諦めず、そのまま高みを目指してほしかったのじゃが……それもまた青春でござる！」

最後にグラハムが良い話風にまとめた。が、一方で集った者達のうち何名かは、その恋を諦めたのはある意味で正解だったと、心の中でコレットのトリップ顔を思い浮かべながら、そう思うのであった。

「またまた、そんな事言って～。グッちも巫女に恋していたんじゃないの～？　ほらほら、本当のところを言ってみ、言ってみ？」

「それはないでござる。拙者はシスター・アトラ一筋でござる」

「アトラ？　へえ、それが誰だか知らないけど、グッち一切照れないじゃん。覚悟決まってる～」

「かたじけないでござる～」

ラミに合わせて語尾を伸ばすグラハム。意外とノリが良い。

「あれ、それじゃあもしかして、グラハム君ってエレンさんの事も知ってるの？」

「知ってるも何も、シスター・エレンは孤児院の母、つまりは拙者の母様じゃ。リオン殿はご存じだろうが、母様は色々あって暫く行方不明となっていた。じゃけぇ、ルノア姉さんとアシュリー姉さん――冒険者風に言うと、『氷姫』のシルヴィア姉さんと『焔姫』のエマ姉さんが見つけ出してくださったのだ。いやはや、拙者も世界を巡って捜していたのじゃが、姉さん方に先を越されたっちゃ。尤も、一件落着に変わりはない。拙者は満足しているでござる」

どうやらシルヴィアとエマがトライセンを離れてエレンを捜していたのと同じく、グラハムも独自にエレン捜しを行っていたようだ。成績を見る限り、グラハムの運動適性はリオンに次いでいる。それだけの実力を有しているのだろう。リゼア帝国で政治に関わっていたエドワードもそうだが、あの孤児院の出身者は大物が多いのかもしれない。

「ヒソヒソ……（あ、あの、クロメルさん……先ほどから大国の重鎮の方や、名高い冒険者の方々のお名前がバンバン出ているのですが……）」

「ヒソヒソ？（へ？　えっと、パパ達の事ですか？　パパはパパですし、コレットさんやシルヴィアさん達はお友達ですよ？）」

「ヒソー!?（ぱぱともぉあぁー!?）」

ドロシー、器用にヒソヒソ話に興じる。これもオール50位を成した故の技なのだろうか？

「母様は破天荒な方でな。拙者が童であった頃は、よく姉さん方と一緒に絞られたもんじゃけい」

「あはは、すっごく楽しそう」

「然り、大変楽しいものであったぞよ。発見の知らせを受けて里帰りした際は、柄にもなく幼き頃に戻った気分じゃった。だが、真に驚くところはそこではなかったんでござる。なんとその時、母様以上に凄まじい御仁が孤児院に居てな、この世のものとは思えぬ強さを身に纏っておられたのだ。遊戯の延長で試合を申し込んだのじゃが、拙者と姉さん方が束になっても敵わなかったんぜよ。いやはや、世界を巡ってそれなりの力を身につけたつもりだったが、拙者はまだまだ井の中の蛙であったようだ」

「あー……」

集った者達のうち何名かが、とある黒髪最強勇者の顔を思い浮かべる。エレンとセットという事で、孤児院に居た事についても納得。リオンやベルとて、あの勇者を相手に勝つのは至難の業、というよりも決戦の時に勝てたのが奇跡に近かった。グラハムがシルヴィア達と組んで挑んだとしても、固有スキルを封じていない時点で勝利するのは難しいだろう。

「まあそんな衝撃を受けたのもあって、また一から自分を磨き直そうと思ってな。この学園に通おうと考えたのも、その要因が大きいのでござる。幸い、エドワード兄さんに勉学を教わっておったから、試験自体は全く問題なかった。そして不足している金銭や推薦については、伝手を探してトラージのツバキ殿に行き着いたという訳よ」

「わあ、ツバキ様も太っ腹だね！」

「まったくでござる。卒業後にトラージに仕えればそれで良いと、就職先まで提供してくださったのだ。聞けば、姉さん方も今はトラージに籍を置いているらしい。フフッ、また姉さん方と肩を並べる時が来ようとは……このような好条件、他ではあり得んぜよ！」

「あ、ああー……」

つまるところ人材至上主義のツバキらしい、強引な勧誘だった。

「ところで、ラミ殿はガウンの獣王レオンハルト殿より推薦を受けたと伺っているでござる。貴殿はどのような思いで、この学園都市へ？　レオンハルト殿と言えば、獣人でありながら奸智に長けていると聞く。やはり、何か深い訳でもあるので候？」

「え、私？　ううん、私はただ暇してたから、かな～？　リーちゃんがルミエストを受験するって、たまたま友達のサラっちから聞いてさ。何それ学園生活とか超絶私向けじゃんとか思って、とりまレオちゃんの家に行ってお願いしたんよ。それでオーケー出た感じ」

超絶中身のない理由であった。

「わあ、獣王さんも親切さんなのですね」

「うんうん、超話が分かる奴だった～」

クロメルとラミがほんわかと話をする。

（あ、あの獣王様が!?　そんな事ってあり得る、のかな？　雷ちゃんに対して、何か見返りを要求している風でもないし……怪しい、絶対に怪しい……！）

その一方、かつてレオンハルトの対人指導を受けた経験のあるリオンは、善意の裏に何かがあると熟考していた。

実際のところ、ガウンとルミエストが強い関係を保てば、祭りや自国の店舗出店、宣伝を行い入学金以上の金が回収できると、算盤を弾いた獣王はそう結論付けていたようだ。ルミエスト郊外で行われている宴にも、絶賛ガウンの屋台を出店中である。

「……リオンにグラハム、ついでにラミ。ちょっと良いかしら？」

話が盛り上がる中、不意にベルが三人に声を掛ける。

「む？」

「どうしたの、ベルちゃん？」

「何で私だけついで？」

「ついではついでよ。今日の深夜、校舎の中庭に来なさい」

「「「校舎の中庭？」」」

「そ、大きなモニュメントがあるから、直ぐに分かるわよ。寮は上手く抜け出して来なさい。当然、拒否はできないからね？」

笑顔のベルを見て、三人は揃って首を傾げた。

この日のルミエストは日が沈んでからも賑やかなものだった。郊外の祭りは未だに終わ

る兆しを一切見せず、学園の寮内でも新入生を祝う会がそこかしこで実施されていたからだ。リオンが所属するボルカーン寮もそれは同様で、つい先ほどまで寮の先輩達が歓迎会を開いてくれていた。ボルカーン寮は亜人の多い寮だけあって、学年や種族を気にする者は殆ど(ほとん)いない。なので在校生と新入生の親交はすぐに深まり、やんややんやと深夜に差し掛かる時刻まで盛り上がってしまったという訳である。

「あ、あんなに沢山の方々とご挨拶するなんて……人に酔いました……でも、こんな私でも仲良くなれて良かったです……」

漸く(ようや)自室に帰還する事ができたドロシーが、ベッドへと勢いよく倒れ込む。但し、彼女は笑顔だった。人見知りかつ自分に自信が持てない彼女も、ボルカーンの歓迎会には満足した様子だ。

「面倒見の良さそうな先輩達だったよね。あと、シーちゃんがあたふたしてて面白かった！」

「み、みなまで言わないでください、リオンさん……」

「あはは、了解。それじゃ、よっと」

会話の最中に部屋の窓を開けて、その窓枠に足をかけるリオン。

「ちょっと出掛けて来るから、後はよろしくね！」

「ちょちょちょちょ！　リ、リオンさん!?」

開けた窓から外に出ようとするリオンを見て、ドロシーは急いで待ったをかけた。溜(た)

まった疲労を投げ捨て、ベッドから転がり落ちながらも、必死に手を伸ばして止めようとする。

「大丈夫だよ。ほら、ベッドには僕の形になったアレックスが潜り込んでるし、布団をめくらない限りはバレないよ」

親指を立て、万事オーケーだと胸を張るリオン。確かにベッドの中には、能力でリオンの姿を模したアレックスが入っていた。影である為全身が黒色ではあるが、部屋の灯りを消しておけば、傍目にはリオンが寝ているようにしか見えないだろう。

「クゥーン（僕です）」

「ええっ、アレックス!? い、一体どんな魔法で……？って、違います！　ここっ、ここ、二階ですよ！」

「それも大丈夫。このくらいの高さなら、階段を下りるのとそんなに変わらないから」

「あ、確かにリオンさんの身体能力なら納得……って、そういう問題でもなかった！　ええと、深夜は寮長さんに届け出を出さないと、外に出られませんよ？　無断で寮を抜け出すのは校則違反になっちゃいます。だから、そんな不良めいた事は止めて――」

「――え？　届け出の許可は貰ってるよ？　ほら、アーチェ教官からサインも貰ってる」

そう言ってリオンは、ドロシーに届け出を差し出す。確かにリオンの手には正式な届け出があり、寮長アーチェのサインが記されてあった。

「届け出、普通にあるんじゃないですか……あの、何でそんな紛らわしい外出の仕方を、アレックスを代役にしてまで？」

「うん？　夜に外出する時って、こっそりバレずに出て行くのが作法じゃないの？」

「え？」

そんな作法あったっけ？　と、ドロシーは大真面目に考えてしまった。しかし、一方のリオンも大真面目なのである。それは一体どこの漫画から仕入れた知識なのだろうか。

「リーちゃん、準備おけー？」

「あ、雷ちゃん」

「こそー!?」

そんな事をしていると、不意に窓の外よりラミが顔を出した。繰り返すがこの部屋は二階、窓より誰かが顔を覗かせるとは思っておらず、ドロシーは心の底よりビックリしてしまう。そして驚き声が、昼のそれをまだ引き摺っているらしい。

「僕も今出ようとしていたところ。シーちゃん、それじゃ行って来るね～。たぶん、直ぐに戻って来ると思うから」

「うっすシーちゃん、アンド、リーちゃん借りてきま～」

「い、いってらっしゃいませ……」

驚く心臓を未だに落ち着かせる事のできないドロシーは、精一杯の苦笑いを浮かべながら二人を見送る。リオンとラミは当然のように窓から飛び降り、これまた当然のように地面へと着地。数秒後には彼方へと消えて行った。

「こ、これがルミエスト……！　凄い学園に来てしまいました……！」

ある意味で感嘆するドロシーであるが、二人を基準に一括りにされてしまうのは、学園都市も不服かもしれない。

◇　◇　◇

日中は賑やかな校舎の中庭であるが、深夜に差し掛かるとすっかりと静かになり、人気もなくなる。一方で中庭の中央にそびえる柱型のモニュメントは、昼間とは違った神秘的な雰囲気を晒し出していた。その傍らには三人分の人影があり、誰かを待っているのか時間を気にしているようだった。

「……漸く来たみたいね」

「お待たせー！」

「たせ～」

そこへやって来たリオンとラミ、若干駆け足かつ手を振りながらの登場だ。

「遅いわよ、５分遅刻」

「ご、ごめん。歓迎会が思ったよりも長引いて、それ以上に楽しくてつい……」

「大丈夫大丈夫、５分なんて遅刻のうちに入んないっしょ。むしろ早いくらいじゃね？　よし、早く来られたから褒めて褒めて！」

素直に反省するリオン、これは遅刻ではないと言い張るラミ。真逆を行く二人の反応に、ベルは早くも頭を悩ませる。

「リオンはともかく、アンタは普段から時間にルーズそうね」

「おお、本当に褒めてくれるん？」

「褒めてないわよ……」

「まあまあ、良いではないか。ベル殿、今こそ王の懐の深さを示す時でござる」

「ハァ、まったく貴方達(あなたたち)は調子が良いのだから」

「ところでベルちゃん、さっきから気になっていたんだけど、そちらの方は？」

リオンの視線の先には、とある女子生徒の姿があった。深夜だというのに輝かしい金髪を持つ彼女は、そこに立っているだけでも凛(りん)としていて存在感が際立っていた。これだけ存在の目立つ生徒であれば、一度目にすれば忘れる事はない。言葉には言い表し辛(づら)いが、そう思わせるほどに彼女の雰囲気は王族然としたものだったのだ。

「コホン。はじめまして、ルミエスト生徒会長のメリッサ・クロウロードです。遅ればせながら、貴女(あなた)達の入学をお祝い申し上げます」

「せ、生徒会長さん!?　こ、こちらこそよろしくお願いします！」

「へえ、結構大物じゃん。よろー」

「……今年の新入生は十人十色、どころではなさそうですね」

「フッ」

ベルに続いて頭を悩ませるような仕草を取るメリッサ。彼女の後方では、そのベルが鼻で笑っていた。

「ええと、生徒会長さん？　は、ベルちゃんやグラハム君とお知り合いだったんですか？」

「いえ、そういう訳では——」

「——ええ、その通りよ。知り合ったのは今日の今日だけど、メリッサから是非ともお友達になりたいと言ってきてね。今では貴女達みたいな関係になったの」

「わ、そうなんですか？」

「いきなり親友とか、生徒会長も手が早いね～。人は見た目によらないわ～」

「そ、そうなのよ……」

引きつった笑みを浮かべるメリッサ。ベルとマブダチな彼女に、不服なんてものは一切ないのだろう。

「自己紹介はこの辺で良いでござろう。ベル殿、そろそろ本題に入ってはどうか？」

「あ、そうだった。ベルちゃん、こんな時間に呼ぶなんて、一体どうしたの？」

「これから話す内容を無関係の奴らに聞かれたくなかったのよ。リオン、これが何だか分かる？」

そう言ってベルが指し示したのは、この中庭のシンボル——かつてリオンがケルヴィンと挨拶をしに来た時にも確認した、ルミエストの神柱だった。

「何って……神柱、だよね？　その、ベルちゃんが近づき過ぎると危ないと思うけど

「……」

「フン、悪魔が触れると中身の亜神が出て来る、だったかしら？　その心配は無用よ。だってこの柱、もう中身が空なんだもの」

「中身が空って……どういう事、ベルちゃん？」

ベルの言葉を受けて、首を傾げるリオン。ラミも意味を理解していないのか、頭上に巨大な疑問符を浮かべながらポカンとしている。

「そのままの意味よ。さっきまでグラハム達にも説明していたんだけど、神柱の中に封印されている筈の半神がいなくなっているの。その証拠に……ほら、私が触っても何も起きない」

ベルはそう言って、げしげしと柱を軽く蹴ってみせた。確かに悪魔であるベルが触れても、神柱は何の変化も見せない。

「本当だ。パーズやガウンの時はセラねえやジェラじいが触ったら、直ぐに強い光を出していたのに……でも、中身がないってどうして分かったの？」

「神柱って、どいつもこいつも似たような気配だもの。トリスタンが使役していた神柱連中の気配を知っていれば、まあ私なら造作もないわよ。で、ケルヴィンから受けた依頼の一つに神柱の件も入ってたから、念の為にこの神柱を日中のうちに確認してみたって訳。そしたら、既にこんな状態だったのよ」

ベル、更にげしげし。リオン、一応ルミエストの記念碑でもあるので、そんなベルを止めに入る。

「な、なるほど。ルミエストの神柱、ケルにいの念願の一つだったもんね」

ケルヴィンはリオン達がルミエストへ入学する条件——というよりも、個人的なお願いを幾つか提示していた。その一つがこの神柱である。

神柱は前々神エレアリスが世界各地に創造した、対魔王用の半神だ。しかし、黒きメルフィーナの暗躍によって邪気を流し込まれ、現在はその行動倫理に問題が発生している。セラ達が少し触れただけで暴走を起こしたのも、全てその為だ。よって神柱を管轄するデラミスは、神柱の隔離及び破壊を目指していた。

「全部で十柱あるうち、既に破壊が済んでいるのは東大陸パーズにあった神狼ガロンゾルブ、ガウンの神獣ディアマンテ、トライセンの神蟲レンゲランゲ、西大陸の神竜ザッハーカ、神機デウスエクスマキナ、神蛇アンラの六柱。残るデラミスの神霊デァトート、トラージの神鯨ゼヴァルはダンジョンの奥深くにあるのもあって、ケルヴィンが頃合いを見計らって挑戦する事になってるらしいわね。氷国レイガンドにあるらしい神鳥ワイルドグロウは、依然として神柱の在処を調査中。で、ここルミエストに創造された十柱目の神柱は——」

「――神皇国デラミスよりそのような連絡はあったようですが、かつての神々より授かった歴史ある記念碑という事で、学園内外の多くの有力者が反対声明を出したそうです」

ベルの説明を引き継ぐ形で、今度は生徒会長のメリッサが話し始めた。

「私達生徒の一般認識は、縁結びやらの有り難い噂があるただのモニュメント。ベルさんが仰るような危険が潜んでいるとは、全く考えていませんでした。恐らくそれは、デラミスの要請に反対した有力者達も同じでしょう。あとは、そうですね……学園都市は数多の国に根を張る、絶対不可侵の象徴。東大陸で言うところの、静謐街パーズによく似た性質を持つ聖域です。如何に大国の申し出があったからとはいえ、容易にそれを了承したくないという思いがあったのかもしれません」

「だからこそ、私は首席卒業を目指していたんだけどね。その時に得られる学園改革案の提出って、道理に適っていれば大抵の事は実行されるのでしょう？」

「ええ、まあ。同じ首席卒業を目指す私としては、少し複雑な気持ちになってしまいますが」

ベルが言う通り、代々ルミエストの首席卒業生は学園に対し、この予算はこうあるべきだ、こういった施設が今後必要になるだろう、などといった改革案を提示する権利が得られる事になっている。この権利は学園側の首席卒業生に対する信頼の表れであり、ルミエストをより良くしていく為の恒例行事なのだ。

無論、かつて首席卒業したコレットやシュトラもこの権利を行使しており、その際はリンネ教の礼拝堂を学園敷地内に建設する案や、手作りヌイグルミ教室を授業として開く案を提示していた。……かなり私欲の入り混じった改革案のように思えるが、言わばこれは首席卒業生へのご褒美のようなものなので、これら案は割とすんなり通っていたりする。反社会的な願いでもない限りは、案外気軽く採用されてしまうようだ。

ベルの狙いは正にそこで、外からの圧力で屈しないのなら、首席という立場を利用し、内から説得を行うというものだった。大国に屈するのではなく、名誉あるルミエストの首席卒業生の発案を採用するのであれば、頭の固い有力者達もこれに乗っかってしまうだろうという狙いである。

「ま、その策も見事におじゃんになったから、もう首席を目指す必要もなくなったのよね。撤去しようとしていたこの神柱、肝心の中身が行方不明だもの。ガワの柱だけケルヴィンに持って行ったって、あいつのアホ面(づら)を拝めるくらいの役得しかない。あ、セラ姉様が悲しむから、それも駄目か……」

「ねーねー、第一に気に掛けるのはそこじゃなくない？　その神柱の中身、ないってんならどっかに潜んでいるんでしょ？　この学園内か、それとももう郊外に出ちゃったか。どっちにしたって、今の神柱ってキマってるから危ないよね～。あ、そいつを外に出した元凶も探さないとか」

それまでまるで興味がない様子だったラミが、髪の毛を弄(いじ)りながら尤(もっと)もな言葉を口にした。期待をしていなかった分、ラミがそんな真面目な話をするとは思っていなかったのか、ベルが一瞬目を見開く。

「……貴女、ひょっとして存外に頭が回るんじゃないの？」

「回りませ～ん。私はリーちゃんと花の学園生活を楽しみたいだけ～。その邪魔になるものはバリバリ排除しないとっしょ？」

「へえ、分かりやすい思考回路ね。ま、馬鹿な奴よりかは好きよ、そういうの」

行方不明となった神柱、そしてその神柱を外に出した犯人の捜索を行う。学園の安全を確保する為にも、この場に居る全員の行動方針が固まった。

「ベルちゃん、ちなみになんだけど、生徒会長さんとグラハム君にも協力を？」

「ええ、メリッサは生徒会の中枢で、ある程度学園に顔が利くからね。学院長のアートとか、比較的マシな思考を持っている教員連中に協力を要請してもらうわ。ま、それでも全生徒の避難とか、そこまで大事にはできないでしょうけど」

「でしょうね。先ほども言いましたが、学園側は神柱の存在について懐疑的です。警戒は強めようとも、表立って学園の名に泥を塗るような行為はしないでしょう。私としては精一杯の協力は惜しみませんが、あまり期待はしないでください」

「了解、元からそこまで期待していないから大丈夫よ、親友」

「……」

「ベル殿、もう少々柔らかく言ってくだされ。そのうち謀反を起こされるでござるよ？」

「あ、一応フォローしておくけど、ベルちゃんにとって軽口を叩けるのって、仲の良い証拠みたいなものだから！」

「へ～」

「ほう！」

「べ、ベルさん、まさか貴女、そこまで私の事を……！」

リオンのフォローにより、視線がベルに集まり出す。

「……グラハムはそこそこ戦闘力が高いみたいだし、何よりもエレア――コホン、エレンの孤児院出身という経歴が怪しかったのよ。貴方、この学園に通いたかっただけじゃなくて、エレンやセルジュから神柱について何か指示を受けているでしょ？　ほら、隠している事をさっさと言いなさい。早く」

（あ、スルーした）

（流したでござるなぁ）

（ベルっち、弄り甲斐があるな～）

（ベルさん、やはり私の事を……！）

約一名、視線が熱いものになっていたり、いなかったり。

リオン達がルミエストへ入学してから数日が経過した。向こうで元気でやっているか、

環境の変化に戸惑っていないか、年頃の友人達と上手く付き合っているか、近付く男子生徒共にしっかりと止めを刺しているだろうかと、俺の悩みは日々尽きない。そんな悩みを振り払うように、俺はスズ達に武術や魔法の専門指導を行い、以前シンジールらと出会ったS級ダンジョン『死神の食卓』にて実戦経験を積ませる事に没頭している。が、心の中のもやっとした感情はどうにも消え去らず、今に至っている。

クッ、目の前のあいつらは順調に美味しく育っているってのに、心の底からは楽しめていない俺がいる！　妹ロスに娘ロス、ここに極まる！　と、そんな困窮していた俺のところに、とある念話が飛んで来たんだ。それは正に、今俺が最も求めている者達の声だった。そう、リオンとクロメルからである！　なるほど、考える事は妹娘達も同じだったのか！

『――っていう事があってさ、神柱の中身がなくなっていたんだ。でもベルちゃんや生徒会長さんが手を回してくれて、学園側が秘密裏に協力してくれるって！　孤児院出身のグラハム君も、シスター・エレンにそれとなく調査をお願いされていたみたいで、神柱について色々と教えてくれたんだ』

『待ち合わせが夜遅くの時間だったので、その時に私は寝てしまっていました。不覚、です……』

『あはは。それを予想して、ベルちゃんはクロメルには声を掛けていなかったみたい。何だかんだ言って、気を回してくれたんだね』

『そ、そんなに子供ではないので、次は頑張って起きてますから！　絶対次は私も参加します！』

『その意気その意気。って、ケルにい？　ちゃんと聞いてる？』

『あ、ああ……』

何という事だ。寂しいとかそういう理由で連絡を寄こした訳ではなく、単に俺の要望にあった神柱についての報告だったようだ。でも、二人の声を聞けたから俺は満足です！

と、そんな義父さんムーブもここまで。神柱の中身がない、またその原因を作った奴がいるってのも、リオン達の学園生活に関わる重要な出来事だ。何かしらの対策は必須で、ベルが率先して動いてくれたのは流石と言える。

『神柱を確認してから何日か経ったみたいだけど、それから変わった事はなかったのか？』

『うーん、僕視点では特になかったかな？　学校の講義は予定通り開かれているし、同級生や先輩達もいつも通り、不審者っぽい人も見当たらない。クロメルはどう？』

『私も同じ感想です。中身がなくなってもモニュメントとしての神柱は存在していますし、騒ぎが起こるような事もないですね。ベルさんも空になった神柱以外からは、学園内に似たような気配はないと断言されていまして、その……』

『今のところ具体的に打つ手はなし、か。となると、もう学園の外に出たと考えるべきなんだろうが……あ、そうだ。ルミエストの神柱って、中身はどんな奴なんだ？　ほら、他の神柱はモチーフになる何かがあっただろ？　狼とかドラゴンとか。そのなくなった中身がどんな外見なのかが分かれば、俺達がやる学園外での調査が捗るんだが。トラージから推薦を受けたグラハム君だっけ？　そいつは前々神エレアリス、シスター・エレンから指示を受けているんだから、それくらい教えられているんだろ？』

『『ええっと、それがー……』』

揃って口ごもる二人。何だどうした？

『神柱を作ったエレンさんも、ルミエストの神柱が作動した時の姿がどんなものなのか、把握されていないようなんです、パパ』

『えっ、そうなのか？』

『うん、実はそうみたい。これはグラハム君から聞いた話なんだけど、世界各地に作られた神柱って、最初は種みたいにその場所に植えられていたんだって。それから長い年月をかけて成長させて、その土地に適した形態に中身を進化させていったみたい』

『へ～。だからガウンは獣っぽくて、まだ実際に目にしてはいないけど、トラージは鯨って訳か』

『です～』

『それでね、ルミエスト以外の土地にある神柱は、これまでに最低でも一度は神柱としての力を作動させて、中身の亜神が戦った事があるみたいなんだけど……』

『けど？』

『唯一ルミエストの神柱だけは、創造後にその力を行使した事がないそうなんです。なので、かつての神様だったエレンさんも、ルミエストの神柱が現在どんな姿に進化したのか、さっぱりさんのようでして……恐らく、ママも同じ見解だと思います』

『あー、なるほどな』

エレアリス時代のシスター・エレンが神柱を設置したは良いが、ルミエスト周辺では魔王騒ぎが今まで起きた事がなかったのか。だからこそ平和な大地として各国が重要視して、上流階級が集う学園都市が生まれたのかもしれないが……

『メル、今の情報で何か指摘するような点はあるか？』

『もぎゅもぎゅもぎゅもぎゅもぎゅ！』

……なるほど、大方その通りってか。どうやら、グラハム君とやらの情報に間違いはないようだ。

『あ、あの、今しがた大きな咀嚼音がしたような？』

『ああ、今こっちはちょうど昼食をとってるところなんだ。メルの奴、口一杯に飯を詰め込んでいてさ。それで念話にまで咀嚼音がだだ漏れになったみたいだ。仕方がないから、俺がその咀嚼音から翻訳した』

『ケルにい、遂にそんな技能まで身につけてしまったんだね……』

『す、凄い技能です……！』

しっかし、調査をするにしても全くのノーヒントは辛い。六体倒して相当強くなっていると思うし、手っ取り早くルミエスト周辺で強いモンスターを探した方が早いか？　スズ達を連れて野外訓練がてら西大陸を巡っていけば、調査とデスマーチで一石二鳥な感じに

――よし、是非ともそうしよう。

『オーケー、現状は理解した。ルミエスト学外の調査は任せてくれ。元使徒のギルド総長や顔見知り連中にも、それとなく注意喚起しておくよ』

『ありがとう、ケルにい！』

『流石パパです。頼りになるです』

『何、当然の事をするまでさ。ところで二人とも、学園生活はどんな感じ――』

『――あっ、そろそろ次の講義が始まっちゃう！　それじゃケルにい、また連絡するね！　ばいば～い！』

『パパ、私も失礼しますね。ママに食事はよく噛んで飲み込むようにと、そうお伝えください。では』

本題に入ろうとしたところ、タイミング悪く念話が切れてしまった。クッ、神柱もそうだけど、学園生活も気になっていたのに……！

「マスター・ケルヴィン、凄い勢いで表情が変わって最終的には気落ちしているようだけど、大丈夫かい？」

「へえ、マスター・ケルヴィンもそんな顔をするんだな」

「ううーむ！　珍しいものを見せてもらったぁ！」

「マスター・ケルヴィン、体調が思わしくないのですか!?　お、お医者様をお呼びするべきでしょうか、マスター!?」

……ちなみに、ここは現在の活動拠点である金雀の宿、その大広間だ。スズ達をぶっ倒れるまで動かした後、十分な栄養を与える為にここの美味い飯を食わせているところなんだが、なぜなのか全員からマスター呼びをされるようになってしまった。恐らく、いや、絶対にこうなった原因はスズだろう。ぶっちゃけ止めてほしいんだが、もう手遅れ感があるんだよなぁ。

「ケルヴィン君ケルヴィン君」

「ん？　どうした、アンジェ？」

料理を口に詰め込みまくるメルの隣より、アンジェがひょいっと顔を出す。

「パブ三大冒険者の各リーダーだけじゃなくてさ、そのパーティの人達もここにいる気がするんだけど……私の目の錯覚かな？　予定よりも滅茶苦茶大所帯になってない？」

「「「「ガヤガヤ」」」」

「い、いや、どうせ育てるなら、そのパーティごと鍛え上げる方がやっぱりバランス良いかなと思って……」

「ジー」

「ちゃ、ちゃんと世話して強くするから！」

「ハァ、捨て犬を拾ってくるノリで何増やしてるのさ～……」

パウルズパーティ総勢六名、オッドラッズパーティ総勢二名、シンジーズパーティ総勢二名、新たに参入。

◇　◇　◇

「えーっと、次はルミエストの西側の隣国か。シン総長の調査資料じゃ、A級程度の討伐対象が一件発生しているな。お前らー、日が暮れる前に辿り着いて、ついでにそいつを倒すぞー。気張れー」

「ハァッ、ハァッ！」

「こ、この走り方を維持するのは、あまり私らしくないと言うかぁゲホゲホっ！」

「シンジールさん、走りながら喋ると直ぐ息切れになってしまいますよ？　呼吸は一定のリズム、走る時は無駄な動作をしない事を心掛けてください」

「りょ、了解だよ、レディ・スズ……！」

「うごぉぉぉ！　筋肉が重ぉーい！」

リオンより神柱行方不明の連絡を受けた俺は、パウル、シンジール、オッドラッド、スズを連れてルミエスト周辺地域を回っていた。神柱の調査はもちろんの事、こいつらの鍛錬も兼ねているので、移動は全て自らの足だ。ダッシュダッシュ、もう一本ダッシュと、四人の速度に合わせて全力疾走が基本である。目指すは一日バトル漬けになっても尽きない体力！　そして全ての基礎となる屈強な足腰！　さあ、走れ走れ。走るほどにお前達は、強く逞しく美味くなるぞ！

「むっ、予定よりもちょい遅れ気味か？　お前ら、スピードアップ！　あの太陽に向かって走りまくれ！」

（（し、死ぬ！　死んでしまう……！））

何やらパウル達の心の声が聞こえて来た気がしたが、俺にそんな能力はないので、恐らく本当に気のせいだろう。何よりもこいつらは今、強くなる喜びを一身に浴びているところなんだ。弱音を吐く暇なんてないだろうさ、ハッハッハ。

「ふ〜、ハードです……！」

「「「うげぇ〜〜〜……」」」

「あ、あの、お連れの方々は大丈夫ですか？　休憩所くらいなら、お貸し致しますが……」

とある関所にて身分証明をしていると、パウル達の休憩姿を見かねたのか、兵士の一人が気を遣ってそんな事を言ってくれた。

「いいえ、どうぞお構いなく。これも鍛錬の一環ですので。それに時間も押していますので、このまま討伐対象となっているモンスターの巣へ向かおうと思います。全速前進です」

「さ、流石はＳ級冒険者、迅速な対応助かります。……えと、何か面白い事でも？」

「はい？」

「い、いえ、とても良い笑顔をされていたので」

「おっと、これは失礼。これは癖みたいなものでして」

「そ、そうですか。では、どうかお気をつけて……」

いかんいかん。次の遠足地が楽しみで、また無意識に笑っていたようだ。さっきの人、どことなく引いていたような気もするけど、きっとこれも気のせいだろう。全く害のない笑みだと専らの評判だし。S級冒険者たるもの、些細な事に動揺していてはならないのだ。

しかし、今更ながらS級冒険者の権限というものは結構なものだな。冒険者ギルド支部を領土内に置く大体の国は、ギルド証一つで通れてしまう。東大陸では事前の申請や転門の利用、奈落の地、もとい北大陸では、そもそも無断でお邪魔する事が多かったから、今まで実感がなかったよ。

「良し、ここの関所も無事通過だ。さっ、お前ら！　今日十ヵ所目となる楽しい楽しいピクニックへ、早速出発しようじゃないか！」

「マスター・ケルヴィン！　発言の許可を！」

「お、おう？」

そう言って、ビシッと敬礼しながら許可を求めるスズ。忍者でもなければ、拳法っぽくもない。何だ、そのセラに操られた連中みたいな立ち振る舞いは？　さてはセラめ、妄信しがちなスズに変な事を吹き込んだな？　後でスズの誤解を解いておかなければ。

「別に俺の許可なんて要らないって。で、どうしたスズ？」

「はい！　パウルさんにシンジールさん、オッドラッドさんが倒れました！」

「えっ？」

「「……」」

スズが示す方向を見ると、確かに三人が仲良く川の字になって倒れていた。

「あー、マジな限界だったのか……いや、初の遠出で九ヵ所も回れたんだから、よくやったと褒めるべきだな。スズ、俺がパウルとオッドラッドを担ぐから、次の街まで一番軽いシンジールを背負ってもらっても良いか？」

「そ、そんな、マスター・ケルヴィンのお手を煩わせる訳にはいきません！　私がまとめて皆さんを背負います！　私、まだまだ元気です！」

ムンッ！　と、自らのやる気の高さをアピールするスズ。但し、その足は若干ふらついている。無理をしているのが丸分かりだ。

「……誰かが限界を超えたら、他の面子も休息に入る。今までもそういう方針でやって来ただろ？　それにだ、スズにまで倒れられたら、俺が四人を担ぐ事になるのを忘れられたら困るな」

「サ、サー！　了解です！　わがままを言って、申し訳ありませんでした！」

再びビシッとした敬礼をするスズ。うん、素直に分かってくれたのは嬉しいけど……マスター呼称の時みたいに、シンジールやパウル達にまで伝染しないうちに止めさせないとな、これ。

◇　◇　◇

近場の街に到着した俺とスズは、その足で宿屋へ向かう事にした。俺ら野郎共用の大部屋が一室、女性であるスズに一人用の部屋を一室借りる。その際、従業員に気を失ったパウル達の事を心配されたが、美味い飯を食えば回復すると笑いながら答えておいた。

「そそそ、そんな！　私は大部屋の方で構いませんから、マスターこそ個室の方に！」

「はいはい、これが部屋の鍵なー。こいつらが気が付いたらドアをノックするから、それまでは自由行動という事で。じゃ！」

「マ、マスター!?」

強引に個室の鍵を渡し、さっさと三人を引き摺り部屋へと入ってしまう。スズは自分をもう少し客観視できればなぁ。

『――そんな訳でさ、今日は一泊してくるよ。明日一番に予定していた討伐対象を何とかして来るから、帰るのはそれからかな』

パウルらを部屋のベッドへ放り投げ、一先ずパブに滞在しているエフィルに念話で連絡。今日は帰れない事を伝えておく。

『承知致しました。明日に備えて、栄養満点の食材を購入しておきますね』

『いやいや、だから無茶するなって。いつも言ってるけどさ、こんな時くらいはゆっくりしてくれ』

『で、ですが――』

そんないつものやり取りをエフィルと暫く し、念話を切って一息つく。今日はそれなりに満足のいく一日だった。けど、それはあくまで俺個人の話。シン総長が提供してくれた依頼、その討伐モンスターはどれもS級には届かず、神柱関連の収穫はほぼなしと言って良い。ルミエスト周辺をいくら回っても、それらしい目撃情報や噂話を得る事もできなかった。誰にも気付かれる事なく隠れているのか、それとも神柱の中身を取り出した何者かと共に行動しているのか――うーむ、謎は深まるばかり。クロメルの時みたいに、向こうからやって来てくれれば有り難いんだが……まあ、流石にそんな都合の良い事はないよな。うん、ないない。

「うっ……こ、ここは、どこだ……？　うぷ！　すっげぇ気持ち悪い……」

「フフッ、おっきな川が見えるよ……その向こうで手を振ってるのは……マダム!?」

「全身の筋肉が悲鳴を上げているぜ……これで、明日の俺はよりマッソォ……！」

「おっと、気が付いたか三人とも」

個性豊かな起床の仕方をするパウル達に対し、しっかり飯が食えるように回復魔法の諸々を施してやる。これで良し、スズを迎えに行くとするかな。

「あんだけひでぇ気分だったのに、今は頗る寝た後みてぇに爽快……今更だけどよ、マスター・ケルヴィンの魔法って信じられねぇ性能だよな」

「その信じられない域にまで達してもらわないと、S級冒険者になれない事を忘れないでくれよ？　俺の場合は魔法が主体だけど、他のS級冒険者だって同じかそれ以上に厄介な能力者ばかりなんだ」

「うぐっ……」

「道は遠いねぇ……」

「フゥハハ！　案ずるな、今日のように筋肉を増やしていけば、いずれS級に相応しい最強の肉体になるぞ！」

　ゴルディアーナ並みの筋肉ってなると、余裕でセラ以上って事になるんだが……ま、ネガティブよりかはポジティブな思考の方が良いか。

「それはそうとお前ら、対抗戦の情報をピックアップして来たから、飯を食いながら共有しよう。まずはスズと合流だ」

◇　◇　◇

　スズと合流し宿の酒場へと向かった俺達は、比較的人気の少ないテーブル席に座る事に。育ち盛りなパウル達の為にも、バランスの良い料理を注文してやらねば。

「ご注文をお伺いしま～す」

「とりあえず、このメニューにあるものを全部三品ずつ」

「へ？」

「「「待て待て待てぇー！」」」

　ウェイトレスにそう注文していると、スズを除く三人に一斉に止められてしまった。何だ何だ、一体何ぞや？

「マ、マスター、いくら大の男が四人もいるからって、んな注文の仕方はねぇだろ。俺もパーティで酒場を借り切る時はあるけどよ、流石に注文はテーブルの上に置ける品数に止めるぜ？　つか、絶対に食い切れねぇ量じゃねぇか、それ……」

「そうだぁそうだぁ！　それに、俺は筋肉に適したものを口にしたい！　カロリーの過剰摂取は禁物だぁ！」

「君は野菜をもう少し食べなよ……って、そうじゃなかった。マスター、一応言っておくけど、今この場にレディ・メルはいないからね？　いつものノリでの注文は禁物だよ」

「あ、あー！　そうだったな。ついいつもの癖で」

メルがいると来た瞬間から次々と料理が消えて行くから、毎回こうして先手を打っていたんだ。シンジールの言う通り、ちょっと迂闊だった。

「マスター・ケルヴィン！　期待して頂けるのであれば、このスズ！　メル様の代理となって全ての料理を消化してみせます！　やらせてください！」

「「「いやいやいや！」」」

先ほどの三人に俺が加わって、全力でスズを止める。メルの真似をするなんて、S級モンスターの群れの中に単身で突っ込むよりも無謀な行為だ。俺なら初手で白旗を上げるし、デザート魔竜なあのムドでさえ、甘味の大食い勝負で余裕で負かされているんだぞ。

「うう、不甲斐なくて申し訳ありません……」

「人一倍やる気があるのは良い事だが、たぶんそれは内臓を全部胃に変えても無理だから、真似しなくても大丈夫だ。つか、絶対に真似しちゃいかん」

「あの～、ご注文は～……？」

「ちょ、ちょっと待ってくれる？」

そんなこんなで、取り急ぎ普通に注文を済ます。俺の感覚が麻痺しているんだろうが、料金を耳にした時、食費がこんな僅かな額で済んだ事に驚愕した。えっ、本当にこれだけで良いんですか!? 良心的！ と、マジで店員に言ってしまいそうになったほどだ。俺、S級冒険者の稼ぎがあって本当に良かったよ……

「今度は唐突に涙ぐんでいやがるな……」

「また念話とやらをしているのかい、マスター？」

「あ、いや、ちょっと思うところがあってだな。気にしないでくれ」

「それよりもよぉ！ さっき言っていた、対抗戦の話を聞きたいぞぉ！」

「ああ、分かってるよ。ちょっと待ってくれ」

分身体クロトに予め用意していた資料を出してもらう。ひぃ、ふぅ、みぃ――よし、人数分あるな。こいつを四人に配る。配下ネットワークに繋がっていないと、色々とアナログで大変だ。ああ、そうだ。オッドラッドの声がうるさいから、この席の周りに無音風壁も張っておくか。これで周りに情報が洩れる心配もない、と。

「ほい、回してくれ」

「ありがとうございます！……確か対抗戦に出て来るのって、ルミエストの学生さんなんですよね？」

「ああ、その中でも戦闘力に特化した五人だ。その年によっては、変則的な戦いになる場合もあるらしいが……まあ、基本は一対一の5セットだと思ってくれ」

「俺らだって西大陸でそれなりに活動してんだ。それくらいの事は知ってるぜ。けどよ、よく今年のルミエストの内情なんか知ってんな？　今在学してるっていう妹がスパイでもして、情報を流してんのか？」

「馬鹿、そんな事をしたらリオンの学生生活が後ろめたい感じになっちゃうだろうが。俺とリオンの間で連絡し合ってんのは、神柱と学園生活に関する事くらいだよ。この情報はシン総長を通して、冒険者ギルドに調査してもらったもんだ。本当なら事前情報なしで本番に臨みたかったんだが、総長が少しでも勝率を高めろってうるさくてうるさくて……仕方なく！　お前らに情報を開示する事にした！」

「ああ、確かにマスター・ケルヴィンの行動方針とは真逆ですもんね、事前調査って。理解しました、私もとても残念です。自分の力不足が憎い……！」

「何が残念なんだよ、何が……」

　俺の心意気に賛同してくれるのはスズだけであるらしい。残念だ、非常に残念だ。願わくはセラやジェラールに絞られているであろう、パブの居残り連中に同志がいますように。あと、そいつらも遠征の基準を早く満たしてくれますように。

「ババッと見て、飯が来る前にさっさと終わらせてしまおう。はい、有力生徒を紹介しまーす」

「や、やる気がねぇ……」

「安心しろ、話す事は話す。まずは今年卒業する事になる三年から。例年通りであれば、対抗戦に出て来るのはほぼほぼこの学年の生徒だったんだが……今回の注目株は二人しかいないいな」

「二人だけかぁ!? これまたえらく少ないなぁ！ ちゃんと肉を食っているのかぁ!?」

「オッドラッド、そこは関係ないでしょ……」

「となれば、ええと……言い方は悪いのですが、いつもより生徒の質が低かった、という事でしょうか？」

「いや、質自体はむしろ例年より良い方だよ。首席卒業生候補、そしてルミエスト現生徒会長でもあるメリッサは、歴代の対抗戦代表と比較しても全ての評価が高水準になってる。勉学に秀でて人望に厚く、家柄までも良いと欠点がない。ハイスペックなオールラウンダーと言えるだろうな。彼女の次に評価の高い、ええと、黄金の貴公子……？ を自称する男子生徒も、そのメリッサに迫る程度には優秀みたいなんだが――ぶっちゃけ、この二人に関しては割愛したい。どうせ出て来ないだろうから」

「そうだろうね」

「だろうな」

「かーつぅあーい！」

「比較対象がリオン様やクロメル様ですからね……」

リオンの強さを目の当たりにした、或いは直に体験したシンジール達は直ぐに理解したようだ。そう、優秀と言っても、所詮は学生レベルに毛が生えた程度なのである。

「メリッサや黄金貴公子程度なら、例年通りそこいらの真っ当なA級冒険者にでも任せていれば、余裕を持って対抗戦に勝てていた。だが今年は知っての通り、俺や他のS級冒険者、更には癖はあるがA級トップの実力を誇るお前達まで、シン総長に招集された。その理由が次のページだ」

上級生の調査ページを早々にすっ飛ばして、メインとなる一年生のページに進ませる。

「今年のルミエストの新入生には、お前達のよく知るリオンとクロメルに加え、セラの妹であるベルが北大陸から留学している。純粋な戦闘力ではベルがトップ、次点でリオン、かなり下がってクロメルといった感じだ。今のお前達の実力は、クロメルとどっこいどっこいと思って良い。前にクロメルと好勝負を演じたパウル君は、その辺よく分かっているよな？」

「はっ、どうだかな。だがよ、ここ最近の俺は強くなってるっつう実感に溢れてんだ。次にやったら俺が圧倒するぜ？」

「あ？　んな簡単にクロメルに勝てる訳ないだろ？　あと怪我させたら俺が相手になるぞ？」

「いや、そこでキレるなよ……」

クロメルの成長力を舐めたお前が悪い。怪我をさせようとしたお前も悪い。

まあ真面目な話、四人のうちの誰かが対抗戦に出るのであれば、クロメルの相手がちょうど良いと思っていたのは確かだ。けど今年は、予想以上に他の新入生もやばい。クロメルでさえ代表入りが怪しいくらいだ。

「あ、あの、マスター・ケルヴィン？　この資料、S級冒険者『氷姫』の弟分で、彼女に匹敵する実力を持つ新入生がいるとか、雷を司る竜王の新入生がお忍び入学してるとか、摩訶不思議な内容になっているんですけど……」

「ん？　ああ、全部本当の事だぞ？　更にS級冒険者兼学院長の『縁無』アート、その義理の娘アーチェが教員枠で入って来るかもしれない。ハハッ、こうして見ると豪華な面子だよな。自然と笑みがこぼれるよ」

「「「……」」」

「ママママ、マスター・ケルヴィンが招集された段階で、ただ事ではないとは思っていましたが……まさか、ここまでのお相手が集まっていただなんて！　か、感動です！　マスター・ケルヴィンと並んで、そのような高名な方々と手合わせできる！　それだけで私は、死を覚悟する事ができました！　皆さんもそうですよね!?」

「「「……」」」

「あ、あれ？　皆さん？」

さて、スズのこの反応は予想していたけれど、他の三人はどう出るかな？　雰囲気に呑(の)まれてそのまま固まってしまうのか、それとも――

「――ハッ、おもしれぇじゃんか！　これで俺様が勝ったら、名実共にS級ってこった！」

「そうだね。言わばこれは、S級に昇格する前に行われるって噂(うわさ)の試練だ。私達は今正に試されている」

「だなぁ！　俺はこのグラハムってのとやり合いたいぞぉ！　なかなかに良い肉体だぁ！　マスター、俺にやらせろぉ！」

死線を潜(くぐ)れば潜るほどに、それは確かな自信と力、そして苦境を踏破する喜びへと繋がる。どうやらこいつらも、俺(バトルジャンキー)の喜びを少しは理解できるようになってきたようだ。指導して来た甲斐(かい)が、漸(ようや)く出て来たって感じだな。

「フッ……その意気や良し！　お前らが諦めずに望み続けるのなら、俺がそこまで導いてやる！　圧倒的格上を倒したいか、お前らぁ!?」

「「「お――――！」」」

俺達の心は今ここで一つとなった。

◇　◇　◇

「お待たせしました～。ご注文の料理で――わっ、うるさっ!?」

ルミエストへの入学より一ヵ月、そろそろリオンら新入生達も、学園での新生活に慣れ始める頃だ。属性別の魔法講義、その中から雷属性が含まれる赤魔法のそれを選択したリオンとラミは、今正にその講義を受けているところである。

――カァーン、カァーン。

「時間ですね、本日はここまで。次回は小テストを行いますから、よく復習をしておいてくださいね」

時刻を知らせる鐘の音に、担当教官が講義に区切りをつける。テストという言葉に分かりやすく嫌そうな表情を作る者、学食を食べる為に足早に講義室を飛び出す者と、生徒達の反応は様々だ。一方、講義中最前列の席で勉学に励んでいたリオンはというと。

「なるほど、そういう使い道もあったんだね。うん、今日も楽しかった～」

純粋に勉強を楽しんでいた。

「うぇぇ……リーちゃんタフ過ぎない？　私、三行以上の文字列見ると眩暈と頭痛と吐き気がするんですけどー……あと、言っている内容は元から知ってっから、あまり興味もないんだよー……」

「あはは、雷ちゃん以上に雷の魔法に精通している人って、他にいないもんね。でも、炎属性の魔法については勉強になったんじゃない？　僕も色々と発見があったし」

「あー、そっちについては元からこれっぽっちも勉強する気ないから。私、雷だけで食ってるから」

「そ、それはそうかもだけど、折角学校に通ってるのにもったいないよー」

「寝てなかっただけでも褒めてほしいし」

講義後のそんな学生らしい会話がちらり。花の学生生活を謳歌したかった筈のラミであるが、卓上での勉学はノーセンキューであるらしい。

「ねえねえ、知ってる？　最近ルミエストの周辺国で、おかしな集団が出てるらしいよ？」

講義室の後ろの方から話し声が聞こえて来る。どうやらリオン達の他にも、お喋りに花を咲かせる生徒がいたようだ。

「知ってる知ってる！　戦いを求めて各地を彷徨っているって噂の、あの変態戦闘集団の事でしょ？　何でも強いモンスターや凶悪な犯罪者、果ては有名な道場の看板まで狙っているんですって。というか、強ければ何でも良いみたい。サーチアンドデストロイ、ネバーギブアップ、エンジョイイイットって、訳の分からない事を叫ぶんだとか」

「うわぁ、雑食で物騒で野蛮だよねぇ。しかもさ、倒したモンスターは住処に持ち帰って、肉どころか骨までもしゃぶるって聞いたよ？　どんな原始人なんだって感じ。私の国、ルミエストからは遠いけど大丈夫かなぁ……」

「私もしんぱーい。私の騎士君、国の中でも一、二を争う実力者だから、絶対に狙われちゃうよ～」

「え、何それ惚気話？　そっちを詳しく聞かせて！　身分違いの恋ってやつ⁉」

「駄目～、これは私と彼の秘密だもーん」

話題が180度切り替わり、女生徒達はキャーキャーとそのまま講義室を出て行ってしまった。

「……シャリーとミシェル、興味深い話をしていたね」

「えっ、あの子達って他の寮生じゃないの？　リーちゃん、よく名前なんか知ってんね？」

「うん！　同じ新入生の人達の顔と名前、頑張って全員分覚えたんだ～。目指すは友達百人できるかな！」

「うへぇ、流石は私の親友。目標がぱねぇくらい壮大だぁ。あ、それであの子達の話だっけ？　うんうん、気になるよねぇ。ご令嬢と騎士の禁断の恋～」

「そっち!?　ち、違うよ、前半の噂話の方だよ！」

慌てて訂正するリオン。そんなリオンの反応を見て、ラミはとても満足そうだ。

「ははっ、分かってるってぇ。えっと、頭のおかしい戦闘集団の話だっけ？」

「そうそう。もしかしたらその人達、神柱の件と何か関係しているんじゃないかと思ってさ。ほら、あれから学園内では全然進展がなかったでしょ？　やっぱり、もう神柱と黒幕は学園の外に出てると思うんだよね。そしてこのタイミングで怪しげな噂話……僕、これが偶然とはとても思えないんだ！　新たなる悪の組織が誕生して、悪さをして回っているんだよ、きっと！　雷ちゃんはどう思う!?」

「……えと、リーちゃん？　それ、本気で言ってたりする？　もしかして新手のジョーク？」

「へ？　やだなぁ、僕は本気も本気だよ？」

「……」

多少脚色されている点はあるが、どう考えたってリオンの兄とその仲間達の犯行だろう。と、そう考えるラミであるが、リオンの純粋無垢(むく)な瞳を前に、指摘して良いものかと悩んでしまう。

「あっ、ここに居ましたか。リオンさんとラミさん、ちょっとお時間よろしいですか？」

そんな事をしていると、二人は不意に声を掛けられた。講義室の入り口を見ると、そこにはボルカーン寮長のアーチェの姿が。

「アーチェ教官？　はい、大丈夫です」

「私は勉強関係の話じゃなければ大丈夫ッス～」

「良かった、なら二人とも問題ないですね。ちょっとお願いしたい事があるのですが――」

◇　◇　◇

「そ、それで対抗戦の代表候補になったんですか、御二人(おふたり)とも……!?」

大食堂にそんなドロシーの声が響き渡る。辺りに生徒の姿は疎(まば)らであるが、それでも彼女の声に数人がこちらへと振り返っていた。

「シーちゃんシーちゃん、声が少し大きいっぽいよー？」

「す、すみません、つい……」

「でも、確かに驚きだよね。対抗戦の日はまだまだ先なのに、もう代表を決めるだなんて」

「い、いえ、私が驚いたのはそういう意味ではなく……候補者から更に人数を五人に絞る事になりますので、早め早めに決めるのは特段不思議ではないかと。それよりも、新入生が対抗戦の候補者に選ばれる事自体が凄いんです。しかも二人同時に、それも同じ寮からだなんて……！」

「あ、それなんだけどさ、今年の候補者は一年生の中に結構いるんだって、アーチェ教官が言ってたよ？」

「はわ!?　ほ、本当ですか!?　す、凄い！　本当に本当に、歴史に残るくらいに凄い事ですよ、これはッ！」

ドロシー、本日二度目の咆哮。再び周りの視線が集まり出す。

「シ、シーちゃんテンションたっか……」

「あっ、す、すみません……憧れのルミエストでの歴史的瞬間に立ち会えた喜びと、驚きの連続でどうにもおかしな調子になっちゃって……そ、それでリオンさんとラミさん以外に、一年生の候補者はあと何人いらっしゃるんですか？」

「んー、あんま興味なかったから、私は適当に聞き流してたんだよねー」

「もう、雷ちゃんってば……ええと、僕達の他に五人は候補者がいるんだって。どこの寮の人かは知らないんだけどね」

「五人も！」

「五人もかいっ!?」

ドロシーの言葉に重なるようにして、唐突に現れたシャルルの叫びが大食堂に響き渡った。

「シャ、シャル君？　急に現れてどうしたの？」

「乙女の園に美男子は現れるもの——つまり、そういう事さ～」

「やば、理由が異次元過ぎて鬼分からん」

「いや、今そんな事はどうでも良いんだ。話は聞かせてもらったよ。対抗戦の候補者、君らの他に五人もいるんだろう？　フッ、おかしいと思ったのさ～。まだ僕に声が掛かっていなかった事が、ね♪　その解が示すところはつまりはつまり、これから僕に声が掛かるって事で——」

「——失礼、どいてくれるかな」

「おおっふ!?」

盛り上がりの最中にいたシャルルが何者かに真横へと吹き飛ばされ、床をゴロゴロと転がって行ってしまった。彼の回転は未だに止まらず、しかし、そんな彼の姿を視線で追う者もいなかった。なぜならば、シャルルを吹き飛ばした張本人がリオン達の眼前にいたからだ。

「はぁ、今日は唐突に現れる奴が多い気がするー。ガン萎えー」

「そんな顔をしないでほしいものだな。余の名はエドガー・ラウザーという。氷国レイガンドの第一王子、と言えば分かるかね？」

「あ、はい。知ってます」

「結構。そして、早速本題に入ろう。リオン・セルシウスにラミ・リューオ、余の妻になれ」

　それまでざわめきの中にあった大食堂が、打って変わってしんと静まり返る。リオン達はもちろんの事、この空間内にいる全生徒が必死に頭を動かし、言葉の意味を理解しようとしていたのだ。それほどまでに、エドガーの言葉は突拍子もないものだった。
「……ええっと～？　もしかして、私の聞き間違えかも？　おい、そこの色男。さっきの言葉、もう一度言ってみなよ？」
「フッ、臆する事なく余に手間をかけさせるとは……やはり面白い女だな、ラミ・リューオ。良かろう、ならばもう一度宣言しようではないか。リオン・セルシウスにラミ・リューオ、余の妻となれ！」
　その瞬間、大食堂内は一気に喧騒に包まれた。熱を帯びるその大多数は、たまたまこの場所に居合わせた一般生徒達だ。しかし、それはやむを得なくもある。西大陸の強国レイガンドの第二王子が求婚を、それも同級生二人に対し行ったこの事実は、年頃の生徒達を興奮させるに十分な理由となっていたのだ。講義室で女生徒達が恋に関する話で盛り上がっていた、その最上級バージョンだと考えれば納得もいくだろう。

「キャ――――！　きゅ、求婚よっ！」

「うおおっ⁉　今、あいつ何て言った⁉　食堂のど真ん中だぜ、ここ⁉」

「しかもその相手、リオンとラミじゃねーか！　二人同時にって、どんだけ自分に自信があるんだ⁉」

「卒業間際に婚約を交わす話はそこそこ聞くけど、色々すっ飛ばしての求婚パターンは珍しいわね。しかも、美男美女だし……ああ、新たな創作意欲がっ！　ねえ、紙！　紙はないっ⁉　あとペンもっ！」

「うわっ⁉　きゅ、急にどうしたのよ⁉」

　とまあ、ごく一部おかしなところもあるが、この通りの反応なのである。

「「……」」

　但し、求婚されたリオンとラミにおいては、決してその限りではなかった。リオンは未だにエドガーの言葉の意味を上手く飲み込めていない様子だし、ラミに至っては分かりやすいくらいに嫌そうな表情を作っている。

『リオン、聞こえますか？　私です、メルです』

そんな中、これまた唐突に念話を受信するリオン。心なしかメルフィーナの口調は、何か急いでいるようにも聞こえた。

『あれっ、メルねえ？　何かあったの？』

『ええ、ありありです。率直に申しますと、かなりの緊急事態です』

『ええっ!?　ど、どうしたの!?』

『ええと、何と説明すれば良いのでしょうか……逆に質問しますが、今しがたそちらで何か変わった事は起きませんでしたか？　恐らく、それが問題の原因となっていると思うのですが』

『問題の原因？　えと、それとこれとが関わっているのかは分からないけど……ついさっき、エドガーっていう同級生に求婚？　されたみたい』

『あ～、なるほど……完全にアウトですね、それは』

『へ？』

納得した様子のメル、一方のリオンは全く見当がつかず、小首を傾げる事しかできない。

『簡潔に説明しますと、あなた様……ケルヴィンとジェラールがそちらへカチコミをかけようとしていまして。つまり、そういう事です』

『簡潔過ぎるよ、メルねえ!?』

しかし、深く聞かずとも理解できそうな感じでもあった。

『うおおおぉぉぉ！　ワシは行く、行かねばならんのじゃ！　仮孫を誑かす愚か者がおると、おじじセンサーが絶賛作動中なのじゃあぁぁぁ！』

『よく言った、ジェラール。流石（さすが）は俺の同志であり、仲間達を護（まも）る誇り高き盾だ。実はさ、俺のおにいセンサーも現在全力作動中なんだ。思い込みや気のせいなら良い。が、確かめない手は……ないよなぁ!? だからジェラール、お前を先陣としてリオンの近くに召喚する！ 事の真偽を確かめ、俺に報告するべし！ 俺も魔力超過込み込みの風神脚（ソニックアクセラレート）で、最速で後を追う！ 今こそⅥ（ヘキサ）の壁を越え、Ⅶ（セプタ）へと至る時ぃぃぃ！』

『おう！ 任せ――』

――プチン。

まだ台詞（せりふ）の途中であったが、テレビの電源を落とすかのように、ケルヴィンとジェラールの声は打ち切られてしまった。

『失礼、念話に雑音が入ったようです』

『明らかに雑音じゃないよね!? 今の、ケルにいとジェラじいの声だったよね!?』

流石のリオンも、ここまで聞けば悟ってしまうというものである。

『まあ、ご想像の通りです。今はセラとアンジェ、ダハクとボガで何とか二人を取り押さえているのですが、もう暴れて暴れて。いやはや、あと少しで本当にジェラールをそちらに召喚するところでしたよ。危ない危ないムシャモシャ』

『メルねえ、今何か食べた？ 食べたよね？』

『……ですが、何としてでも私達で阻止してみせますので、安心してくださいね。リオンの学園生活に支障をきたす事なんて、決してあってはなりませんから！　という事で、アデューです！』

『メ、メルねえ⁉』

『あ、クロメルにもよろしくお伝えください！　ママはママで頑張っているよ、と！　ではでは！』

『……切られちゃった』

今日も何もかもが唐突だなと、心の底からそう思うリオン。だがそれでも、ケルヴィン&ジェラールの襲来という、（エドガーにとっての）最悪のイベントは回避できた。その点だけは安心して良いだろう。

（安心、できるのかなぁ？）

……やっぱり完全にはできなかった。

「うわ、年頃のギャルを前にしてさ、急に何を言っちゃってんの？　それとも、頭の方が逝っちゃってんの？」

そうこうしているうちに、ラミがエドガーに先制口撃をかましていた。言葉選びは少々アレではあるが、その内容はまあ尤もなものである。

「失礼、突然の申し出に混乱するのは分かるが、その物言いには気を付けて頂きたい。不敬であるが故に、配下である私が警告せざるを得なくなる。気持ちは痛いほど分かるが、立場上そうなってしまう！」

「申し訳ないッスー。うちの大将、良い女を見つけると挨拶がてらに求婚する癖があるんスよー。真に受けず、適当に流してくれると嬉しいッス。あ、レイガンドのパンフいるッスかー？　もしかしたら興味を持ってもらえるかもなんで、一応差し上げますッスー」

「ああ、どうも……」

そんなラミに対抗するように、エドガーの背後にいた眼鏡の少年と、妙に口の軽そうな少女が口を開いた（ついでにパンフも貰った）。尤も対抗というよりも、限りなく弁解に近いものであったが。

「アクス、ペロナ、余計な気など回さなくて良い。余は軽い気持ちで言っているのではなく、本気も本気なのだ」

「その本気を頻繁に出さないでほしいんスよ。今朝だってベル・バアルに振られていたじゃないッスか。顔は無駄に良いんスから、もっと落としやすい娘にやってほしいッス」

「ペロナ、無駄にとは不敬が過ぎるぞ。確かに所帯を持てば落ち着くかもという希望は儚いながらもあるが、レイガンドの未来に妥協をしてはならない。私達はただ、エドガー様を支えるに徹するのみだ。まあ、確かにベル・バアルは高望みだったかもしれないが！」

「おい、お前達、何をおかしな事を言っている？　ベル・バアルへの求婚については、まだ保留されたままだろう？　答えを聞かずして結論を急ぐのは、愚か者のする事である」

「いやいや、盛大に溜息をつかれて、そのまま無視されてたじゃないッスか。アレはもう、無言の拒否ってやつッスよ。脈なんて皆無ッス」

「ペロナ、だから不敬が過ぎると言っている！　事実とは時に、心を抉る鋭利な刃物となると知れ！」

「アクスも大概だと思うッスー」

やんややんやと盛り上がるレイガンドの三人。ただ、周りの生徒としてはどうしてもツッコみたい事が一つだけあった。

「あ、あの〜？」

「ん？　何かね、学友よ。特別に発言を許そう」

「リオンさん達、もう食堂を出て行っちゃいましたよ？」

「「「……」」」

先ほどまでリオンらが座っていた席を見るエドガー達。確かに、そこにはもうリオン達の姿はなかった。

「……フッ、あの二人も保留か。しかし、婚約とは人生を左右するもの、時間を要するのもまた必然。良かろう、余は待とうではないか」

「やべぇッス、うちの大将のメンタルは無敵かよ」

リオン達が大食堂を去った事で、求婚騒動はひとまず鎮静化したようだ。周りの生徒達

もこれ以上の進展が望めない事を知り、各々の場所へと戻って行く。それでも話のネタにはなっているようなので、騒動は噂(うわさ)程度に広まるかもしれない。

「あ、あの、シャルルさん？　大丈夫、ですか……？」

「フッ、フフッ……僕はバッカニアが誇る褐色の貴公子、シャルル・バッカニアだよ？　この程度の回転と衝撃、別に何ともな――ぁくもなぁ～いかな～!?　クッ、この痛み！　左足の古傷が開いてしまったかもしれない……！」

「そんなっ……！」

　但し、どうやら未(いま)だに騒がしい者もいるようで。エドガーに吹き飛ばされ、回転と共に彼方(かなた)に消えて行ったシャルルが、食堂の端っこで蹲(うずくま)っていたのだ。シャルルの横にはドロシーの姿もあり、彼の容態を心配しているのか、必死に手当てをしようとしていた。

「わ、私は白魔法の心得がなくって……い、急いで医務室へ向かいましょう！　立てますか？　肩、お貸ししましょうか？」

「是非に！　あと、とっても痛むのでゆっくりでお願いします！」

　そう言ってドロシーの肩を借り、ゆ～～っくりと立ち上がるシャルル。何というべきか、周りからしてみれば、シャルルの下心が透けに透けていた。かつての彼の言葉を借りるとすれば、下心がスケスケ！　である。

（ああ、ドロシー君の優しさが心と体に染み渡るよ～。リオン君もこの場にいたら、まず間違いなく僕の事を心配してくれただろうけど、彼女はラミ君に連れて行かれちゃったしね～。うん、こればっかりは仕方ないさ～。そんなに心配しなくても、君の心の内は僕に届いているよ、リオン君♪　……でも、こうして優しくされたのって、本当に久し振りかも？　あの天使のようなリオン君と同じくらい、ドロシー君も優しいんだなぁ。一見地味だけど、こうチラッと顔を覗けば、意外と整っていてあれおかしいな胸の高鳴りが凄い事にもしかして本当に僕怪我したとか――）

　凄まじい速度で思考を巡らせ、新たな恋に気が付きそうになっていたシャルル。しかし、これまた凄まじいタイミングで割って入る者がいた。

「――やあ、君は確かドロシーと言ったかな？　弱者を救済するその健気な姿勢、余の琴線に触れた。どうだ、余の妻にならないか？」

　そう、無敵メンタル王子ことエドガー・ラウザーである。

「うわ、また行ったよ。うちの大将の琴線ゆるゆるだよ」

「し、しかし今回の相手はまあ、かなり妥当なラインな気がしないでもない、か？」

「アクスぅ、女の子相手に何て失礼な事を言うんッスか。不敬つか失礼ッスよ。人間失格ッス。この不敬失礼人間失格マンが」

「ちょっと辛辣過ぎじゃないか!?」

　少しばかりの意見の相違はあったが、ベルやリオン達と比べれば脈があると踏んだのか、結局御供の二人は口を挟まず、このまま見守る方向で行くようだ。

「ちょっとちょっと！　君、いきなり現れて何のつもりなのかな？　というか、さっき僕を突き飛ばしてくれたのって、確か君だったよね？　謝罪はまだだったと思うんだけどな～？　レイガンドの第一王子様は、暴力をそんなに好んでいるのかな～？」

「む？　ああ、誰かと思えば、シャルル・バッカニアか。すまないな、軽く押しただけのつもりだったのだが、思いの外にシャルルが軽くて脆くてな。そもそも存在が認知し辛かった。だが、負傷するほどのものではなかっただろう？　足を引き摺っているようだが、本当に負傷しているのであれば、そのような動作はしない。下手な演技は止めておけ」

「は、はぁ!?　演技じゃないんですけど!?　本当に古傷開いてるんですけどぉ!?」

「だから、下手な演技は止めておけと言っている。これでも余は前線での戦闘経験がある。人体の構造、負傷した者の動き方には人一倍詳しいのだ」

「ぼ、僕の人体は人一倍繊細なんですぅ！」

「あ、あの～……」

言い争うシャルルとエドガーの耳に、何ともか細い、小さな小さなドロシーの声が入って来る。彼らはその声を聞き逃さなかった。

「どうしたんだい、ハニー？」

「ハニー!?」

「どうかしたのか、妻よ？」

「つ、妻!?」

同時にグルリと振り向き、同じような台詞を話すシャルル＆エドガー。何気に息はピッ

タリであった。

「い、いいえ、私は決してそのような大層なものではなくて、ええと、ええと――取り敢えず、シャルルさんを医務室に連れて行きますので……！」

「っと、僕とした事が、色々と早まってしまったようだ。ま、そういう事だよ、エドガー君。僕達は医務室に行くから――」

「――待ちたまえ。今日の余は待たされてばかりなのだ。もうそろそろ、直接妻の声を聞きたいと思っていたところでな。ドロシーよ、先に返事を聞かせてはくれまいか？」

「また無視かいッ!? ド、ドロシー君、こんな奴の言う事なんて耳に入れる必要はない。さ、僕と共に医務室へ行こう！」

「あ、あのっ、あのっ……」

シャルルに引っ張られる形で、ドロシーは医務室の方へと歩き出す。この時既にシャルルが普通に歩いていたりするのだが、ドロシーは気付いていないようで。その代わりに食堂を出る寸前になって、彼女はエドガーへ振り返った。

「あ、あの、私は王族の方に見初められるほど、大した女ではありませんので……えと、平民の出ですし、分を弁えなくちゃいけないと言いますか……だから、ですので、エドガー様の隣に立つには、相応しくない、です……では……」

それだけ言い残して、ドロシーは食堂を去って行った。残されたエドガーは、彼女が去って行った食堂の出入り口をただただ見詰めているばかりだ。

「……」

「あ、あの、エドガー様？　あまり気にされない方が良いかと。彼女はエドガー様との格の違いを自覚し、自ら妻の座を引いたのです。ですから、エドガー様が気に病まれる事は――」

「――本日四連敗ッスね。歴史的快挙ッス」

「ペロナぁ!?　お前、いい加減に時と場合というものをっ！」

「余からの求婚を蹴ってまで、人を助け、支えようとするか。フッ、面白い女だ。リオンやベル達と同様に、ますます興味が湧いて来たぞ、ドロシー……！」

「「……へ？」」

エドガーは落ち込んでいなかった。というか、彼の中で妻候補がまた一人増えてしまっただけのようだ。アクスとペロナは顔を見合わせ、またかよと大きな溜息をつく。

「いや～、今日は面白いもんが見れたな。俺もプロポーズする時の参考にするか！　駄目な意味でのな！」

「ハハッ、駄目な方かよ～」

「でぇーきぃ――たぁ――！　私渾身の作品！」

「そ、そっか。良かったね……」

エドガー達が去った後も、食堂ではちらほらと求婚騒動の話がされていた。こんな面白おかしい場面を見られたのは、運が良かった自分達だけ。そんな特別感に浸るのも、生徒らにとっては気分の良いものだったのだ。

「……」

しかし、生徒達は知らない。校舎の屋上より食堂での一連の様子を覗き見する、大柄な人影があった事を。

エドガーの求婚宣言から逃れたリオンとラミは、校舎の中へとやって来ていた。

「マージあり得ねー。私やリーちゃんに手ぇ出そうだなんて、万年早いっしょ。これが学園外だったら、雷の一つでも落としてるところだったし」

ここまでリオンの手を引いて来たラミは、心底機嫌が悪そうだった。そんな彼女の機嫌を表すかのように、髪の毛にバチバチと紫電が舞っている。

「雷(らい)ちゃん、何も無視する事はなかったんじゃない？　ちゃんと断らないと、エド君に悪いよ」

「リーちゃん、それは判断甘々だし。あーいう輩(やから)って、どこまでも自分の都合の良いように考えてんの。私達が全力でお断りしたところで、何かと理由つけて諦めないっしょ。つか、その段階で私が殴りそうになる」

「あはは、そういう理由か～。だから抜け出したんだね」

「流石(さすが)に学園内で暴力沙汰は起こせないかんね～。私を推してくれた獣王ちゃんの面子(メンツ)もあるし～」

　第一試験で熟睡していたラミであるが、一応はレオンハルトの立場を考えていたようだ。

「つかつか、結局飯食べられなかったじゃん！　今食堂に戻るのも、何かアレだし！　あー、腹立つ！」

「あ、そういえばまだだったね。クロトの保管の中に、メルねえ迎撃用の備蓄があるけど、それを食べる？」

「な、何の備蓄だし……!?」

　メルねえ迎撃用の備蓄である。そんな些細(ささい)な事はともかくとして、二人は校舎の屋上で改めて昼食をとる事にしたようだ。怪訝(けげん)な表情を作るラミ、そして鼻歌交じりなリオンは、小走り気味に階段を上って行った。お腹(なか)が減った事と備蓄の中身が気になるのとで、自然と足が速くなっているようである。

「リオン新入生、ラミ新入生、階段はゆっくり確実に上ってください。転んでから後悔しては遅いですよ」

「あ、ホラス教官！　すみません、不注意でした！」

「反省してま～す」

　そんな中で教官とすれ違えば、当然注意されるものだ。恐らく片方は全く反省していないが、備蓄の中身が気になるので仕方のない事だった。

「……貴女達、何でそんなに表情が食い違っているのよ？　何か面白い事でもあった？」

「あ、ベルちゃん！　一緒にメルねえ迎撃用の備蓄を食さない？」

「一から十まで意味不明よ」

更に道中ベルともすれ違ったので、お昼にお誘いする。ベルとしてはマジで意味不明でしかなく、彼女もラミと同じ表情を自然と作っていた。しかし、ベルもリオン達と同様にまだ昼食を済ませておらず、特に断る理由もなかったので、共に屋上へと行く事に。

「わーい、一番ノリ！　うーん、良い天気！」

校舎の屋上は生徒達にも開放されており、夜を除いて自由に出入りする事ができる。今日は運の良い事に誰もおらず、貸し切り状態であった。

「やっぱりお昼を食べるなら、景色の良い屋上だよね！」

「そうなん？」

「そうなの？」

「そうなの！」

譲れない拘りがリオンにはあるらしい。そして、屋上にはいつの間にやら料理の山が築かれていた。

「……何、この量？」

「食べ物の山だし。鬼うける」

「ク、クロト、確かにメルねえ迎撃用の備蓄を出してって言ったけど、いつもみたいに全部は出さなくても大丈夫だから。僕達三人とアレックスの分だけでオッケーだよ」

納得したようにプルルンと震えるクロト。どうやら保管の中から出す分量を勘違いしたようだ。料理の山の大部分がクロトの中へと消えていき、ちょうど定食分量の料理のみが残される。

「いっただきま〜す！」

「いただき〜」

「いただくわ」

「ワウ！」

それから三人と一匹は適当なところに腰掛け、漸くのランチタイムへと突入するのであった。

「あっ、折角久し振りに皆が揃ったんだし、クロメルも誘えば良かったな」

「不要よ。同じ寮の同級生達から自作弁当の味見をさせられていたの、さっき中庭のベンチで見たわ」

「すっげぇ人気じゃん」

「そ、それはお腹一杯になりそうだね……それはそうとベルちゃん、何か嫌な事でもあった？　何だか微妙に機嫌が悪そうな顔をしているよ？」

「そういうリオンこそ、連れの竜王の気が立っているようだけど？」

「おっ、分かる!?　そうなんだよベルっち、聞いて聞いて〜！」

「誰がベルっちよ……！」

リオン達は先ほど起こった出来事を、お互いに話し合った。結果、リオンとラミに求婚をしたエドガーが、それよりも前にベルにも求婚を行っていた事が判明する。

「うわぁ、あの色男ってばベルっちにも求婚してたん？　最悪～」

「ええ、貴女達と同じように唐突にね。もう少し頭の良い男だと思っていたのだけれど、私の勘違いだったのかしら？　勘が外れるなんて、本当に珍しいわ」

「勘といえばさ、その求婚？　の話が出た時に、ケルにいとジェラじいがピーンと来ちゃったみたいで、ルミエストに襲来する一歩手前だったんだよ～。メルねえ達が止めてくれたから良かったけど、ベルちゃんの方は大丈夫だった？　その、グスタフさんとか」

「ああ、やっぱりリオンの方もそうだったの？」

「えと、もっていうと？」

この時点で何となく察しのついたリオンであったが、一応聞いておく。

「腐っても私やセラ姉様のパパなのよ？　愛娘に対する勘の鋭さは、本当に馬鹿じゃないかってくらい鋭いわ。つまるところ、リオンのとこと同じよ。放っておいたら海を走って来そうだったから、ビクトール達悪魔四天王が体を張って止めてくれたの」

「よ、よく止まったね？」

「そこはまあ、尊い犠牲を色々と、ね？」

「あはっ、ベルっちの家ってマジバイオレンス～」

「ハルちゃん達としては、全然笑いごとじゃないんだけどね……」

ちなみにグスタフを止めた最後の決め手は、予め(あらかじ)ベルが用意しビクトールに持たせていた、絶縁警告状であったという。

「お互い、困った親族を持つと大変ね。ああ、そうそう。対抗戦の話はもう聞いたかしら？　リオンとラミ、ここにはいないけれど、クロメルも候補者に入ったそうじゃない」

「そういうベルっちは？」

「私が入らない筈(はず)ないでしょう？」

「だよね～。えっと、一年生で候補者になったのは全部で七人だよね？　僕達とクロメルで四人、残る三枠は誰なんだろう？」

「順当に考えれば、グラハムは間違いないでしょ。他にパッと浮かんで来る奴はいないわね。うちの寮で言えば、さっきのエドガーとその取り巻き、それとカトリーナが多少マシってレベルかしら。ま、誰にしたって所詮は泡沫(ほうまつ)候補よ。考えるだけ無駄ね。あいつらにケルヴィンの相手が務まるとは思えないし」

「それな」

「ケルにいもそうだけど、冒険者ギルドのメンバーが本気だもんね……」

「……」

けど、対人戦で一番怖いのはリオンなのでは？　なんて事を一瞬思い浮かべたベルであったが、口と表情には出さないでおいた。良い子である。

「候補者が決まった事だし、近いうちに対抗戦メンバーを決める事になる筈よ」

「あっ、そうだよね。一年生の他にも二年生三年生がいるんだし、もっと絞られる事になる筈だもんね」

「どうやって決めるん、ベルっち?」

「そりゃあ、これでしょ?」

ベルは備蓄を頬張りつつ、二人の目の前で拳を固めてみせた。

◇　◇　◇

エドガーの求婚騒動から暫く(しばら)したある日の事、一年生から三年生の数名の生徒達が、学園の施設の一つである模擬戦場に集められた。知らされたのは日時と場所だけで、そこに集まって一体何をするのか、そこまでは聞かされていない。が、その生徒達は集められた理由を、何となく察していた。何せ、彼らは来る対抗戦の候補者達。本格的に代表メンバーが決まる事を、今か今かと待ち侘(わ)びていたのだ。

「ふわ……あら、皆早いのね」

「お、ベルっちおっす～」

「ベルちゃん、おはよー」

「おはようございます」

　当然ながら、リオンをはじめとしたいつもの一年生メンバーも集まっている。早朝の時間である為か、低血圧のベルはかなり眠そうだ。いつもはビシッと決めている髪型も、所々に寝ぐせが見受けられる。

「ったく、何もこんな朝っぱらからやらなくたって良いじゃないの。ねむ……」

「そうですわね、ベルお姉様！　今度私の方から、学園側に改善するようクレームを出しておきますわ！」

　そんなベルの背後には、ベルをお姉様と呼ぶ縦ロールの女生徒がいた。彼女の名はカトリーナ、寮に配属された際に、ベルに喧嘩を売った例のお嬢様である。ただ、今はその時とは様子が大分異なるようで、ベルを見る目や態度等々が変化していた。

「カトリーナさんもおはよ～」

「あら、リオンさんではありませんか。おはようございます。朝から相変わらず貧相な顔と胸ですわね」

「カトリーナ」

「はい♪　なんでしょうお姉さぐはぁっ!?」

　ベルが詠唱した重風圧によって、地面に顔面から倒れ伏すカトリーナ。次いで背中に右足の踵を押し当てられ、ぐりぐりっとされてしまう。

「貴女如きが何て口の利き方してんのよ。分を弁えなさい」

「は、はああん！　お姉様！　そんな、そんなところおおぉ！」

「ベルさん、最近そちらの方と仲良しさんですね。とても良い事です」

「これを見て仲が良いと感じる貴女の感性、かなりおかしいと思うのだけれど……仲良くなんてないわよ。何の間違いなのか、この子も対抗戦の候補者に選ばれちゃってね。それで今日も朝から、というか部屋の前からずっと付いて来てんのよ。犬かってくらいに！

(ぐりっ)」

「おほおぉぉ！」

「あれ、雷ちゃん？」

「何も見えないさんです」

「鬼ハードで見せられないし」

　これ以上は教育によろしくないと察したのか、ラミが稲妻的速度でリオンとクロメルの目を隠した。どうやらカトリーナは何かに目覚めてしまったようだ。上級生達の視線も集まり始めているが、ベルはだからどうしたと言わんばかりに、全く気にしていない。眠気を晴らすかのように、尚もカトリーナを踏み続けている。

「一年は私達とこのカトリーナ、後はグラハムとエドガーが候補に挙がったみたいね。ま、少なくともカトリーナは候補者止まりだから、今日限りで忘れてもらっても構わないわ」

「ああ、辛辣ですわ！　でも、そんなお姉様も素敵……！」

「ベルっちの調教ぱねぇなぁ。あ、学院長が出て来た。そろそろ始まりそうだし」

　ラミの言う通り、模擬戦場に学院長のアートが教官のミルキーを連れて姿を現した。ステージ中央へと進んで行った彼はそこで立ち止まり、マイクを片手に集った生徒達を見回す。

「やあ、皆のアート学院長だよ。今日は朝早くから集まってもらってすまないね。早速本題に入るけど……うん、もう集まってもらった理由は分かっているだろう。来る日に行われる冒険者ギルドとの対抗戦、そのメンバーを今日この場で決めたいと思う」

　アートの言葉を受け、集まった生徒の何人かがゴクリを唾を飲み込む。対抗戦のメンバーに選ばれるのは、ルミエストの生徒達にとって大変に名誉ある事だ。他を寄せ付けない圧倒的な戦闘力を持った者でなければ、決して選出される事はないであろうこの行事。選出メンバーは学園内外の多くの権力者の目に留まり、つまるところ、卒業後の進路や祖国の威信に大きく関わる。冒険者で言うところのS級の昇格式のように、お披露目会としての意味合いが強いのも頷けるだろう。結果的に冒険者に敗北したとしても、相手は常に実戦に身を置く、それもA級以上の強者達だ。成長途上である学生の身で僅かにでも見せ場を作る事ができれば、それだけで十分な評価に繋がるのである。

　一方で、内容としても何の結果も残す事ができなければ、それは汚名以外の何ものでもない。対抗戦の出場メンバーに選ばれたからには、家の名を、国の名を、学園の名を背負うだけの責任と覚悟を持たなくてはならない――と、表向きにはされている。実際にはギルド側がその年の実力に見合った冒険者を選定して来る為、滅多な事がない限りは活躍の場が用意されているのだ。もちろん学生達はその事を知らない為、対抗戦に本気で挑む事には変わりないのだが。

「今年も例年通り、対抗戦に出る生徒メンバーは五名だ。今日集まってもらった一年生七名、二年生五名、三年生九名から更に絞って、このメンバーを決めていく訳だが……まずは一度、確認しておこう。現段階で候補者から降りたいと、そう考えている生徒はいるかな？　対抗戦には多くの責任と、重く厳しい義務が伴う。自分の弱さを認めるのも、生きていく中で必要な事だ。恥ずべき事では全くないと、美し過ぎる私がそう断言しよう。さあ、どうだい？」

アートが生徒達を再び見回す。生徒の多くは緊張した様子だが、誰一人として手を挙げる者はいなかった。

「よろしい、それでは一旦このまま話を進めよう。ミルキー教官、例の資料を皆に配ってくれたまえ」

「よろしいのですか？　ご自分で配った方が、何かと目立つと思いますが？」

「おお、それは一理あり！」

ミルキーの助言（？）を聞き入れたアートは、彼女から資料を全て受け取り、自ら生徒達に配り始めた。「この美貌、君に届け☆」などと、手渡す際に必ず一言添えられた為、生徒達は笑いを堪（こら）えるのに必死だった。

「資料と私の思い、皆に行き届いたね？　今年の対抗戦は少し変則的なものとなっていてね、いつもは一対一の計五試合をしていたんだけど、今回は一対一が四試合、二対二を一試合する事になったんだ。二対二の試合に出る生徒には、実力の他に連携力が求められるだろうね」

「あの、アート学院長。それではメンバーが全部で六人になりませんか？」

　上級生の一人が、当然の疑問を投げ掛ける。

「いや、五人で間違いないよ。だって一対一の試合のうちの一つは、この私が出る事になっているからね」

「えっ？」

　予想外なアートの回答に、生徒達の間にどよめきが走る。アートがS級冒険者であり、異次元の強さを有している事は周知されている。対抗戦に出るだけの十分な実力があると、誰もが納得するところだろう。が、しかし、この対抗戦に生徒ではなく教官が、それも学院長が出るなんて事は前例がなかった。生徒達が驚いてしまうのも、仕方のない事なのである。

「はい、静粛に。君達が驚く気持ちは痛いほど分かるよ。私にとっても、これは苦渋の決断だったんだ……先日、冒険者ギルドから知らせが届いた。今年のギルド側のメンバーには、S級冒険者を少なくとも四人は参加させるとね」

「え、S級冒険者!?　それも、四人!?」

　更なる喧騒が生徒達の間で広がっていく。ここに集った者達は、ルミエストでもトップクラスの力を持つ生徒ばかりだ。しかし、だからと言ってA級冒険者に勝てるほどの戦闘力を持ち合わせている訳ではない。二年三年の上級生達は、昨年の対抗戦を直接目にしている。その時の選出メンバーの実力と、今の自分達の実力を比較すれば、冒険者との力の差は自ずと分かって来る。ましてや今回の相手はS級、勝てる見込みがない事は明白だった。更にメンバーになった際の責任と重圧は例年以上のものになるだろうと、生徒達の殆どは察してしまう。

「あ、あの……私、やっぱり辞退します……」

「お、俺も取り止める！」

次々と辞退を表明する生徒達。最終的に模擬戦場に残ったのは、最初の半数ほどの生徒だけだった。

◇　◇　◇

「アート学院長、一つよろしいでしょうか？」

朗らかな笑顔、そして至極丁寧な口調でそう言い放ったのは、なんとリオン達と一緒にいたベルであった。入学式で見せた優等生の仮面を被り、一歩前へと歩み出るベル。いつの間にか寝癖も綺麗に整えられ、いつものヘアースタイルへと早変わりしている。その圧倒的存在感を余すことなくアピールする彼女は、美の化身と自称するアートにも全く引けを取っていなかった。

「べ、ベルっち!?」

優等生ベルを間近で目にしたラミの驚きようは、それはそれは凄いもので。が、ベルはそんな彼女を無視してアートの方を向き続けている。

「おい、彼女は……」

「ええ、ベル・バアルよ……」

「メリッサ生徒会長を初日に打ち負かしたっていう、あの……」

この場に残った上級生の間より、ひそひそと囁き声が聞こえて来るが、ベルはそれさえも無視する。というよりも、そもそも眼中にない様子だ。

「おお、なかなかのスター性とカリスマ性だね。それで何かな、首席入学のベル君？」

「先ほど、二年生と三年生の先輩方が合わせて九名辞退されましたが、それでもまだこの場には一年生が七名、三年生が五名もいます。例年、対抗戦の候補者は総当たりの模擬戦形式で決めていました。今年も同じ方法で決めるのであれば、ここからメンバーを取捨選択し、五人にまで絞り込むのは些か時間が掛かり過ぎるかと」

「ふむ？　まあいつもと比べれば、そもそも一年生の候補者が多いからね。それは仕方のない事だと思うけど……もしや、君には代案があるのかい？」

「まさか。新入生である私如きが、おこがましくもそこまでの事なんてできません。私が何を言おうとも、上級生の先輩方が納得されないでしょうし」

「「「ッ……！」」」

チラリと、上級生達の方へと視線を移すベル。その瞬間、上級生達は何か得体の知れないものに睨まれたかのように、背筋に冷たいものが走る感覚に襲われた。

「ベルさん、そこからは私が」

「はい、メリッサ生徒会長」

「えっ？　メ、メリッサ……？」

戸惑う上級生達を余所に、ベルの視線の先にいた生徒の中から、生徒会長のメリッサが前に出る。なんてことはない。ベルは上級生達を見ていたのではなく、初めから彼女に合図を送っていたのだ。

「アート学院長、私から提案です。総当たり戦などではなく、私にメンバーを選出する権限を頂けないでしょうか？　その代償として、いえ、実力が相応しくない私自身は、そのメンバーの中に入りませんので」

「「「!?」」」

「ほう、メリッサ君がそこまで言うのか。だとすれば、もう少し強い理由が欲しいものだね。時間云々ではなく、君が自分を犠牲にしてまでそうする理由を、ね？」

「理由は先ほど学院長が仰いました。今年の対抗戦、冒険者ギルドからはＳ級冒険者が出て来る、と。それはつまり学園側もそれに準ずる実力者が出る必要があります。ああ、いえ、これには少し語弊がありますね。正しくは、冒険者ギルド側にＳ級冒険者を出さざるを得ない理由ができた、でしょうか？」

　メリッサはアートから視線を外し、今度は一年生の方を向く。

「先ほどお話しして頂いたベルさんをはじめとして、今年の新入生の力は特別中の特別、ルミエスト史上最強と言っても過言ではないでしょう。恐らくはＳ級冒険者にも対抗し得る、そのくらいの力を既に有しています。そんな彼女らが模擬戦という形式でとはいえ、総当たりで戦う事になったら……まず間違いなく、この模擬戦場の耐久性が持ちません。最悪の場合、学園内の他の施設にも影響が出るでしょう」

「さ、流石にそこまでは……」

　ふと、上級生の一人がそんな言葉を口にした。

「Ｓ級冒険者の昇格式、そこで行われた戦いを耳にした事はありますか？　百年に一度の天才と称される、彼の有名な舞台職人のシーザー氏。そんな彼が手掛けた舞台も、Ｓ級冒険者の手にかかれば、ものの数秒で完全破壊されてしまいます。それでも昇格式で模擬戦が開催できるのは、神皇国デラミスの巫女様、この学園の首席卒業生でもあるコレット・デラミリウス様が、不壊の結界を周囲に施しているからです。要はこの場で一年生達を戦わせるには、今のこの状態では準備が余りにも足りていない。そして今から準備をするには、時間が余りにも掛かり過ぎる。先ほどベルさんは、それが言いたかったんですよね？」

「ええ、その通りです。一を聞いて十を知るとは、流石はメリッサ生徒会長」

「「……」」

信頼の置けるメリッサにそこまで言われては、他の上級生は黙るしかない。昇格式の次元の違いについてはもちろん知っているし、何よりも最初に首席候補であるメリッサが、自分程度では対抗戦に相応しくないと、そう宣言していた。ならば、彼女よりも成績の劣る自分達は――そこから導き出される答えは、三人とも同じものだった。

「なるほど、メリッサ君の言いたい事は分かった。それで、君が選出する対抗戦メンバーについてだけど……もう内訳は決まっているのかい？」

「五名を選ぶとするのであれば、一年生のベルさん、ラミさん、リオンさん、グラハムさん、最後に四人と比べ大分実力は落ちますが、クロメルさんが有力かと。私の見立てでは次点のクロメルさんでさえ、例年のA級冒険者に軽く勝利できるほどですから」

「なるほど……ベル君はどう思う？」

「メリッサ生徒会長と全くの同意見です。私から特に申し上げる事はありません」

ベルが満足そうに顔をほころばせる。もしこの場にグスタフがいたら、その笑顔の眩しさを受けて失明していたかもしれない。それくらいに良い笑顔だった。

「メリッサ君の案、確かに受け取ったよ。どうだろう、皆？　他に反対意見がないのであれば、このままメリッサ君が選出したメンバーで行こうと思うのだが？」

「ベルお姉様が賛同された面子です！　私から反対意見なんてある筈がありませんわ！」

「まあ、俺達も……なあ？」

「メリッサにそこまで言われたら、ねえ？」

「だな。代表になれないのは悔しいが、それ以上に出て恥をかく訳にはいかねぇ。S級冒険者の相手なんて、想像しただけで冷や汗もんだ」

カトリーナを筆頭にメンバーに選ばれなかった生徒の殆ども、この提案に異を唱える様子はない。ただ、ごく一部の者達はそうではなかったようで。

「待て、余は反対だ。ベル・バアルらは良いとしても、余が次点のクロメルに劣ると考えられるのは、許し難い」

「おっと、腑抜けたスクールメートばかりではなかったか。俺からも異議申し立てさせてもらうぜ。三年のナンバー2として、流石にそんな子供には負けていられないからな」

そう言ってメリッサ案に反対したのは、先日求婚騒動を起こした一年のエドガー。そして、何やら制服がピカピカと黄金色に輝く上級生だった。こちらは物理的に非常に眩しい。

「エドガー君にダイア君か。その口振りから察するに、クロメル君の選出が不服なのかな？」

「「当然だ」」

金ピカの生徒、ダイア・ドルゴーは上級生の中でもメリッサに次ぐ戦闘力の持ち主だ。例年通りの選出であれば、順当に対抗戦に参加していただろう。しかし、だからこそメリッサの選出に外された事が、彼は許せなかったようだ。

「ダイアさん……」

「まさかとは思ったが、入寮日に負かされたという噂は本当だったのだな、メリッサ。

フッ、今になって今年の新入生に興味が湧いた。この金色の魂を持つ俺とどちらが上か、実際に拳を交えなければ納得のしようがないなぁ！」

「なるほど、力比べか。余としてはただ間違いを正したいだけなのだがな。尤も、この模擬戦は先日の返事を聞く良い機会でもあ――」

「――約二名反対される方がいらっしゃるようですね。クロメルさん、折角ご指名された事ですし、メリッサ生徒会長の判断が如何に正しかったかを示して頂けませんか？　もちろん、この模擬戦場が壊れないよう、適度に手加減をしてです」

話にベルが割って入り、エドガーの言葉を強制的にストップさせる。次いでクロメルに眩い笑顔を向け、模擬戦場のステージへ上がり、優しく撃退するように促した。

『時間がもったいないわ。私が許可するから、徹底的にボコボコにしてあげなさい。いい？　ボッコボコよ？　死んでさえいなければ、私の方で上手く処理しておくから』

『ええっ……』

但しその裏で行われる念話では、ベルの本音がだだ漏れであった。これにはクロメルも大困惑である。

その後、アートがこの代表決定戦を特別に承認。三人はステージへと上がる事になるのだが――

「よ、よろしくお願い、しますです……」

「む？　体どころか気まで小さいのか？　だが、油断をする俺ではない！　まずはこの金色の魂を持つ伊達男、ダイア・ドルゴーと手合わせ願おうぐおああっ――――!?」

「フッ、瞬殺か。流石はベル・バアルが認めるだけはある。どうやら余の婚約者がもう一人、増えてしまいそうだな！　クロメルよ、我が妻となぁっっがあぁ――――!?」

――クロメルがエドガーとダイアを優しく瞬殺、ルミエスト側のメンバーはものの数秒で決定してしまうのであった。

エドガーとダイアが担架で運ばれ、対抗戦メンバーに選出されなかった生徒達も模擬戦場を後にした。これによりこの場に残ったのは、リオンら対抗戦メンバーと、選出を行ったメリッサ、そして特例的に教官側からメンバー入りしたアートと、ミルキーのみとなる。

「これにて正式に対抗戦のメンバーが決まった。学院長として、改めておめでとうと言っておこう」

「んんっ？　学院長、最初からこうなるって分かってたっぽくない？」

「ハッハッハ、まさか！　ただまあ、予定よりも早く決まってしまった事だし、当日の作戦会議でも少ししておこうかな？」

「そういう事でしたら、生徒会室をお使いください。ここから近場にありますし、この時間なら誰も使っていませんので」

「流石はメリッサ君、準備が良いね。ミルキー教官、冒険者ギルドへの連絡を頼めるかな？　こちら側のメンバーが決まったってね。ま、その詳細はこれから詰める訳だけど」

「承知致しました」

一同は生徒会室へと移動する。生徒会室は床に赤絨毯が敷かれ、天井にシャンデリアが当たり前のように設置されているなど、リオンの想像よりも格段に豪華な造りとなっていた。当然、テーブルや椅子も同様の仕様である。ベルも「まあまあの部屋ね」と、及第点を与えていた。

「それではアート学院長、私はこれで失礼致します」

「ああ、メリッサ君。すまないけど、まだ残ってもらっても良いかな？」

「はい？」

「例年であれば私が対抗戦の監督を務めていたんだが、今年は実際に出る側になってしまっただろう？　万が一に備えて、監督は別の人に任せたいんだ。という訳でメリッサ君、よろしくお願いするよ」

「……はい!?」

どういう訳か、先ほどまで退室しようとしていたメリッサが、ルミエスト対抗戦軍団の監督役を務める事になってしまった。これには彼女も驚きを隠せないようだ。

「……これより、対抗戦の作戦会議を始めます」

しかし、流石は栄誉あるルミエストの生徒会長メリッサ・クロウロードと言うべきか、間髪を容れずに指定された役職を全うしようと奮起していた。

「切り替え早っ!? せ、生徒会長ちゃん、それで良いん?」

「この程度の事、生徒会長にとっては日常茶飯事です。確かに驚きはしましたが、尾を引くほどではありません。アート学院長が望まれるのであれば、全力で監督の任を賜りましょう」

「流石ね。メリッサ、この学園を卒業したら、私の国で働く気はない? 北大陸と西大陸を結ぶ橋渡し役、貴女ならきっとできると思うの」

「……即答はできませんが、前向きに検討させて頂きます」

何だかんだありつつも、ベルはメリッサの事をそれなりに気に入っているようだ。

「まずは簡単に対抗戦の概要説明を。例年の対抗戦では一対一の試合が五戦でしたが、先ほどアート学院長の話にもあったように、そのうちの一試合がタッグでの戦いになります。ですので、まずは誰と誰がペアとなって戦うかを決めたいと思うのですが……誰か、立候補される方はいらっしゃいますか?」

「はいはいッ! それなら私とリーちゃんが出るし! ズッ親友だし、コンビネーションもばっちしっしょ!」

稲妻の如き挙手からのマシンガントークが発せられる。もちろん、この特徴的な喋り方はラミのものだ。

「僕と雷ちゃん? あっ、なるほど! 同じ赤魔法の使い手で、それも雷に特化しているから、二人だと威力が倍増するって作戦だね！」

「……うん！　何だかよく分からないけど、多分そんな感じで良い感じ！」

完全に直感からの発言であったようだ。

「ラミさんの発言については、その場の勢い感が強い気もしますが……他に立候補者がいなければ、私は大いにアリだと思います。リオンさんの仰る事は尤もですし、元々ご友人という事で、試合中の連携もやりやすいでしょう。如何でしょうか、学院長？」

「今の私は一参加者なのだから、一々意見を求めなくても大丈夫だよ？　だがまあ、その上で言うのであれば、私も賛成かな。理由は全てメリッサ君が言ってくれた」

「ありがとうございます。他の皆さんは？」

「タッグで戦うなんて柄じゃないわ。誰かがやってくれると言うのなら、それで良いんじゃないの？」

「拙者も構いませせぬ」

「わ、私も大丈夫です」

全会一致、リオンとラミが二対二の戦いに参加する事が決まった。

「次に対抗戦の出場順についてです。過去の対抗戦をご覧になった方はもうご存じかもしれませんが、対抗戦は予めメンバーが出場する順番を決め、運営委員会にその情報を提出する必要があります。色々と理由はありますが、まあ伝統的な意味合いが強いですね」

「リオン君とラミ君の戦いは三試合目になるから、それ以外の順番決めになるね。ちなみにだけど、もう冒険者ギルド側は選考メンバーと出場順を提出しているらしい。もちろん、その内訳の全ては私も把握していないから、変な期待はしないでくれ」

残るメンバーはベルとクロメル、グラハムにアートだ。

「相手が分からないのなら、順番なんて話し合ったって仕方ないじゃないの。私、最初で良いわ。それで敵の出鼻を挫(くじ)いてあげる」

「それならば、次戦は拙者にお任せあれ。必ずや、我が軍に勝利を献上するで候(そうろう)」

「この美しき造形がラストに相応(ふさわ)しいという皆の気持ちは尤もだ。けれども特例とはいえ、教官の私が最後を飾る訳にはいかない。という訳で、四戦目は私に任せたまえ。何、悪いようにはしないさ」

「あ、あれ？　という事は、えと、私は……？」

「大トリだね」

「えええっ――――!?」

クロメル、魂の叫び。

「わた、わたわた、私そんな責任重大なところ、自信ないないさんです！」

「そう謙遜するな、クロメル君。私はね、潜在能力では君が一番だとさえ考えているんだ。美しきこの私のように、もっと自信を持ちなさい。さあ！」

「ででで、でも……ううっ、確かに怖がっても仕方ないです、よね？　パパとママの娘として、私なりに頑張ります」

「おおっ！　その意気でござるよ、クロメル殿！　武士として、共に活躍しましょうぞ！」

「えと、武士さんではないです……」

こうしてルミエスト側のオーダーは、一戦目にベル、二戦目にグラハム、三戦目にリオンとラミ、四戦目にアート、最終戦にクロメルが出る事となった。

「ところでアート学院長、冒険者ギルド側のメンバーはどの程度把握されているのですか？　完全には分からぬとも、一部は既に把握されていると存じますが」

「うん？　ああ、そうだね。ちょうど良い機会だし、今のうちに情報共有しておこうか。エヘンコホン」

咳払(せきばら)いで声の調子を整えたアートは、まるでオペラでも歌い出すかのような高らかなポージングで、自らが知り得た情報を語り始める。

「私の耳に入っているのは、対抗戦に出て来ると確定したS級冒険者の名だ。まずは冒険者ギルドのトップに君臨するギルド総長、『不羈(ふき)』のシン・レニィハート。私の次に古株のS級冒険者で、摑(つか)みどころがないのが特徴かな？　次にS級冒険者でありながら火の国ファーニスの王妃でもある、『女豹(めひょう)』のバッケ・ファーニス。暇潰しと男漁(あさ)りをする為(ため)に参戦するとか、かなり不純な噂が出回っているね。三人目はここにいるリオン君の兄、そしてクロメル君の父である、『死神』のケルヴィン・セルシウス。二人も認める根っからのバトルジャンキーらしいから、この対抗戦に参加するのも何ら不思議じゃないだろう。最後に昇格式を今度予定している最新鋭、『紫蝶(むらさきちょう)』のグロスティーナ・ブルジョワーナ。

ただの変態だ」

「何で最後だけ投げやり!?」

残念な事に、アートの話にはかなり個人的な視点が混じっていた。

「残る二枠はまだベールに包まれている。が、少なくとも彼らに準ずる力を持つ強者が参加するのは、まず間違いないだろう。さあ、私の可愛くも強き生徒達。勝つ為の対策を練ろうじゃないか」

リオンらがルミエストの対抗戦出場者に選ばれた日より、少し時は遡る。迷宮国パブにある冒険者ギルド本部、その最上階。相変わらず乱雑に物が散らかった状態にある総長室では、とある重要な話し合いが行われていた。この場に集うは、いずれも名実ともに最強の冒険者とされる者達である。その内訳はアートの話にあったS級冒険者の四名と、『死神』ケルヴィンの下で何度も死にそうになりながら鍛錬し、以前とは見違えるほどに急成長したA級冒険者のスズ、パウル、シンジール、オッドラッドの四名となっている。広くはあるが足場のないこの部屋にて、ある者はそのまま仁王立ちで、ある者は素直にソファに座り、またある者は用途不明なマジックアイテムに腰掛けるなど、それぞれが思い思いの体勢で話に聞き入っていた。

「——という訳で、今日集まったこの面子(メンツ)から対抗戦メンバーを選出しようと思う。前々から連絡していたし、S級の皆は承知してくれるよね？　してくれないと私、総長権限で降格させちゃうかも……」

「おい、てめぇ『不羈(ふき)』の。何勝手な事を言ってくれてんだい？　そんな回りくどい事をしなくたって、アタシはアンタが嫌と言おうが参加させてもらうよ！　今の今までA級にしか回って来なかった、美味(おい)しい美味しい仕事だ。ああ、生娘の如くときめいちまうよ」

「あらん？　バッケちゃん、青田刈りはよくないわん。彼らは今、青春という名の黄金時間を満喫しているのぉ。私達のような部外者が、変にしゃしゃり出て良い訳ないのぉ。手を出して良いのはぁ、責任ある大人になった時・だ・け♡。それ以前に当たり前だけどぉ、無理矢理はよくないわん」

「俺も予定通り参加させてもらうよ。もちろん、こいつらみたいに不純な理由で参加する訳じゃないぞ？　そこに強い奴(やつ)との戦いがあるから、それだけだ」

「あ？　おい戦闘狂、何格好つけて言ってんだい？　むしろアタシ達の中で、アンタが一番不純だろうが。少なくとも、アタシの夫は一人しかいないぞ」

「え？　いや、それは……」

「そうねぇ、流石(さすが)にあれだけの異性と関係を持つのは、私もどうかと思うわぁ。というか、よく体が持つわねぇ、ケルヴィンちゃん？　戦いだけじゃなく、あっちの方も凄(すご)いのぉ？　あら、やだん！　私、乙女らしからぬ台詞(せりふ)をぉぉぉ！」

「ハッハッハ、流石は私が選んだ精鋭達だ。もうこんなに仲が良くなってるなんてね！」

「どこが!?」

ケルヴィン、渾身の叫び。ケルヴィンも全然人の事は言えないが、S級冒険者はどこもかしこもフリーダムなのである。

「で？　アタシらが出るのは当然として、残る二枠はこの子らの中から選ぶのかい？　死神が一から鍛え直したとか聞いたが……アタシらに付いて来られるのか、ちょいと不安だねぇ。本当に大丈夫なのかい？」

「ああ、その点は安心してくれ。この数ヵ月間、四人の持ち味を最大限に活かせるように、俺と仲間達が徹底的に鍛え上げたんだ。及第点に届く程度には強くなったと、俺が保証しよう。そこにいるグロスティーナも、途中から手伝ってくれたしな」

「うふっ！　ケルヴィンちゃんとセラちゃんの頼みともなれば、断る訳にはいかなかったものぉ。そ・れ・にぃ！　彼、ゴルディアーナお姉様に憧れてるって言うじゃなぁ～い!?　妹弟子から姉弟子にクラスチェンジする興奮、同志が増える喜びに震えながら、もう一杯一杯教えちゃったの！　私、太鼓判を押しちゃうわ！　彼、なかなかのセンスよぉ！」

「そ、そうかい。そうなのかい……？」

「お、おう。セラと違って教え方が丁寧だったから、グロスティーナが付いてから急成長したのは確かだ」

そんなS級でも引く時はある。興奮さめやらぬのか、その屈強なる肉体をクネクネさせるグロスティーナに対し、バッケとケルヴィンは一歩距離を置いた。

「うんむ！　俺の名はオッドラッド！　ご紹介に与った通り、ブルジョワーナ殿の教えによって凄まじい力を手に入れたぁ！　俺に任せておけば万事問題なし！　という訳で、俺を選ばない手はないぞぉ!?」

「あ、オッドラッドてめぇ！　何勝手に自分を売り込んでいやがんだ!?　おい、マスターをはじめとしたS級共！　こんな奴を選ぶくらいなら、このパウル様を選びやがれ！　大体こんな筋肉の塊、似たようなのがもうメンバーにいんだから、キャラ被りだろ！」

「おっと、キャラ被り云々を言うのであれば、私の存在は唯一無二だと思うけどね？　我らが対抗戦メンバーの女性陣が見目麗しいのは、まあ言うまでもない事だ。であるからして、男性陣に私を加える事でバランスを整えては如何かな？　ほら、ルミエストからは『縁無』のアート氏が出るかもだし、やはりあの容姿に対抗できるのは、このシンジールくらいかと――」

「――性別や容姿など、全く関係ありません！　この選抜に真に必須である事は、マスター・ケルヴィンを納得させるほどの戦闘力です！　僭越ながらこのスズ、この四名の中で最もそのポイントを押さえていると自負しております！　是非、是非ともこのスズに素晴らしき機会をッ！」

　四人は我こそはと、各々のセールスポイントを述べていく。その勢いは凄まじく、先ほどまで好き放題言っていたS級冒険者達にも負けないほどだった。

「あー……まあ、確かに癖の強さは間違いないようだねぇ」

「でもぉ、一体全体どうやって選ぶ気ぃ？　こんなところでこの子達を、競い合わせる訳にもいかないでしょん？」

「そこなんだよなぁ。何だかんだでこいつら、かなり実力が拮抗するようになっちゃったし……シン総長、どうする？」

「そうだね……ジャンケンでもして決めよっか？　運も実力のうちって言うしね！」

　そんなシンの一言が発端となり、「よっしゃー！」という威勢の良い声と共に始まり出す大ジャンケン大会。しかし、どういう訳か相子が何度も続き、一向に決着がつく様子はない。

「「「「っしょ！っしょ！　相子でっしょ！っしょっしょっしょ！」」」」

「……終わらないねぇ」

「あまりに終わる気配がないから、その間に俺達分のオーダーを先に決めちまったな」

「尋常でない動体視力と反応速度ぉ、そして四人でという読み合い先読みのこの状況がぁ、場の膠着化を招いているわねぇ。これ、多分ずっと終わらないわよん？　つぼみ達の汗ほとばしるこの戦いを延々と観戦するの、私は全然飽きないけどねぇ！」

「それもなかなか愉快だけど、時間は有限だからね。仕方ない、ここは昔ながらの方法で決めるとしようか。恨みっこなしの、このくじ引きで！」

　シンが四人にグーの形で右手を差し出す。そこには四本の紐が握られていた。

「この中に二本だけ、先端が赤色の紐が入ってる。その紐を引いた者が見事代表入りって事で」

「マジで古典的な選び方だな」

「まあ、これなら絶対に決まるから良いんじゃないかしらん？　完全に運だしねん」

「『不羈』がイカサマをしていなければの話だけどねぇ」

「そんな事しないって。何なら、バッケ達が先にこの中身を確認するかい？　本当に何の種も仕掛けもないって。くふふ！」

そう言う割には不敵な笑みを浮かべるシンである。念の為ケルヴィン達がこのクジを確認するも、特に不審な点は見つからなかった。が、それでも何か怪しいという事で、クジはグロスティーナが持ち、それを四人が引くという形式に落ち着いたようだ。

「恨みっこなしだぞ？　準備は良いか？」

「俺の筋肉が言っている。当たりはこれだとぉ……！」

「フッ、何を言っているんだか」

「私はいつでもオーケーです。ド、ドキドキなんてしてないです！」

「「「「せーのっ……！」」」」

こうして、冒険者ギルド側のメンバーも決定するのであった。

第二章 ▼対抗戦

ルミエスト対抗戦、当日。学園都市内に建造された特殊試合会場で行われるこの行事は、大勢の客人が集まったあの入学式よりも、更に千客万来な様相を呈する。都市外に並ぶ屋台のキャラバンの規模も、明らかに以前のそれよりも大きなものとなっていた。それもその筈、この祭りには生徒達の関係者、王族や各方面の権力者達が、保護者としての立場で会するからである。分かりやすく喩えるとすれば、授業参観や生徒の親同士の懇親会と称した、世界サミットが近いだろうか？　自身の子が直接対抗戦に出場せずとも、各国の有力者が集まりやすい対抗戦という催しは、二親等内の関係者であれば比較的容易に参加できる上に、冒険者ギルドの有力者とも関われる。と、コミュニティーの形成と外交の面において良い事尽くめの場なのだ。S級の昇格式、或いは獣王祭をも超える規模で行われるとなれば、当然相応に警備は厚くなり、それだけ更に人口密度は高まっていく。という訳で、この日は学園都市の内外問わず、どこもかしこも大混雑だ。

「氷国レイガンド、準備が整ったとの事です！」

「オーケー、転移門開けるよ」

また、来場者の規模が規模なだけに、学園都市内に一門だけ存在する転移門も、この日だけは使用する事が許可されている。扱いの難しい転移門を使うのは専ら大国強国だけである為か、この方法で移動して来る事は、西大陸においてある種のステータスになっているようだ。

「はい、完了。転移門使うとこ、あと何回あるんだっけ？」

「ええと……バッカニア王国、トライ連邦、プルトオルア皇国、神聖カガンカラ帝国の四国ですね。シン総長、もう随分と転移門に魔力を送っていますが、そろそろ交代致しましょうか？」

「ああ、大丈夫大丈夫。そっちは全く問題ないから」

軽い調子でそう答えるのは、冒険者ギルド総長のシンであった。転移門は双方の了解なくして起動はできないが、それでも万が一の事態が想定される為、門への魔力供給役を兼ねて、シンがこの場所の警備に当たっているのである。

「そ、そうですか。流石はS級冒険者と言いますか、信じられない規模の魔力量ですね。本来であれば、何十人という魔導士が交代交代で供給するものですのに」

「まあ、S級冒険者なら片手間にこのくらいはできないとね。これ終わったら対抗戦にも出場しなくちゃだし」

「そ、そうですか。ハ、ハハ……」

転移門の管理担当が引きつった笑みを浮かべる。できて当然という冗談みたいな発言もそうだが、本を片手に転移門へ魔力を送るシンの姿は、正に片手間に仕事をしている、といった様子だったのだ。この場にいるシン以外の衛兵、技術者、魔導士一同は彼と同じく、心の中で色々とツッコみつつも、笑顔を取り繕うしかなかった。

「というか今更だけど、レイガンドやカガンカラにも転移門を使わせるの？　その辺の国、最近きな臭くない？　ここに通して大丈夫？」

「と言いましても、申請は真っ当なものでしたし、学園内にお子さんもいらっしゃいます。政治的な理由で使用を断る方が、平等を謳うルミエストとしては問題になってしまうのです。転移門で移動できる人数は限られますし、それに、その……その為のシン総長と言いますか」

「へ？……ああ、そうだったそうだった。何かあれば私が止めれば良いのか。ごめん、本に夢中で気付かなかったわ。あははははっ」

　暫くあっけらかんとした後、思い出したようにケラケラと笑い出すシン。周りの者達は笑顔を維持するも、こいつマジかよ。と、心の声を揃わせていた。

「じゃ、私としては問題を起こしてくれた方が都合が良いなぁ。その方が本番に向けての準備運動になると思わない？」

「思いませんッ！」

　これには担当者も、流石に声に出しておいた。

「わあ、すっごい人の数！」

選手入場の出入り口から、リオンが顔を覗かせる。会場の客席には見知った生徒もいれば、ビシッと宮廷服を着こなす紳士、或いはカラフルな民族衣装を羽織る女性、はたまた豪華絢爛な衣装を纏った見るからにお偉いさん！　といった感じの来賓もいる。国による文化の違いは服装の違い。よって、どこを見ても新たな発見があり、この光景を眺めているだけでも、リオンにとっては目を輝かすに十分なものだった。

「会場、もしかしてもう満員なのかな？　ケルにい、ちゃんと来られたかな～？」

「戦いを前にして、あのバトル馬鹿が迷子になる訳ないでしょ」

「あ、ベルちゃん。って、あれ？」

リオンが振り向くと、そこには漆黒の胴着姿のベルがいた。

「その胴着、どこかで見覚えが……あっ、獣王祭の時の！」

「あら、よく覚えていたわね。本当ならいつもの格好が一番だったのだけれど、パパが露出が高いって猛反対してね。制服で戦う訳にもいかないし、仕方ないからこの胴着を着る事にしたの」

「あー、そういえば記念に貰えたもんね。僕も大切に保管してるよ。今日はいつもの黒衣だけど」

基本的な取り決めとして、生徒側もギルド側も装備の指定をされていない。高価なだけにそれなりの性能を誇る制服のまま戦う生徒もいれば、この日の為に用意しておいた秘蔵品を使う者もいる。あくまでも学内のお祭りなので、双方の良識に任せるといったスタイルなのだ。

……但し、そのスタイルで良かったのは、あくまでも去年までの事。あらゆる面でハイレベルとなった今年の対抗戦は、一体どのような装備が飛び出すのか、全く予想不可能なものとなっている。

「えー、リーちゃんもベルっちも制服じゃないん!?　私達ってば花の学生なのに!」

「雷(らい)ちゃんは制服のままなんだね」

「だって可愛(かわい)いぢゃん!」

「気のせいかしら、濁点の字が違わない?」

ベルの鋭い指摘。ただ単にそれがラミの中で最近のトレンドになっているだけで、特に深い意味はないらしい。

ちなみにこの場にはいないが、クロメルやグラハムも制服ではない。クロメルはエフィルやメルフィーナが拵(こしら)えた最上級クラスの装備で、グラハムはツバキが用意したというトラージの伝統衣装で挑む事になっている。

「むー!　私達女子四人で制服の可愛さを見せつけたかったのに~~~!」

「勝手に何言ってんのよ。どっちにしろ、私は制服もNG。スカートは絶対駄目だって、そっちでもパパがうるさくてね」

「そこが良いんぢゃん！　ベルっちのパパ、分かってるけど分かってねぇ！」

自分が見る分には歓迎だが、大勢の人前で着るのは許さない。それがグスタフスタイルだった。

「そういえば、学院長はどんな格好で試合に出るのかな？　制服がありなら、仕事服のまま？」

「あー、何か違うっぽいよ。ダイアの意志を継ぐとか言って、妙な衣装に着替えてたし」

「「妙な衣装？」」

この後に行われる開会式にて、金色に染まったアートが登場するとは、この時の二人は夢にも思っていなかった。兎にも角にも学園都市ルミエスト、冒険者ギルドによる対抗戦がいよいよ始まる。

「さあさあ、遂にこの日がやって参りました！　学園都市ルミエストが主催する、年に一度の対・抗・戦――――！」

「「わああああっ！」」

アナウンスされた威勢の良い声に、会場が熱気と大声援に包まれる。対抗戦の会場は今、今日一番の盛り上がりを見せていた。

「例年と同じく、今年の対抗戦も学園と冒険者ギルドの強者達が覇を競います！　ああ、申し遅れました！　実況は私、放送部が誇るエースアナウンサー、ランルル・ビスタがお送りします！　将来の夢は獣国ガウン総合闘技場で実況をする事！　尊敬する方はもちろん、ロノウェさんです！　気軽にランとお呼びくださいッ！　そしてそして、解説はセルバ寮長の～？」

「はい、ご紹介に与りました。ルミエスト教官兼セルバ寮長のミルキー・クレスペッラです。本日はよろしくお願い致します」

「よろしくお願いします！　ミルキー教官は昨年、そのまた前の年も解説を務めていらっしゃいましたが、私は結構意外に思っていたんですよ」

「あら、それはなぜですか？」

「そうですね。これは私の勝手なイメージなのですが、こういった矛や拳を交える戦いは、どちらかと言えばアーチェ教官の分野かなと。ほら、アーチェ教官って武術や武器を扱う講義を担当されていますし」

「ああ、そういう事ですか。確かに、その一方で私は研究分野が主ですからね。そう思われるのも仕方のない事だと思います。まあ、少々浅はかだとも思いますけどね」

「へ？　あ、あの、ミルキー教官？」

「さ、そろそろ開会式が始まりますよ。自分の職務を全うしてくださいね」

「は、はいっ！　間もなく開会式です！　皆様、指定された席にてもう少々お待ちください！」

和やかそうでないような、そんな不思議なトークから始まった実況解説。昨年の対抗戦を観戦した生徒や関係者は、今年もまた荒れた解説になりそうだな、と、そんな事を思いながら苦笑いを浮かべていた。しかし初見となる者達にとっては、今の会話も問題に映る。

「な、なかなか破天荒な指導者ですな。ルミエストに所属している以上、実況をしている彼女も一応はどこかの名家なのでは？　当たりの強い国なら、それこそあれだけで厄介事が舞い込むと思いますが……」

「フッ、尤もな意見だな。私も最初はそこが疑問だったよ。ただ、このルミエストという環境が実に特殊でね。学び舎という形でありながら、世界が認める中立国として成立している。生徒はどこの誰であろうと生徒であり、指導者はたとえそれが平民の出身であろうと指導者なんだ。あの程度の事を一々槍玉に挙げていては、学び舎として機能しないのだよ。そして不必要に生じた問題は他生徒の学業の妨げとなり、もっと言えば他国を邪魔立てしている事にも繋がる。これだけ多くのネットワークがあるんだ。噂が広まるのも早いだろう」

「つまり、巡り巡って他国から白い目で見られてしまう、と？」

「その通りだ。度が過ぎれば、何かしらの制裁を加えられる事もあるだろうな。何はともあれルミエスト学園内に通っているうちは、誰もが一般生徒として扱われる。高度な教育を施されるだけでなく、世間知らずも上等な人間も、等しく世間に社会に揉まれる。それがルミエストなんだ。今日この場に来ている者達の殆どは、暗黙の了解としてそれらを心得ているだろう」

「な、なるほど、教育機関としてルミエストが各国に重宝される訳ですね。しかし、学園と生徒ではそうでしょうが、生徒間でも色々とトラブルはあるのでは？」

「その色々を体験してこその学生生活だよ。少なくとも、私はそう期待している。まあ、そう心配するな。昔であれば話は別であっただろうが、今の学院長であるアート氏になってからは、地位や血筋による差別は大分なくなっていると聞いている。もちろん、完全にではないだろうがね」

「な、なるほど……！」

そんな会話をしていたのは、学園外のキャンプ地に設置された映像投影型マジックアイテム、そこに映し出された試合会場の光景を眺める、どこの誰とも知らない商人達であった。どうやら映像と音声を酒の肴に、親目線で語る後方両親面ごっこなるものをやっているらしい。彼らの趣向は兎も角として、対抗戦に強い関心を持つのは、何も関係者だけでないのは確かなのだろう。

「お待たせ致しました！　それでは本日の主役である英傑達に入場して頂きましょう！　まずは西の門、我らがルミエストの代表メンバーー！」

ランルルの合図と同時に西から中央ステージへ上がり始める、学院長アートが率いる学園メンバー。ランルルが英傑と謳うだけあって、彼らからは普通とは異なる、圧倒的な存在感が放たれていた。

「ああっと、これはどういう事でしょうか!? 今回特例として参加する事になったアート学院長、全身ピッカピカです！ 眩しい、眩し過ぎるッ！ そして金ピカ学院長の後ろに続くは、おおっと、こちらも凄い！ 全身を不思議な形の鉄仮面と重装甲で包んだ大男、セルバ寮一年のグラハム君ですッ！ 何なんだぁその装備はぁ――――!?」

……主に格好的な意味で。

「ミ、ミルキー教官、これは一体……？」

「あの大鎧、甲冑と呼ばれる大国トラージ独自の装備ですね。トラージはグラハム君を推薦した国でもあります。あれだけの大サイズですから、グラハム君の体格に合わせてオーダーメイドで作ったんでしょう。今のところそれ以上の事は分かりかねますが、恐らく素材も相当なものを使っているかと」

「東大陸の大国、トラージの鎧ですか！ それは凄い！ それでは、アート学院長の格好は――」

「――まあ！ 見てください、グラハム君の後ろに付いて歩くクロメルさんの可愛らしい姿を。純白の衣服を纏った彼女は、正しく純白の天使と言っても良いでしょうね。しかも、こちらの装備からも尋常でない魔力が感じられます。凄まじい性能を有していそうですね」

「な、なるほど……えと、ではアート学院長の――」

「――フフッ、ベルさんは黒衣の胴着、リオンさんは軽鎧、ラミさんは制服のままですか。今年は生徒側も色とりどりの格好ですね。見ているだけで胸が躍ります。そうは思いませんか、ランルルさん？」

「……はい！　とってもそう思います！　という訳で、以上の六名がルミエストの代表メンバーとなりまーす！」

これ以上質問を繰り返しても無意味だと、そう思ったのだろう。ミルキーのスタンスに乗っかる形で、ランもアートの輝きを見なかった事にしたようだ。

「続きまして東の門、冒険者ギルド代表メンバーです！　ステージへどうぞ！」

そんなランルルの掛け声と共に、東門より現れる六人の人影。

「え？　なあ、あれって『不羈』じゃないか？　ほら、冒険者ギルド総長の……！」

「ま、待てよ、S級の『女豹』や『死神』、最近になって昇格した『紫蝶』までいやがるぞ!?」

「いつも冒険者ギルドって、A級の冒険者の人達をメンバーにしてなかった？　それなのに、何なのこの面子は……？」

「ろ、六人中四人がS級冒険者って、どっかの国と戦争するつもりかよ!?」

「にしたって過剰戦力だぞ！」

シンを先頭に次々と現れるS級冒険者の姿に、会場とキャンプ地が驚きの声で包まれる。

かったのだ。

それもその筈、彼らは今の今まで、対抗戦にS級冒険者が出場する事を知らされていな

「おおっとー！　これは一体どういう事でしょうか!?　解説のミルキー教官!?」

「それだけ冒険者ギルド側が、今年のルミエストは強敵だと判断したのでしょう。これまで何十回と開催されて来た対抗戦ですが、そのどれもが冒険者ギルド側の勝利で終わっています。ここで負ける訳にはいかないという、そんな強い意志が感じられますね。私も妥当な判断だと考えています」

「なっ、なんという事でしょう！　今年の対抗戦はレベルが違うぞぉ――――！」

驚きは歓声へと変わり、今日一番のヒートアップ度合いを更新し続けた。

入場を終えた両メンバーは舞台となる特製ステージへと上がり、向かい合うようにして横一列に並んだ。事前に誰が出場して来るかは双方とも知っていたであろうが、顔合わせはこれが初となる。出場者達は興味深そうに敵陣の顔ぶれを観察していた。

「それでは冒険者ギルド代表のシン・レニィハート総長、ルミエスト代表のアート・デザイア学院長は前へお願いします！」

会場にランルルの声がそう響くと、シンとアートがそれぞれメンバー達の前に出て来た。

「やあやあ、随分と久し振りだね、アート。で、何で今回の対抗戦に、学院長の君も参加しているのかな？　折角の生徒の活躍の場を、指導者が奪っちゃ可哀想じゃないか」

「それは私の台詞だよ。君を含め、今年は随分な冒険者を連れて来たものだ。将来超有望な私の生徒達とはいえ、いくら何でもこの面子はやり過ぎじゃないのかな？　まさか、これから世界でも救いに行く気なのかい？」

「実はそうだったりするかもね。ついでにこの対抗戦も、いつも通り勝たせてもらおうかな？　そう、いつも通りね」

「大層な自信だ。が、大業を成すのであれば、慢心は切り離すべきだと忠告しておこう。いつか人心が離れるぞ？」

「「……フッフッフ！」」

　両メンバーが正々堂々と戦う事を誓い、その証として握手を交わす。そんな開会式での一場面中にも、シンとアートは早速激しい火花を散らしていた。双方とも表情は笑顔そのものなのだが、ギッチギチに指が食い込んだその手には、明らかに万力の握力が込められている。

「おー、二人ともやるな。お互いすっげぇ殺る気なのに、殺気めいたオーラが全然感じられない。握手は兎も角として、相当に訓練を積んでないとできない事だぞ、あれは」

「シンちゃんもアートちゃんもぉ、冒険者であると同時に上に立つ者ですものねぇ。握手は兎も角ぅ、処世術の一環としてぇ、周りに感情を悟らせない術を身につけているのかしらん？」

「握手は兎も角さ、感情を直にぶつけたい派のアタシらとは真逆だねぇ」

「うふん、そうかもねん！」

「え、それって俺も入ってんの？」

「当ったり前だろ？　むしろ、何で自分はそっち側だと思ってんだい？　アンジェとも毎日よろしくやってんだろう？」

「まっ！」

「グロスティーナ、まっ！　じゃないから！　バッケ、何でそんな変な方向に話を持っていく!?」

「ククッ、別にいやらしい意味でとは言ってないよ？　狩りの師として、アタシもあの半人前が上手くやってるのか気になってさ。ほら、アンジェの恋を成就させたのは、アタシのお蔭と言っても過言じゃないだろ？」

「ふんふん。つまるところ、セラちゃんとお姉様みたいな関係なのかしらん？　ままっ、素敵いぃ！　私もいつか、恋する乙女の力になりたいわん！」

「それはそうとケルヴィン、今度アンタの味見をしても良いかい？　アンジェのこれとは言っても、やっぱり気になるもんは気になってさ！」

「ぐっ……！　圧倒的にツッコミが追い付かねぇ……！」

アートとシン以外のS級冒険者達も、何やら愉快に雑談に興じているようである。

大観衆の注目の中だというのに、緊張という文字が全く見当たらない。そんな冒険者ギルド側のメンバーの様子を眺めながら、甲冑を着込んだグラハムは何やら感心しているようだった。

「ふうむ、流石でござるなぁ。対抗戦という大一番が始まろうとしているのに、日常の最中にいるようなあの落ち着きよう……正に常在戦場！　S級冒険者、侮り難し！」

「いや、あれらはそんな難しい事なんて考えてないから。本気で雑談に興じてるだけだから」

すかさず、ベルがそれは違うと断言する。その隣に並んでいたリオンとクロメルは、何とも言えなそうに苦笑いを浮かべていた。

「いやいや、決してそんな事はないでござるよ。残る二人も只者ではないぜよ」

「それに……何やら、油断ならないのはS級冒険者だけではない様子。残る二人も只者ではないぜよ」

グラハムの言う残る二人というのは、ケルヴィンの横にて並ぶA級冒険者達の事だった。一人はお団子頭という特徴的な髪をした小柄な少女、もう一人は大変に筋肉質なマッチョ男だ。となれば、これ以上説明は必要ないだろう。スズとオッドラッドである。ケルヴィンと同じ舞台に上がれた事が余程嬉しいのか、スズはこの場に立っているだけで感極まり、オッドラッドは観客に自慢の肉体美を見せびらかしたいのか、マッソウなポージングを決めていた。

「……まあ、普通ではないかもね。普通では」

確かに、色々な意味で只者でも普通でもない光景だった。

『対抗戦のメンバー、スズちゃんとオッちゃんに決まったんだね。シンちゃん、残念だったなぁ……』

『パウルさんも残念さんです。あんなにやる気になっていたのに、です……』

一方、ほんの一時の事だったとはいえ、シンジールとパウルという原石磨きに協力していたリオンとクロメルは、彼らがメンバーに選ばれなかった事が、少しだけ残念そうだった。

とまあ、様々な思考や想いが巡りつつも、式は順調に進んでいった。両陣営代表者による誓いと握手、各所お偉いさん方の挨拶が済んだところで、対抗戦の開会式は一先ず終了だ。途中、バッケが盛大に欠伸をしていたり、それをグロスティーナが咎めたり、スズが満足したり、オッドラッドがポージングを決めたり、筋肉に対抗してアートが輝き出したりなんかもしたが、何とか開会式は終わったのだ。あまりの情報量に観客の一部が疲弊しているようにも見えるが、恐らくは気のせいだろう。

「おっ待たせ致しました！　いよいよ対抗戦第一試合が始まりますよぉー！」

「「「わあああああっ！」」」

「ああ、良き歓声！　これこそ大舞台の試合といった感じですね！　実況冥利に尽きるとは、正にこの事！　私、魂から震えています！」

「ランルルさん、感動するのも結構ですが、試合についての補足をお願いしますね」

「そそ、そうでしたそうでした！　忘れてなんていませんとも！　えーっとですね、全五試合ある対抗戦の組み合わせは、両陣営から提出されているメンバー表に則って行われます。メンバー表の内容は、それを管理する一部運営のみが知り得る情報ですので、まだ実況の私もどういった組み合わせになるのか把握していません！　この場で知って、ぶっつけ本番の実況です！　ワクワクですね！」

「例年通り、管理者である私がその試合の直前に情報を開示し、そこで試合の組み合わせが判明するパターンですね。という訳で、早速第一試合の組み合わせを発表致します」

歓声で一杯になっていた会場が静まり返り、皆がミルキーの次の言葉を待つ。

「――第一試合、ルミエスト代表、ベル・バアルさん。冒険者ギルド代表、スズさん」

「あら、派手な演出ね」

「わわっ……！」

その瞬間、ステージの上で代表メンバー達と並んでいたベルとスズに、魔法で生成されたスポットライトが当てられる。まだ明るい時間帯だというのに、それら赤色と青色の光はハッキリと観客達の目に映っていた。よって、一試合目に出る者が誰なのかも一目で分かる。

「おおっと、最初の試合は何とも華やかなものになりそうです！　ベルさんは今年首席で入学し、長いルミエストの歴史上でも最高の逸材と噂されている注目学生です！　出身は北大陸の大国、グレルバレルカ帝国！　未だ謎の多い彼女ですが、果たして試合ではどのような戦い振りを見せてくれるのでしょうか!? 今、紅き乙女の実力がベールを脱ぐ!」

「彼女はシエロ寮ではなく、セルバ寮に来て頂きたかったんですけどね。本当に惜しいです。シエロの寮長は爆死するべきではないでしょうか?」

「そ、それはどうなんでしょうね……」

ランルルは思った。相変わらずの毒舌を振るうミルキーだけど、彼女は彼女でマール寮長のホラスが希望していたグラハムをセルバ寮に引き抜いているから、あまり他の寮の事はとやかく言えないんじゃ——と。言葉には絶対できないけど、心の中でそう強く実況しておいた。

「た、対する冒険者ギルドのスズさんは——おおっと!? 手元の資料によりますと、彼女は大国トラージの冒険者ギルド支部にて、ギルド長を務めているとあります! 見た感じの年齢は私達学生と同じくらいなのに、何という地位に就いているのでしょうか! これはS級冒険者とは違ったベクトルで凄い!」

「ええ、私も大変興味深く思っています。しかし、総長が出るのであれば、ギルド長もまた出場して問題ないという理論なのでしょうか? うーん、こちらも学院長が出ている以上、何も言い返せませんね」

「今年は例外だらけって事でひとつ! S級冒険者ばかりに注目が集まっていましたが、スズさんもまた別格の力を見せてくれるのか!? 注目の試合はこの後直ぐですッ! どうかお見逃しなくッ!」

「それではステージ上の皆様！　ベルさんとスズさん以外は控室へ移動をお願いします！」

ランルルのアナウンスに従い出場メンバーはステージを降り、出入り口である西門東門へと戻って行く。

◇　◇　◇

「ベルちゃん、頑張って！」

「頑張ってくださ〜い」

「言われなくとも、期待されている程度には働くわよ」

「勝ち負けに拘らず、良い勝負をするでござるよ」

「勝ち負けには拘るわよ」

「スズ、ベルは強敵だ。最初から出し惜しみはなしで行け」

「承知です、マスター・ケルヴィン！」

「前々から思っていたんだけど、マスター呼びってどうなんだい？」

「……あまり触れないで頂けると嬉しい」

「ガハハ！　スズよ、お前の内なる筋肉を見せてやれい！　実は凄いとなぁ！」

「オ、オッドラッドさん!?」

ステージを去る際、仲間達は思い思いの激励を残していった。全てが真っ当な激励なのかは怪しいところだが、士気を高めようと努力しているという点では同じだ。恐らく、多分、もしかしたら同じなのである。

「第一試合がいよいよ開始――されるのですが、その前に！　ミルキー教官、一つ心配事があります！」

「はい、何でしょうか？」

「毎年名高い冒険者の方々を迎え、対抗戦に使用されてきた実績あるこの施設ですが……果たして、S級冒険者レベルの戦いにも耐えられるのでしょうか？」

ランが尤も至極な疑問を呈する。そしてこの瞬間、会場にて「あ、そういえば大丈夫なの？」といった、疑問の声がざわめいた。

「当然の疑問ですね。ですが、ご安心ください。これまでの準備期間、我々ルミエストはありとあらゆる対策を講じて来ました。まずは戦いの場所となるあの円形舞台です。これまで対抗戦で使用してきた従来の舞台は、A級冒険者の戦いにも耐えられる強度を誇っていました。しかしながら、東大陸の獣王祭やS級昇格式での戦闘を鑑みると、それでは不十分だと言わざるを得ません。そこで、我々はある人物に協力を要請したのです」

「ある人物、ですか？　それは一体……？」

「舞台職人界の風雲児として名高い、あのシーザー氏です」

シーザー氏？　あれ、雲行き怪しくない？　どこかの死神一行は、揃ってそう思った。

「おおっ！　舞台職人界の神童、次に麒麟児と謳われ、今では業界の最先端を駆け続けているという、あのシーザー氏ッ!?　な、なるほど、それは確かに強力な助っ人です！……しかし、同氏が手掛けた作品は、先ほど例に出された獣王祭等々で予備の予備まで破壊されたと、そう記録されていた筈では？」

「よく勉強されていますね、ランルルさん。その通りです。シーザー氏の卓越した技術を以てしても、S級の戦いに耐えられる舞台を作る事は困難を極める……我々運営もその点は承知しています。そしてその打開策として、ルミエストの魔導研究所とシーザー氏の舞台工房が、協同で舞台を手掛ける事にしたのです！」

「おおおっ!?　それは何か凄そう！　技術と魔法の競演、コラボレーションですか!?」

「内容は機密ですので詳しくは話せませんが、獣王祭の舞台と比較しても、強度は三倍以上に増しているとお考えください」

「「「おおっ……！」」」

あまりの強度の高さに、観客席からは驚きの声が漏れ出す。関係者席で弟子達と共に舞台を見守る同氏も、大変に満足気だ。

「更に舞台周りに施されている障壁についても、大幅な見直しがなされました」

「戦闘の余波から観客の皆様を護る為のものですね。これまでは魔法を得意とする在校生が障壁を作っていましたが、そこも変更されていると？」

「ええ。障壁を作るのはルミエストの教官、そして冒険者ギルドが派遣したA級以上の魔導士が、それも従来の倍の人数で当たる事となりました。これにより、障壁についても三倍以上の強度が確保されています。度を越した超火力で障壁自体を直接攻撃しない限りは、S級の戦いでも安全と言えるでしょう」

「なるほどなるほど、それなら安心ですね！」

「あまり過信はできませんけどね。という訳で、試合に臨む際は障壁を破壊するような行為はしないようお願いします。した瞬間に反則に処しますので、どうかご容赦を」

「出場者の皆さん、絶対に駄目ですよ！　後が怖いですよッ！」

ランルルがそう熱弁する一方、舞台上ではスズとベルが試合前の挨拶をしていた。

「べ、ベルさん、よろしくお願いしますですね……！」

「……貴女(あなた)、まさか緊張しているの？　クロメルみたいな口調になっているわよ？」

「そそそ、そんな事ないですよ!?　ええ、一切合切ないです！」

スズは緊張していないと言っているが、足の震えといい大量の滝汗といい、その様子は明らかに極度の緊張の中にあるものだった。さっきまでの満足そうな表情はどこに行ったのかと、思わず溜息(ためいき)が出てしまうベル。

（多少はできそうだと思ったのだけれど、気のせいだったかしらね……）

獣王祭とは違い、この対抗戦に装備の制限はない。その上でベルは、自身にとって最も強力な武器である脚甲、黒銀の魔人(クラレント)を身につけていた。その理由は単純明快、ケルヴィンやS級冒険者と当たった際に、徹底的に蹴り倒す為である。しかし、組み合わせによってベルの相手となったのは、そのどちらでもなくスズという少女だった。ケルヴィンが一から鍛え直したとリオンからは聞いていたが、この緊張具合といい恐らくは格下と推測。このまま黒銀の魔人で戦って良いものだろうかと悩むも、だからといって今更代えの装備なんてものはない。

(手加減とか苦手なのよね……ま、なるようにしかならないか。それよりも、今気になるのは――)

ベルは黒銀の魔人の爪先で舞台をトントン叩きながら、とある事を考えていた。

「……なら良いのだけれど。それよりも、貴女のその格好は何？　その衣装、店で売っているようなものではない筈よね？　まさか、セラ姉様とお揃いとでも言いたい訳？」

「へ？」

とある事とはスズの服装、つまりはチャイナ服であった。先ほどの開会式でスズの姿を目にしてからというもの、ベルは彼女がなぜその姿をしているのかで、頭が一杯だったのだ。実の妹である自分を差し置いて、何勝手にペアルック決め込んでんだ、おめぇ？　みたいな心境であるらしい。妹の心とは複雑なものである。

「こ、この格好ですか？　これは私の大事な一張羅で――」

「――そう。そんなに大事な服を、今この場で着てまで私に見せつけたかった。そういう事ね？」

「ええっ!?　どういう事ですかっ!?」

「フン、もうこれ以上言葉は不要ね。やっぱり、手加減なんてする必要もないみたい」

ベルが爪先で舞台を叩く音と響きが、段々と大きなものへと移り変わっていく。

「あああの、私もしかして何か変な事を言ってしまいましたか？」

「……」

「あ、あの――……？」

不機嫌になった原因を探ろうにも、ベルは本当にこれ以上の会話をする気がないようだ。スズはただただ困惑である。

「おっと？　内容は聞こえませんが、舞台上では早くも舌戦が繰り広げられていたようですね。何やら凄(すさ)まじい圧のようなものが感じられます！　これは早く試合を開始しろと、私に訴えかけているかのよう！」

「そうですね、前口上が長くなってしまいました。ミルキー教官、二人がああ言っている事ですし！」

「えっ!?　こ、この状態のまま始めてしまうんですか!?　そろそろ始めましょうか」

「それでは、対抗戦第一試合！　試合――開始です！」

「色々と誤解が――」

スズの訴えが届く事はなく、無情にも試合開始の合図がなされてしまう。ランルルのアナウンスと共に、ドォーンと空砲が会場に鳴り響いた。そして、更に同時にベルが一気に距離を詰め、凶器を纏(まと)ったその美脚を、スズの脳天へと振るう。

――ズゥン！

神速の一撃。殆(ほとん)どの観客の目には、いつの間にか放たれていたベルの攻撃が、無防備なスズの頭部へと直撃し、頭をかち割ったかのように見えた。……しかし。

「……勘を信じて、思い直して正解だったわ。それに、やっぱり気に食わないわね。何猫被ってんのよ、貴女？」

「あれ？　バレてました？　いやあ、強いて言うなら、アンジェさんの下でもかなりしごかれたから、でしょうか？　猫っぽいところが移ったのかもしれません」

しかし、それは残像だった。既に本物のスズはベルの背後へと回っており――そして、死神の如く笑っていた。

◇　◇　◇

臨戦態勢のまま睨み合うベルとスズ。一見得物を持たない素手同士の構えに見えるが、それは大きな間違いだ。ベルの脚には言わずと知れた黒銀の魔人が、そしてスズからも得物を忍ばせている気配が無数にある。ルミエスト側でそれを知るのは、こうして直接対峙するベルのみだろう。

「へえ、暗器が満載なのもアンジェ譲り？　そんなに詰め込んで重くないのかしら？」

「あ、まだ問答を続けます？　ベルさんって思ったより悠長なんですね。てっきり、もっと気の短い方かと思っていました。勘違いしちゃってすみませ――おっと？」

唐突に途切れる。半笑いのスズからの返答を待つよりも早くに、ベルが新たなる攻撃を繰り出したのだ。距離を詰めるのは一瞬、顔面目掛けて放たれた強烈な蹴りに対し、スズは後方へ体を反らす事でこれを見事に回避。しかし、ベルの蹴りは単発などではなく、その後も連続して放たれ続ける。

「またまた私の勘違いですか。いえ、最初の印象通り？」

「口と身の軽さだけは達者なようね。私が手加減しているうちに、さっさと力を見せてほしいのだけれど？　まさか、それが本気？」

「それこそまさか、ですよっ！」

攻撃と口撃を断ち切るようにして、スズが懐より何かを取り出し、ベルに向かってそれを振るう。攻撃の隙間を縫うようにして放たれた刹那の一撃。独特のしなりを利かせながら空気を切ったそれは、目の良いベルからしても、ハッキリと捉えられるものではなかった。

（鞭(むち)？　いえ、微妙にしなり方が違う……ああ、なるほど、三節棍か。珍しい武器を使うのね）

関心をスズから謎の武器へと切り替えたベルは、蹴り上げた脚に風を纏わせ、前方全ての範囲を吹き飛ばした。スズは振るった謎の武器、三節棍(こん)ごと舞台の後方へと吹き飛ばされてしまう。

「お、おおっとぉ!?　開幕から何という、何という猛烈な展開なのでしょうか!?　私、正直目が追い付いていません！　解説のミルキー教官、如何(いかが)ですか!?」

「え？　もう解説が必要なんですか？　目が悪いのなら眼鏡をかけた方が良いのでは？」

「予想外な方向からのお叱り!?」

「それよりも注目すべき事があるでしょうに……ご覧ください。舞台、まだ無傷！」

「「「おおっ!?」」」

凸凹な実況と解説は兎も角、息つく暇もない展開に会場は大いに盛り上がっていた。一方、どこかの巨匠とその弟子達は、なぜかガッツポーズを決めたりハイタッチを交わしたりしている。

「な、なかなかの強風……！　ですが、武術に魔法を組み込んで来ましたか。少しは私を認めて頂けましたか？　武術だけで相手をするのは厳しい、という意味で」

「どうかしらね。身のこなしは及第点だけど、この程度の風に吹き飛ばされるようじゃ、ちょっとガッカリかしら。あ、でもその三節棍にはちょっとだけ興味があるわ。まあ使い手が珍しい、ってだけの意味だけど」

「ええっ！　ベルさん、この『風雷棒』にご興味が!?　何とお目が高い！　これはマスター・ケルヴィンから賜った私の家宝でして、とってもとっても凄いんですよ！　私の為に作ってくださった、世界でただ一つの三節棍なのです！　ああ、マスター・ケルヴィンの想いが脳と手に馴染む、馴染んじゃいます！」

「きゅ、急に何よ……？」

ベルは舌戦をしていたつもりだったのだが、何がトリガーになったのか、スズは急に瞳を輝かせ、まるで自分の宝物を褒められた子供の如く喜び始めた。これにはベルも面食らい、意味が分からないとばかりに引いてしまう。

（こ、これ、多分演技じゃなくて本気の感情ね。さっきまでの戦闘狂顔が嘘みたい……というか、喜怒哀楽が激し過ぎじゃない？　デラミスの巫女と全く同じという訳じゃないけど、それと似たような空気を感じるわ）

（褒めてくれた褒めてくれた！　マスター・ケルヴィンからのプレゼントに興味を持ってくれた！　もっとマスター・ケルヴィンの威名が轟くように、私自身が成長した事も見せつけなくちゃ！　へへ、へへへへ……）

　しかし流石というべきか、やはり勘の鋭さは凄まじかった。

（それにしても、アレ、風来坊って言うの？　変な名前ね、絶対ケルヴィンのネーミングセンスだわ）

　ただ、ほんの少し勘違いもしてしまう。ちなみにネーミングについては勝手に設定されるという、ケルヴィンの談。

「ああ、失礼しました。マスターの話が出ると、どうも感情の制御ができなくって。それじゃ、続きといきましょうか。魔人闘諍、でしたっけ？　セラからお伺いしてますよ。次はそれを使ってもらえるよう、良いところをお見せしますね」

「……なかなか上等な決意じゃない」

　若干のピキピキを額に見せるベルに、再び死神スマイルへと移行するスズ。彼女達の姿は次の瞬間にはその場より消え去り、脚甲と三節棍をぶつけ合いながら舞台を駆け巡っていた。

(へえ、言うだけの事はある。さっきより速くしてるのに、まだ私に付いて来られてる。というか、変な技を織り交ぜて来てるのかしら？　当たったように視認できても、実際にはそんな感触がないし。何と言うか、位置が若干ブレてる？　ますます珍しい技の使い手ね)

(うわあ、的確に嫌なところばかりを突いて来る！　表面上は怒っているようでも、内面では至極冷静じゃないですか……！　『柳』で何とか凌いでますけど、それもかなりギリギリ……！)

ケルヴィンの下で修行した期間中、スズは信じられない速度で成長していた。しかし、だからと言ってベルと対等に戦える領域に至ったとは、彼女自身が微塵も思っていない。一見互角に見える現在の攻防も、ベルが適度に手加減をしてくれているからこその状況なのだ。

(でも、これこそが格上の方とのバトル！　マスター・ケルヴィンが日頃から望まれていたパラダイス！　忠実な僕である私が、堪能しない訳にはいかない！　手加減上等、その隙を突いて嚙み殺す！)

嬉しさのあまり、口角が上がり歪んだ笑みを浮かべてしまう。そう、ケルヴィンに焦がれ憧れるスズにとって、この理想的な逆境はどこぞの死神よろしく、ご褒美でしかなかった。死神がかつて通った道を歩み、自らもその横に足跡を残す——スズにとってそれ以上の誉れは、この世に存在しないのだ。

「ほら、またぶっ飛ばすわよ。さあ、どうする？」

ベルの脚甲より、舞台全てを覆い尽くすほどの暴風が放たれる。先の風より威力・範囲と共に上だ。どうにか対応しなければ、次は吹き飛ばされるだけでは済みそうにない。

「スゥ……」

対してスズは三節棍の棍を繋ぐ鎖を掴み、棍の片方をブンブンと振り回し始める。格好としては鎖鎌の分銅を振り回す形に近いだろうか。そんな事をする意図をベルは読み取れなかったが、何かしようとしているという事だけは理解した。

ケルヴィンがこの日の為にスズに贈ったこの三節棍、『風雷棒』はその名の通り風と雷の力を宿す武器である。三つに分かれた棍は特殊な磁力によって分離が自由自在であり、慣れは必要であるものの、時には一本の棒として打撃を与え、時にはヌンチャクのように振り回す事が可能となっている。スズはこの風雷棒を使い、ベルの攻撃を打破しようとしているようだ。

一方、今正に困難を打ち破ろうとしている愛弟子の姿を前に、鍛え上げた張本人はどうしているかというと——

「凄まじいねぇ。正直アタシ、ここまでとは思っていなかったよ」

「ええ、ベルちゃんもまだ全然本気は出してないみたいだけどぉ、それにしたってこの成長振りは凄いわん……！」

「ああ、まさかこんな展開になるとは……舞台、全然壊れねぇな！　すげぇ！」

――未だに形を保ち続ける、特製舞台の頑丈さに感動していた。

ルミエスト魔導研究所の所長にして、セルバ寮の寮長でもあるミルキー・クレスペッラは、今回の対抗戦の為に用意した特製舞台に強い自信を持っていた。その道最高峰の職人であるシーザーを迎え、現役のS級冒険者であるアートの戦闘力を元に、度重なる耐久試験を長期に亘って実施。理論と研究結果に欠陥がある度、様々な要素の見直しを徹底的に行って来たのだ。施設・材料・人材――揃えるものは全て揃えた。他に不足しているものがあるとすれば、それは偉業を成し遂げようとする、確固たる熱意と覚悟だけ。と、準備期間中の彼ら彼女らのチームには、研究者と職人としての狂気が宿っていたという。

「それら苦労の甲斐あって、完成した舞台は私達が満足する出来となりました。純粋な物理的・魔法的耐久性も然る事乍ら、あの舞台には自動で高速修復を行う機能があるのです。周囲で待機する術者の皆様がいる限り、どのような攻撃を試合で行おうとも、舞台が破壊される事はあり得ません。ええ、絶対にあり得ませんとも」

「ミ、ミルキー教官!?　行き成り語り出して、一体如何しました!?」

タイミングの良い事に、ケルヴィンが感動している丁度その時に、舞台の解説が聞こえて来た。それを耳にして、更に納得するケルヴィン以下S級冒険者達。しかし、実際に試合の最中にあるスズはそんな事に耳を傾ける余裕などなく、迫り来る脅威に一点集中するのみであった。

「円(まどか)・嵐(あらし)」

「……ッ！」

振り回していた風雷棒(ふうらいぼう)を、ベルの暴風に向かって振り下ろすスズ。すると、どうした事だろうか。ベルの風に対抗できるほどの強風が、棍より解き放たれた。流動する風は円を描き、ベルの攻撃の尽(ことごと)くを外へと弾(はじ)き飛ばしていく。

「粛清通貫(ピアシングハッシュ)」

攻撃を防がれたと認識した後のベルの判断は早かった。瞬きも許さないベルの追撃、鋭い蹴りより放たれた貫通特化の風槍(ふうそう)が、受け流そうとするスズの喉元へと迫る。が、これも風の回転に乗せられ、的外れな方向へと弾かれてしまう。

鉄壁を思わせる風の防壁は、風雷棒(ふうらいぼう)の風を司(つかさど)る片方の棍より発生した魔法だ。この魔法には使用者の魔力を一切必要とせず、代わりに回転を力の元としている。イメージとしてはタービンを回してエネルギーに変換する風力発電に近いだろうか。回転、つまり風雷棒(ふうらいぼう)を振り回した回数とその力強さを、風と雷の魔法に変換する事ができるのである。これまで魔法を使った事がなく、スキルを持っていなかったスズもこの風雷棒(ふうらいぼう)を扱う事で、ベルにその面でも対抗できるようになったという訳だ。

（へえ、粛清通貫を弾くのね。どうも初見の動きじゃないみたいだけど、私の技、ケルヴィンにでも聞いたのかしら？　まあ彼女に確認したところで、返って来る言葉はセラ姉様を絡めた当てつけでしょうけ――どっ!?）

咄嗟の回避行動。ベルは大きく横に身を逸らし、眼前から迫る何かを躱した。直後に頬を通り過ぎる痛み、つうっと赤き線からベルの血が垂れ落ちる。

「なるほど、速いわね。かなり驚かされたわ」

「……それにしては余裕そうですね。初見の『閃』を、皮一枚で躱すだけの事はあります！」

「刹那？」

勘違いはさて置こう。頬を傷付けた攻撃の正体、それはスズが放ったクナイだった。いや、正確には風を巻き起こした棍とは逆側、雷を司る棍で打ち込んだ、レールガンの如き弾丸と呼ぶべきか。原理は不明だが、スズが隠し持つクナイは風雷棒で打ち込まれると、先ほどのような現象を起こすらしい。

「ふーん。貴女を見下していた事、実際に実力差があるのは事実だけど……これは謝らないといけないかもね。貴女、私の想像以上にやるわ」

「それはどうも。ですが謝罪なんかよりも、もっとやる気を出して頂きたいですね。じゃないと、マスターのように私も楽しめません」

「安心なさい、そのつもりよ。――風切りの蒼剣」

風の唸りと共に顕現する、蒼き暴風の刃。ベルの片脚に付与された歪みの魔剣、その存在感は規格外も規格外だ。会場の殆どの者達が目と心を奪われてしまったとしても、それは仕方のない事だった。スズもそうしたいのは山々だったが、状況がそれを許そうとしてくれない。

「風神脚」

(は、やっ――)

更なる付与、速度倍化。こうなってしまったベルのスピードは、スズの目を以てしても捉えられるものではない。彼女が気が付いた瞬間には、ベルは円で形成した風の防壁の前にまで迫っていた。しかも、それだけではない。ベルの魔剣によって既に防壁の半分ほどが食い破られ、半壊状態にあったのだ。

(マ、マスターと作り上げた思い出の円が、力技で抉じ開けられる!?)

集大成の一つであった筈の奥義が、こうも簡単に破られてしまう。スズのショックは計り知れないが、だからと言って素直に感情に流されている暇もなかった。

(もう数秒の猶予もない！　柳で何とか回避を――)

「――重風圧」

「ッ！！？？」

思考を先読みするかの如く、攻撃の最中にも次々と展開されるベルの魔法。突然の重圧に伸し掛かられ、スズは忍の歩法ごと回避行動を禁じられてしまう。

(重、い……!　これでは、柳は……!)

スズの眼前に走馬灯がよぎり始める。幼き頃の母との料理、思春期の頃の父との鍛錬風景、成人してからの冒険者活動、ケルヴィンへの憧れ、最近になっての記憶——それらが一瞬のうちに流れに流れ、周囲の時が止まったかのような錯覚に陥る。しかし、そんなスロー世界の中でも、ベルの攻撃だけは通常の蹴り程度の速度を保っていた。スズの円は決壊寸前、走馬灯を振り払っての決断が迫られる。

(では、素手で受け止める!?　否、そんな事は無謀以外の何ものでもないッ!　防御するにしても受け流すにしても、両腕ごと持っていかれる!　残る手は、やはり——)

——ザンッ!

「あっ……」

「……」

円を斬り崩したベルの魔剣が、返す刀でスズを貫く。心臓の辺りをハッキリと貫通した刃には、どっぷりと血糊が付着していた。超高速で展開されていた戦闘が、この時になって観客達の目に留まる。

「こ、これはっ、ベルさんの攻撃が、スズさんを貫いたぁー!?　で、でもこれ、スズさんが……」

「いえ、まだです」

「えっ？」

ミルキーの否定の言葉に、ランルルが思わず素の声を返してしまう。だが観衆も皆、同じ反応を返していた。

「あら？　おかしいわね。私の風切りの蒼剣（グラディウスアイレ）、確かに貴女を貫いて、鮮血を浴びていた筈なのだけれど？」

「……空（かわりみ）」

　スズは生きていた。先ほどまで二人が攻防を繰り広げていた、その場所とは真逆の舞台の片隅。舞台に片膝をつきながらも、彼女の胸には魔剣に貫かれたような痕はなく、五体満足の状態だ。

　一方でベルの魔剣にスズの姿はなく、付着した筈の血糊さえも綺麗（きれい）に消え去っていた。手応えは確かにあったし、実況のランや周囲の観客達（たち）だってその光景は見ていた筈だ。だというのに、スズは彼方（かなた）で生き永らえている不可思議。間近でそれら現象を目にしていたベルは、頭の中でいくつかの考えを巡らせる。

「魔力の流れは感じなかったから、魔法で作った偽物や幻想という訳ではないわね。というか突き刺した感触からして、実体は絶対にあったし。ご丁寧に技名も付けているようだけど、技術どうこうで完結できる代物でもない。ま、今のは貴女の固有スキルと考えるのが無難かしらね。大丈夫？　さっきより消耗していない？　ああ、もしかして今のを使うと体力削っちゃうとか？　私の勘、当たってる？」

「……化け物」

意図せず奥の手を披露してしまったスズの額に、つうっと汗が流れ落ちる。だが、それでも彼女の笑みは消えていなかった。

「――上、等！　快上来（クウァイジョウライ）！」

懐より何かを取り出したスズが、次の瞬間にそれらを宙にばら撒（ま）いた。宙に舞ったのはクナイや手裏剣、はたまたトンファー、矛、双剣、青竜刀と様々な武器だ。まるで雨を降らすが如く大量に投じられたそれらの中で、スズは再び風雷棒（ふうらいぼう）を構え始める。

（武器の多さまでアンジェ譲りってところかしら。でも、こんなものをどうする気かしらね？……ま、試せば分かるか）

武器群が舞台に落下するよりも速く、ベルがその中へと突貫する。一見無策にも思えるが、片脚に付与した歪みの魔剣、風切りの蒼剣（グラディウスアイレ）は未だに健在、倍化したスピードも同様だ。この状態の私をどうにかできるのなら、実際にやってみろ。と、この行動はベルなりのメッセージでもあったのだ。そしてスズは、そんな一方的なメッセージを瞬時に理解した。

「影（かげ）・百之夜（ひやくのよる）！」

「――ッ！」

ベルが向かって突っ込んで来るや否や、スズは自身の固有スキルを発動させる。その瞬間にベルの四方八方に現れたのは、どれもがスズ本人にしか見えない百人もの集団であった。

（驚いた。アンジェみたいに高速で残像を作ってるとか、魔法で偽物を生成している訳じゃない。見た目だけじゃなくて、放つ気配や微弱な魔力も彼女そのもの。私の勘もそう言ってる……！）

スズと同じ顔、同じ背丈、同じチャイナ服を身につけたそれらの者達の容姿は、どこからどう見てもスズ本人だ。それどころかベルが推測した通り、思考や実力、持ち得る能力といった中身に至るまで、全くの同一なのである。

これら不可思議な力は、彼女の固有スキルに由来している。ケルヴィンの下で行った地獄の鍛錬を通して、スズは超人へと進化、更にこの固有スキル『影分身』を会得した。影の分身を生み出すという、まさに忍者らしい名前の力だ。しかし、この能力によって生み出された分身は、決して分身や偽物という言葉で片付けられるような代物ではなかった。

（スズの『影分身』はＨＰの最大値を割り振って、実体のある本物の分身を作り出す事ができる。分身の思考と能力は本人そのままで、異なる点といえば割り振った分しかＨＰがない事くらい。現段階でも、そんな分身を最大百人まで作り出せるって言うんだから、本当に美味しそ――本当に恐ろしい力だよ。準Ｓ級冒険者が、一気に百人に増える訳だからな。危なくなったら、さっきみたいな事も可能と来たもんだ。一方のデメリットは一度Ｈ

Ｐを割り振ったら、影が倒されて消えたとしても、数週間レベルで戻って来ないって点だが……なかなか覚悟も決まってるみたいだし、使い過ぎを注意するのも無粋か。それなら、行き着くところまで行っちまえ、スズ！　バトルラリーの時の、ベルへの個人的なリベンジ――お前に託そう！）

他のＳ級冒険者達と共に腕を組んで観戦していたケルヴィンが、心の中でそう愛弟子(スズ)に声援を送る。本当は自分が戦いたいけど、本当は自分で心臓を貫かれたリベンジを果たしたいけど、やっぱり自分でやりたいなぁ、譲ってくれないかなぁ、一番手にするべきだったかなぁと、その後に結構な量の迷いが生じていたが、スズを応援する気持ちに偽りはなかった。

そんなケルヴィンの複雑な心中を知ってか知らずか、百人に及ぶスズの集団はその全てが口角を上げている。先ほどスズが宙にばら撒いた大量の得物、全員がそれらに手を伸ばし、気が付けば百人ものスズ全員が武装を完了していた。

（如何(いか)に精巧な分身だったとしても、本体を倒せば偽物は消える筈。普通に考えれば、三節棍(こん)を持ってる奴(やつ)がそうなんだろうけど、敢(あ)えて偽物の中に紛れ込んでいる場合も考えられる。それに偽物と入れ替わった、さっきの変な術……ピンチになったらまたやりかねない）

スズが窮地を脱する為(ため)に使用した『空(かわりみ)』は、更なる最大ＨＰを代償として分身体と位置を入れ替える事ができる忍術（本人談）である。分身を作り出すよりもＨＰの消費量が大きい為、何度も連発する事はできないが、能力の発動さえしてしまえば、どのような危機的状況をも回避できる確実な一手だ。ベルはこの力について詳細を知らないまでも、何らかの方法を用いている事には勘付いているようだった。

（それなら簡単な話よね。強者らしく、全部潰してやりましょ）

その結果、彼女が出した答えは至極単純なものだった。分身が作り出せなくなるまで、徹底的に全てを倒し尽くす。分身を倒す最中に当たりが出ればラッキー、そうでなくともスズが体力を消耗していたのは確認済みなのだから、これが一番確実。ベルはそう結論付けたのだ。

「さっきの言葉、知らない言語だったけど、意味は何となく分かったわ。だから、私からも言ってあげる。挑戦者であるのなら、貴女から来なさいな。丁寧に潰してあげるから」

「～～～ッ！」

咆哮するスズ、放たれる投擲武器、振るわれる多彩な得物、更には風雷が巻き上がる。

ベルは迫り来るそれら全てを相手取り、尽くを叩き潰すべく魔剣を振り上げた。

◇　◇　◇

「第一試合、終ー了ーー！　ルミエスト代表、ベル・バアルさんの勝利です！」

「「「わああああっ！」」」

「うおおぉ――――！　ベェ――――ルゥ――――！　流石だあぁうおおおぉ――――ん！」

やけに気合いの入った一部の叫びと共に、会場が声援で包まれる。んー、今の叫び、聞き覚えがあるようなないような、はたまた思い出したくないような。おっと、それどころじゃなかった。まずはスズを出迎えよう。

「スズ、お疲れ様」

「も、申じわげありまぜん、マズダァ……わだじ、ぜっがぐ推薦じでいだだいたのに、負けて、負げでじまいまじぃううぅ〜〜〜……！」

試合を終えて帰って来たスズの顔には、悔しさがこれでもかとばかりに滲んでいた。声は嗄れ、目からは涙が止まらない。

「ベル相手にあれだけやって、あれだけボコされて、それで泣くほど悔しいんだろ？　なら謝るな。スズの戦い振りは、ここにいる全員が認めてるよ」

「で、でもぉ……」

「よくやったと言っているんだ。正直、俺の想像以上の出来だったぞ？　ベルが相手じゃ、俺だって勝てるかどうか分からないんだからな！　戦いを楽しめたのなら、尚良しだ！」

「そうよぉ、素晴らしい戦いだったわん。ほら、可愛いお顔が台無しぃ。このハンカチを使いなさぁ〜い」

「ありがどう、ございまず……チーン！」

「オー、想像以上にワイルドだったわん……」

毒々しい紫色のハンカチをグロスティーナより手渡され、それで容赦なく洟をかむスズ。多分感情が一杯一杯で、体裁を気にする余裕がないんだろう。

「負けたとはいえ、一矢も二矢も報いたんじゃないかい？　特にアタシ、あの場面は痺れたねぇ。ほら、投げて躱されたクナイを更に打ち返して、ドーンとものっ凄いスピードで反射させたやつ！　得物の風で敵の魔法に対抗してたのも良かったよ」

「物量で押す作戦、なかなか良かったと思うよ。勘の良いあの子じゃなかったら、本物を当てられる前に倒せていたかもだしね～。というか止めの時、本物のスズちゃんには意図して加減してたみたいだし、あの子の勘の鋭さが異常なんだよね、マジで」

「フハハ！　小さいなりに良い筋肉だったんじゃないかぁ!?　安心しろぉ、俺とグロスの姉御が仇を討ーつぅ！」

「み、皆ざん……！」

負けた事に対する文句など一切なく、冒険者仲間の出迎えは温かい。まあ、それもそうだろう。

「まあ、私が勝てば問題ないよ。全くない」

「うんむ！　俺が勝てば問題などない！」

「だねぇ、アタシが勝てば問題ないねぇ」

俺を含め、自分の勝利を一切疑っていないのだ。

「あらやだん、過信は禁物よぉ？　皆、その辺分かってるぅ？」

「分かってる分かってる。じゃ、次はアタシの出番だね。いっちょ若人を揉んで来てやるよ」

愛剣を肩に担ぎ、なぜか舌なめずりをしながら、バッケが舞台へと向かって行った。

「ベルちゃん、最初のビクトリーだよ！　おめでとー！」

ベルが舞台より帰って来るなり、リオンが彼女へとダイブする。結構な勢いで突貫するリオンのダイブは、常人が受ければその瞬間に腰の骨が砕け散るほどに強力なものだ。いつもケルヴィンにするようなノリで、ついそんな喜びの表現をしてしまったらしい。

「っと、危ないじゃないの。私なら兎も角、あの一般人にはやらないでよ？　結構な確率で死ねるから」

「やらないよー。僕、ちゃんとダイブする相手は選んでるんだよ？」

「胸を張って言う事じゃないわよ……」

「じゃ、精一杯喜びを表現するね！」

「ちょ、ちょっと！」

リオン、ベルの腰に抱き着き離れようとしない。ただ、彼女も満更ではない様子だ。

「まあまあ、何はともあれ記念すべき勝利でござる。今はこの勝利の美酒に酔うと致すでごわすよ」

「そう喜んでばかりはいられませんよ。ベルさんが先ほど戦った相手、恐らくは相手メンバーの中で補欠に当たる人員です。できれば我々の中でも屈指の実力を誇るベルさんには、S級冒険者の相手をお願いしたかったのですが……」

監督役を任されているメリッサが、険しい表情でメンバー表を見詰めている。

「メリッサは悲観的に考え過ぎよ。他のメンバーだって私ほどではないにしても、それなりには働いてくれるでしょ。ま、そこまで評価してくれるのは嬉しいのだけれどね」

「そうそう、もっと私らを信頼するべきっしょ、パイセン！　仮にグッちが負けても、私とリーちゃんが勝つし！」

「拙者も負ける気はないでござるよ？」

「うう、最後を任されている私は不安しかありません、です……」

「おっと、最年少のクロメル君が弱気になっている。これはラストの試合が回って来る前に、私達で勝負を決めるべきかな？」

「では、拙者が次もバシッと決めて来るでござる！」

ガシャリと甲冑を鳴らし、グラハムが重量感たっぷりに立ち上がる。そして丁度その時、アナウンスが流れて来た。

「いやはや、皆様まだまだ興奮冷めやらぬようですが、そろそろ第二試合の組み合わせ発表を行いたいと思いまーす！　ミルキー教官、お願いします！」

「はい、第二試合はですね……ルミエスト代表、グラハム・ナカトミウジ君。冒険者ギルド代表、バッケ・ファーニスさん」

「おお、遂にS級冒険者の登場ですか！　『女豹』のバッケ様と言えば、S級冒険者であると同時に一国の王妃としても有名な方ですね。バッケ様が治める火の国ファーニス、一度は行ってみたいです！　パインかき氷！」

「間違いに対する一応の訂正をしておきますが、治めているのは御亭主のファーニス王ですからね。ファーニスはなぜかよく勘違いされるんですよね。それにしても、この組み合わせは……うーん……」

「ミルキー教官、如何されました？」

「いえ、グラハム君の相手がよりにもよって彼女なのが、少しばかり気になりまして。正直不安で不満です」

「へ？　え、ええっと、そういえば今年入学のグラハム君は、ミルキー教官が担当するセルバ寮の所属でしたね。ミルキー教官が期待する新入生といえども、やはり相手がS級冒険者では心配なのでしょうか？」

「……まあ、そういう事にしておきましょう。教え子に対する愛ですね、愛！」

「おおっと!?　ミルキー教官、意外にも甘々だぁー！」

「フフッ、ランルルさん？」

グラハム君、不味いと思ったら直ぐにギブアップするように。教官としての忠告です」

賑やかなアナウンスから悲鳴が続いている。どうやら実況席で一悶着が起きているらしい。

「おお、女豹殿が相手でござるか！　相手にとって不足なし！　いとおかし！」

「グラハム」

「む？　何でござるかな、ベル殿？」

「あの舞台、私の想像よりもかなり頑丈だったわ。それなりの技で一部を破壊しても、瞬間的に修復されてなかった事にされる。だから、思いっ切り暴れても問題ない。変な手加減は不要よ」

「フッ、元からそんな気はないでござるよ。では、行って参る！」

未だリオンに抱き着かれているベルのアドバイスを受け、グラハムが舞台へと出陣する。同じタイミングで反対側からは、対戦相手であるバッケが決戦の場に上がって来ていた。

「よう、色男――なのかは、その鉄仮面じゃちょいと分からないか。ま、何か好みの匂いだし、多分良い男なんだろ！　なぁ!?」

琥珀色の髪を風でなびかせる彼女は、竜皮で作られた軽鎧を纏い、これまた竜素材を用いたと思われる長剣を肩に担いでいた。あと、出会い頭に何か叫んでいた。彼女なりの挨拶なのかもしれない。

「貴姉にとって良い男に当たるかは分からぬでござるが、日々研鑽は積んでいるつもりで候。下手な戦はせぬ、安心されよ」

竜素材の装備に対するグラハムの得物は、物干し竿ほども長さのある刀だった。あまりにも刀身が長い為、既に鞘から取り出した抜き身の状態だ。普通の体格では構える事さえ難しいこの刀も、巨体を誇るグラハムが持てば、逆にしっくりとくるサイズ感である。

「へえ、お目に掛かった事のない業物だねぇ。アンタのアレもそれくらい凄いと、アタシとしては嬉しいんだが……ま、そこは闘争の中で確認させてもらうとするか。そのトラージ産の防具、やばいくらい剝ぎ甲斐がありそうだしねぇ」

「……ッ！」

グラハムの全身を舐めるように見ながら、実際に舌なめずりも行うバッケ。端的に言って、セクハラのオンパレードである。流石のグラハムも、背中に冷たいものを感じ始める。

先ほどのアナウンスにて、ミルキーが危惧したのは正にこの事だった。バッケと戦い負かされた男は、その後にとんでもなく酷い目に遭う——事の真偽は不明であるが、冒険者の間で流れていたそんな噂話を、ミルキーは耳にしていたのだ。あの忠告は贔屓でも甘いのでもなく、一教官としての率直な言葉だったのである。

「ミ、ミルキー教官、そのくらいで勘弁してください！　ほら、お二人も試合の開始を待っているようですし！」

「ハァ、まあ決まりですからね。言っておきますが、これ以上は危険だと運営委員会で判断されれば、その時点で試合は終了となります。双方、頭に留めておいてください」

「やっぱり甘々なんじゃ……いえ、何でもないですよ!?　は、はい！　早速行ってみましょう！　対抗戦第二試合！　試合――開始です！」

誤魔化し混じりに開始される第二試合。空砲が会場に鳴り響き、観客達は声援を送りながら試合の展開を見守る。しかし、合図が鳴っても二人はその場から動こうとしない。剣と刀を構えたまま、相手の出方を窺うのみだ。一試合目とは打って変わって、静かなる幕開けである。

「……おや、飛び込んで来ないね。その図体で様子見かい？」

「そちらこそ。言動からして、直ぐに飛び込んで来ると察していたで候。というよりも、手加減されるおつもりでござるか？」

「どういう事だい？」

「貴姉には竜の血が流れている筈。であれば一般的な剣士のそのスタイルは、全力ではないと思い至った。拙者、仲間に全力で行けと念を押されているでござる。手加減を前提とした相手に、そのような事はしたくないでござるよ」

「……ク、クハハハハ！　へえ、アタシについてそこまで知っているのかい!?　嬉しいねぇ、竜の血が滾っちまうよ！　なら、お言葉に甘えて最初から飛ばして行こうか。喜べ、こいつを公式の場で見せるのは、今回が初めてだ！」

そう叫んだバッケが自身の胸元に両手を突っ込み、何かを取り出した。恐らくは保管機能付きのマジックアイテムを仕込んでいたんだろう。最初から持っていた剣と合わせ、全部で十本もの剣を舞台へと突き刺すバッケ。どうやらこの剣は、ただ突き刺すだけでもこの特製舞台を傷付ける事ができるらしい。

「十本の、剣……？　こ、これはまた、予想もしない事を。まさか、十刀流をするとでも言うつもりでござるか!?」

「あ？　いやいや、惜しいが多分それ、字が違うよ。元よりアンタと、剣術で争うつもりなんてない。アタシのはね——十刀竜だっ！」

バッケを中心に突如として吹き上がる爆炎。その炎は舞台に突き刺した十本の剣を巻き込み、炎の塔を天にまで昇らせた。

◇　◇　◇

立ち上がった炎の柱は頭上に展開されていた障壁を容易に貫き、尚もその猛烈な勢いが止まる様子はない。間近にいたグラハムはもちろんの事、周囲の観客席にまで熱風が届く。

「こここ、これはどうした事でしょうかぁ!?　あちちちのちですぅー！」

「障壁に手を出すなと言ったのに……これは減点対象ですね」

「あ、ミルキー教官狡い！　自分だけ結界張ってる！」

バッケの炎は直接的な被害は出さないものの、会場全体を一時的にサウナ状態にする程度にまで熱していた。適温から常夏を超えた温度に様変わりし、観客達は一様に汗がダラダラになってしまう。特に北方の氷国レイガントの者達は暑さに弱いらしく、酷く消耗しているようだった。

「攻撃のつもりではない……威嚇？　否、これが竜への変身でござるか！」

「ご名答」

　次の瞬間、あれほどまでに苛烈だった炎の柱が、一瞬にして四散し消え去っていく。そして炎が発生した中心部には、グラハムが言うところの変身を終えたバッケの姿があった。……但し変身後の彼女の姿形は、グラハムが予想していたものとは、大分様相が異なっていた。以前バトルラリー中に開催されたガウンの獣王特別祭、その時にバッケが披露した巨大な火竜の姿とは、また別のものであったのだ。

「……人型の竜、でござるか？」

「ああ、だから言ったろ。これを公にすんの、今回が初めてだって」

　バッケの背丈は殆ど変化がなく、また姿自体も人に近い。が、決定的に異なっている点は幾つかある。雄々しい角がある事、舞台を叩き付ける逞しい尾がある事、そして体表面が赤き竜鱗で覆われている事だってそうだ。変身前まで装備していた軽鎧なんて、まるで彼女の肉体と一体化しているかのように、鱗の中に埋もれてしまっていた。これらの特徴だけでも、彼女が人間とは一線を画す存在であると、一目で分かってしまうだろう。

　しかし、今のバッケはそれ以上に目につく、更なる異形の特徴を有していた。彼女の背には竜の翼こそはないが、その代わりに強烈な印象を抱かせる鉤爪があったのだ。名剣をそのまま指に取り付けたかのような、長く鋭い圧倒的な存在感。片手に五本、両手で十本にも及ぶそれら凶器は、女性がするネイルにしては形状が凶悪過ぎた。お洒落の為にするものなどではなく、明確に他者を害する為のもの。そしてグラハムは、それら凶悪なる爪に見覚えがあった。

「もしや、その爪は先ほどの……」

「察しが良いね。そうさ、爪はさっきアタシが取り出した十本の剣だ。どうだい、なかなかイカしているだろう？」

「面妖にして奇怪、でござるな。しかし、なるほど。だから十刀竜であると。まさか、武器や防具を自らの体に取り込む竜が存在していたとは……！」

「んー、ちょいと語弊があるかもね。取り込むも何も、元々武具はアタシの体の一部だったのさ。竜になった時にてめぇで鱗やら爪やらを剝いで、それを素材にして抱き込んだ鍛冶師に作らせた。お蔭で人の姿の時も、手に馴染むように武具を扱う事ができたって寸法よ。まっ、剣として振るうよりも、こうして一体化させた方が尚更使いやすいんだけど、ねぇ！」

バッケは足元の舞台に向かって、右手の爪を軽く振るってみせた。一瞬、バシュッと赤い水が舞ったかと思うと、そこには真っ赤に染まった巨大な爪痕が残っていた。あれほどまでに頑丈であった舞台が、瞬く間に溶解したのだ。それでも舞台の修復機能は働き始めるが、通常のダメージよりも修復に苦戦しているのか、傷痕の直りがかなり遅く感じられる。

「へえ、溶かしても直っちまうのか。大した舞台だねぇ。でも、アンタ自身やその大鎧（おおよろい）はどうかな、色男？　アタシのこの『灼熱竜爪（スカルプチュア）』、受け切れるかい？」

「……拙者、これでもいずれは姉さん方のように、竜王の加護を頂くつもりじゃけい。こんなところで躓（つまず）くつもりは、一切ないで候（そうろう）」

「ハッ、竜王だぁ？　おいおい、あんな称号に胡坐（あぐら）かいてる連中なんかと比べないでおくれよ。アタシは竜人であって、竜共が躍起になって欲しがる位なんて願い下げなんだ。そんなもんなくたって、火竜王――ああ、今となっちゃあ、あいつは先代か。まあ、何だ。そこらの竜の王なんかより、アタシの方が強いって教えてあげるよ。タダじゃあないけどねぇ」

「～～～！」

「うん？」

バッケの台詞（せりふ）を受けて、たまたま近場にいた竜王様がお怒りの様子だ。しかし、試合中故に手を出す事も稲妻を走らせる事もできず、その場でバリバリゴロゴロと蓄電するのみに止（とど）まる。電気仲間のリオンが落ち着かせているので、まあ大丈夫だろう。

「それは楽しみでござるな。では、そろそろ――」

「ああ、長話が過ぎたね。じゃ、そろそろ――」

「――竜退治、やらせてもらおうぞ！」

「――男漁（あさ）りと洒落込もうかねぇ！」

個性豊かな前口上と共に、戦いが静から動へと移り変わる。互いに前へと突き進むバッケとグラハムは、間合いに入るなり初撃を抉(えぐ)り込むようにして放った。

——ガガギギィン！

刃(やいば)を真っ赤に染めるバッケの灼熱竜爪(スカルプチュア)と、グラハムがトラージのツバキより賜った国宝『荒夜叉(あらやしゃ)』がぶつかり合う。金属音が鳴り火花が散り、だが二人が引く事はない。次いで二の太刀、三の太刀を恐ろしき剣速でグラハムが放ったかと思うと、バッケは宙を蹴りながらこれを見事に回避。リーチはあろうが手数はこちらだとばかりに、グラハムの懐へと入り込もうとしたのだ。

「巌窟拳骨(ケイブフィスト)」

「ッ！」

バッケがグラハムの甲冑(かっちゅう)を剥ぎ取ろうとしたその時、彼女の真下にあった舞台の一部が隆起して、真上へと突き上がった。衝突する寸前のところで、バッケは身を翻してこれを回避。結果として両者とも攻撃を掠(かす)らせる事もなかったが、舞台上には巨大な拳の形状をした石像が残っていた。

（舞台と同じ材質の拳……なるほど、緑魔法の類かい。剣の腕もS級のそれだが、魔法に関しても同等に使えると考えた方が良さそうだ。フフッ、ますます良い男だねぇ。よーく熟成してる！）

（空中だろうと関係なく加速し、自由に駆け回る身軽さ。そして完全な死角であった足下からの強襲にも、軽々と対応可能な勘の鋭さでごわすか。なるほど、確かにこれは姉さん方に引けを取らない……！）

二人は距離を取った際、初見での印象を瞬間的に精査した。双方とも評価は上々、よって次なる手がより厳しいものになるのは、至極当然の事であった。

「滅火飛爪」

渾身の跳躍で見上げるほど高くにまで飛翔したバッケが繰り出したのは、灼熱を帯びた無数の斬撃だった。彼女が両腕を振るう度、灼熱竜爪から十の斬撃が地上へと放たれる。彼女はそれを超高速で何度も何度も、自身の飽きが来るまで繰り返した。結果出来上がったのは、途切れる事のない斬撃の豪雨——隙間のない赤壁とも呼べる代物が、キッチリ舞台上全範囲に限定して降り注ぐ。

「巌窟観音」

対するグラハムが詠唱したのは、S級緑魔法【巌窟観音】だった。先ほどの巌窟拳骨と同様に、彼のオリジナル魔法であるそれは舞台を再び隆起させ、とあるゴーレムを作り上げる。バッケの斬撃に対抗するが如く無数の腕を持ち合わせ、全てを見通すが如く優し気な表情を浮かべるのは、大巨人の上半身。舞台と融合するかのように現れた神々しい巨大ゴーレムは、空に居るバッケへと視線を移し——無数の拳骨による殴打を開始した。

炎の斬撃と大岩の拳、それらが洒落にならない数で衝突し合った時、遂に悲劇が起こってしまう。……そう、主に舞台にとっての悲劇が。

◇　◇　◇

物理・魔法を問わず、何に対してもこれまでの舞台とは一線を画す耐久値を誇り、魔力を送り続ける限り自動修復を行い続けるという、圧倒的なまでの能力を有する特製舞台。それは幾度の敗北を喫しても決して諦めず、自身の腕を弟子達と共に磨き続けた舞台職人シーザーと、世界最高峰の魔法技術を惜しみなく注いだ、ルミエスト魔導研究所所長ミルキー・クレスペッラが作り出した、奇跡の作品である。理論上はS級冒険者同士の戦いにも耐える事ができ、何者にも破壊されないものとして計算されていた。事実、対抗戦の第一戦は危な気なくその役目を全うしたのだ。しかし第二戦は少々、いや、大分事情が異なっていた。

「クハハハハ！　やるねぇ！　それでこそ男だ！」

「貴姉こそ、拙者の予想を軽々と超えるで候！」

この戦いは正しくS級冒険者として相応しい二人の実力者が、加減する事なく自身の全力をぶつけ合える、真のS級の戦場であったのだ。常軌を逸した破壊に対して、これまた常軌を逸した破壊が迫り、衝突し、拮抗――その結果舞台に撒き散らされるのは、双方の威力が乗った超災害なのである。

「ここここ、これはぁ――――!?　鋭利な炎、されどその数は土砂降り雨の如しぃ！　というか上下左右全部から出てるから、豪雨どころの話じゃないぞぉこれぇ――――！　そんな煉獄地獄に挑むは謎の大魔神、舞台の化身っぽいゴーレムだぁ――――！　繰り出される鉄拳は破壊と再生を超高速で繰り返しって、もしかしてこれ、舞台の再生機能をそのまま使ってます？　というか、試合展開が速過ぎて私の早口実況もそろそろ息がぜぇうぜぇう！」

　実況のランルルには、速過ぎる試合内容を目で追い切る事ができない。炎と大岩が凄い事になっている。と、そう感じ取るのが精々である。彼女が憧れるガウンのロノウェでさえ、このレベルの戦いを把握する事は不可能なのだ。それも仕方のない事だろう。だがそれでも、彼女は肌で感じたその全てを言葉に表し、実況をし続けた。観客達もその実況を耳に、眼前で巻き起こる超常現象に興奮する。

　しかしだからこそ、彼らは気付く事ができなかった。ド派手な展開に目を奪われ、より盛り上げようとする実況に酔ってしまっていたから――それら超常現象の真下にある基盤、所謂特製舞台が崩壊寸前である事など、微塵も目に入らなかったのだ。

「巌窟刀」

　巨大ゴーレムの手に乗ったグラハムが、刀に岩を纏わせる。そのままでも異常に長かった刀身は、これにより更に長く、更に武骨なものへと変貌していった。最早それは巨人の為の刀である。

「あ？　刃に岩なんて付与？　馬鹿が、自分から切れ味を落とす奴がいるかっ！　舐めてんのかっ!?」

「心配無用、拙者は本気でござる。——切味同化」

連続するS級緑魔法【巌窟刀】、【切味同化】。舞台を材料に刀に岩を貼り付け、内部にある刀『荒夜叉』の切れ味を全ての岩に伝播させる。これにより、グラハムが持つ岩石刀は見た目からは考えられない切れ味が保証され、それどころか最初に生成した巨大ゴーレム、巌窟観音にまで斬撃属性が付与される。つまるところ、グラハムが振るう刀は全てを両断するし、巌窟観音が振るう拳に至っては全てを粉砕し、両断もする。

「ほおあぁっ！」

「ッ!?」

ここに来て、グラハムの攻撃が初めてまともにヒットした。バッケは灼熱竜爪を一爪分斬られ、彼女自身も浅くではあるが、一太刀を浴びてしまう。

「ッ……！　ハ、ハハハッ！　アタシを捉えるか、良いねぇ！　なるほどなるほど、非礼を詫びるよ！　じゃ、いよいよアタシもトップギアだ！——極炎巨爪！」

バッケの残る九本の爪が炎を吹きながら膨張し、こちらもまた巨大化していく。灼熱の爪は次第に指先から外の方へと展開し始め、彼女を覆うように形状を変えて行った。それに伴い、彼女の琥珀色の髪までもが紅蓮に燃え上がる。今の彼女が宙を駆ければ、ただそれだけで通り道が地獄と化すだろう。人型のバッケのサイズには似つかわしくない、火竜の一裂き——極炎巨爪の完成である。

「真剣——」

「——勝負ッ！」

再び刃を交える怪物達。火力を増した戦いは、当然ながら更に激しさも増す事となる。

……と、このように一見好き勝手に暴れているバッケとグラハムであるが、その実、周囲の結界を破壊しないようにという配慮はちゃんとしていた。ルール違反で退場させられては堪らないと思っているのか、結界の内側でのみ火力を集中しているらしい。配慮していないのは、真下にある舞台だけなのだ。

「やべぇな」

「やばいですね」

別々の場所にいた男女二人の声が、全く同じタイミングで不意に重なった。一人は観客席の一角で弟子達と共に試合を眺めていた男、舞台職人のシーザー。声援や歓声で入り混じった会場に居るのにもかかわらず、彼は自身が手掛けた舞台が上げる悲鳴を、その耳で確かに聞いていたのだ。

「やばい、ですか？　何がです、師匠？」

「決まってるだろ。俺の舞台が、だ。もう数十秒も堪えられねぇ」

「え、ええっ!?　あの特製舞台が、ですか!?　い、いやいや、それはないですって！」

「そうですよ！　あの舞台は師匠の集大成、それもルミエストのお偉いさんも協力してくださった逸品なんです！　あのルミエストの美人さんだって、たとえS級冒険者が暴れても大丈夫だって、そう言ってたじゃないですか」

「馬鹿共が。俺の言葉より、あの嬢ちゃんの言葉を信じるのか？」

「「そ、それは……」」

そうシーザーに言われ、言葉を詰まらせる弟子達。ちなみに嬢ちゃんとはミルキーを指しているのだが、彼女はシーザーよりも大分年上である。

「アレを血反吐を吐きながら作ったのは本当だけどよ、これまで何度も何度も何度も、俺はＳ級冒険者の奴らに舞台を破壊され続けて来たんだ。んなもん、音を聞けば分かっちまうもんよ。どうやら俺の腕は、今回も負けちまうみたいだ」

「「し、師匠……」」

弟子達は悔しそうに拳を固める。ある者は涙を流し、ある者は自らの非力さを嘆いた。いくら特製舞台に修繕機能があるとはいえ、その能力には限界がある。エネルギー源である術士達からの魔力供給が途切れれば、そもそも修繕機能は止まってしまうし、そうでなくとも修繕速度が追い付かなくなる可能性だってある。シーザーはそれら全ての限界を受け止め、ここに敗北を認めたのだ。……しかし。

「だからよ、奥の手を使わせてもらうぜ。なあ、嬢ちゃん！」

敗北は認めても、彼は諦めてはいなかった。解説席に居るミルキーに向かって、シーザーは叫びと共に拳を突き出した。

（ええ、分かっていますよ。ですから、既に準備は終えていますとも）

そんなシーザーの姿を把握していたのか、ミルキーはタイミングよく心の中でそう答えた。そして通信機としての機能があるマジックアイテムを懐より取り出し、新たに指示を出す。

「魔力供給班に連絡、供給機能を全開状態へ移行。吸収される魔力量が尋常でなくなるから、ベルさん以外は供給機から十分に離れるように。じゃ、早速彼女にありったけの魔力を送ってもらってください」

『了解』

そんな供給班の返事の他に、通信機の先からベルの棘のある言葉が飛んできた――ようだが、ミルキーは満足そうな表情を浮かべながら、それを聞かなかった事にした。通信機のスイッチ、オフ。

「フフッ、ベルさんにはまだまだ余裕がありそうでしたからね。裏方としても頑張ってもらいませんと」

そう、ミルキーとシーザーの奥の手とは、舞台上の怪物達に対抗できるであろう人材を、舞台へ送る魔力の供給役として据える事だったのだ。一戦目にベルがそれほど消耗しない事を予想していたのか、ミルキーははじめからベルに目を付けていたようである。舞台を見れば、崩壊寸前であった特製舞台が、ギリギリのところで盛り返しているところだった。

「ぜぇ、ぜぇ……！　ミ、ミルキー教官、はぅ……　な、何か、仰いましたか……？」

「いいえ、何も。ほら、それよりも試合が進んでしまいますよ。見えないなら見えないなりに、もっと実況を頑張ってください。私は心から生徒達を応援しています♪」

「お、鬼ですぅ……」

一方、隣のランルルは実況に集中しているせいで、ミルキーの言葉が届いていなかったようだ。

「いやあ、悪いねぇ。引き分けちまったよ」

そう言って対抗戦メンバー控室に戻って来たのは、先ほどまでグラハムとの激闘を繰り広げていたバッケであった。相当のダメージを負いボロボロではあるのだが、猫っぽくにゃははと笑い表情はどこか満足気なので、あまり謝っている印象は受けない。

「まさか試合が時間をオーバーしちゃうとはねん」

「ああ、アタシもあそこまで長引くとは思ってなくてねぇ。久し振りに全力が出せたのは満足だけど、あの鎧(よろい)を全部剥げなかったのは心残りだよ。あの色男、肝心な場所は全部隠したままで通しやがって」

バッケとグラハムの戦いは、運営委員会が想定していた予定時間を大きく超えてまで行われた。対抗戦史上前代未聞の事ではあるが、残りの試合や閉会式の事を考慮して、途中で試合を打ち切る事を決定したのだ。そして双方ともほぼほぼ互角の試合展開であった事から、第二試合は引き分けと判定された訳だ。

「でも、とっても良い戦いだったわよん♡。実力が拮抗した者達の、肌と肌とのぶつかり合い……ああん、興奮しちゃう！」

自らを抱き締め、先ほどの試合内容を噛み締めるグロスティーナ。彼としてもバッケ達の試合は胸躍るものであったらしい。

「はい！　マスター・ケルヴィンも終始よだれが止まらない状態でした！」

「うんむ！　自らもあの中に交じりたいと、筋肉が疼いているようだった！」

「ちょっ!?　スズにオッドラッド、そんな余計な情報は教えなくても良いから！」

「おっ、マジかい？　よし、ケルヴィン！　いっちょ寝るか！」

「寝ねぇよ!?」

「はいはい、漫才もその辺にしておこうか。確かに良い試合だったけど、結果的に成績は一敗一引き分け――未だに劣勢なんだ。そろそろ勝利が欲しいところだよね？」

パンパンと手を叩きながらそう言ったのは、冒険者ギルド総長のシンだ。

「引き分けが出たのは予想外だったけど、それでも残るは三戦しかないんだ。団体戦として勝利するには、もう負ける事は許されない。何と言ったって、冒険者ギルドの面子がかかっているからね！　ついでに、私の面子もかかってる！」

「まあそうなるわよねぇ。冒険者の最高戦力であるS級をこれだけ揃えて負けましたじゃ、色々と格好が付かないものねん……じゃ、私達がそのお手伝いをしちゃいましょっか！　ねっ、オッドラッドちゃん？」

「ふぅんむ！　同じ師(マスター)に仕える同志、スズの仇(かたき)を討つ良い機会かもなぁ！」

対抗戦の三戦目はタッグバトル。どうやら冒険者ギルド側は、グロスティーナとオッドラッドの筋肉コンビが出るようだ。既に着替えを済ませていた彼らは、いつでも戦いに出られる状態にある。

「……えっと、やっぱりその格好で出るのか？」

「あったりまえじゃな～い。この格好が筋肉の造形美をよ～く見せられるのん！」

「おう、そういう事だ！　筋肉的にも理に適(かな)っている！」

「そ、そうか……」

「じゃ！　そろそろ行って来るわねん！」

「おっしゃあ！　俺はやるぜぇ―――！」

グロスティーナが大胆に尻を振りながら、オッドラッドがサイドチェストを決めながら舞台へと向かって行く。控室に残るケルヴィン達(たち)は、それら逞(たくま)しい背中を見送ろうとしたのだが、想像以上に絵面が凶悪であった為、途中で視線を切ってしまった。

「あいつら、全身タイツ姿で行っちまったな……」

「しかも、妙に体の肉質が浮き出るやつだったね。確かに筋肉は見やすいだろうが……アタシの好みではない！」

「でも、お二人のコンビネーションは本物です！　今度こそ勝てる筈(はず)、筈……勝てます、よね……？」

「少なくとも、私は相手をしたくはないかな～。うん、色々な意味で相手はしたくない」

「んな事より、まずは不完全燃焼の解決だ！　さ、ケルヴィン！　ベッドへ行くよ！」

「行かねぇよ！」

冒険者ギルド側のメンバーは、今日も自由だった。

「皆の衆、すまない！　拙者、引き分けてしまったでごわす！」

戦いから戻って来るなり、グラハムは仲間達の前で土下座をしていた。それも叩き付けた額で床を粉砕する、凄まじい勢いで。

「グッち生真面目過ぎだって。何謝ってくれちゃってんの？」

「そうだよ、頭を上げて！　S級冒険者を相手に引き分けって、むしろ誇って良い事だよ！」

「そうだね、ラミ君とリオン君の言う通りだ。君はよくやってくれたよ。少なくとも、あと一勝すれば全体での敗北はなくなるんだ」

「グラハムさん、凄かったです！」

「み、皆の衆……！」

仲間達がグラハムを温かい言葉で出迎える。笑顔と拍手がグラハムを包み込み、彼は目頭が熱くなるのを感じていた。……しかし、そんな感動の場面にも一言申したい者が居るようで。

「ハァ、ハァ……！　ちょ、ちょっとグラハム……！　貴方(あなた)、一体どれだけ舞台を破壊しようとしていたのよ……!?」

「べ、ベル殿!?」

そう、舞台の魔力供給役として、急遽(きゅうきょ)ミルキーによって派遣されたベルである。お腹(なか)を押さえながら登場した彼女の表情は、なぜか苦し気だ。

「あの色ボケ女も全っ然加減を知らないし、試合は馬鹿みたいに長引かせるし……！　貴方達、私に何か恨みがあるの!?　危うくどこかの虹吐き巫女(みこ)みたいになるところだったわよ！」

「べべ、ベル殿!?」

グラハムらが激闘を繰り広げる裏方で、ベルは特製舞台に修復の為(ため)の魔力をずっと送り続けていた。流石(さすが)のベルも何度か魔力が枯渇しかけた為、回復薬を服用しながら何度も何度も、飽きるほどに送り続けていたのだ。小食な彼女にとって、これはある種の拷問に近かったのかもしれない。飲み過ぎで体調は悪くなるし、何よりも吐き気が半端なかった。

しかし残念ながらグラハムには、ベルが激怒している理由が分からない。それもそうだ、何せそんな事なんて知らないし、彼だってずっとS級冒険者に襲われていたのだ。グラハムも命懸けだったのである。

「ベルちゃん、途中から姿が見えなかったけど、どうしたの？」

「裏方で馬鹿みたいに働かされていたのよ！って、うぷ……過度に叫ぶと、気持ち悪……」

「えと、マジで顔色悪くない？　医務室行った方がいんじゃね？」

「そ、それじゃあ、私が付き添いを。私は出番も最後ですし」

「ふう、ふう……！　グラハム、次は貴方の番だからね……！」

「何がで候⁉　さっきから怖いですぞ、ベル殿⁉」

クロメルと共に医務室へと向かうベルは、最後の最後に意味深なグラハムへの指名を残していった。

「ま、まあよく分かんないけど、次は私とリーちゃんの番じゃん？　景気良く勝っちゃうっしょ！」

「そ、そうだね。ベルちゃんの分まで、僕達で頑張らないと！　相手は誰かな？　楽しみ！」

「ここで勝負を決めても全然構わない。全力でやってしまってくれ」

「不甲斐ない拙者に代わって、どうか勝ってくだされ。御武運を」

指先から激しく電気を発しながら、スカートをなびかせるラミ。双剣を腰に装着し、元気いっぱいに飛び跳ねるリオン。軽い準備運動を終わらせたマブダチ二人は、タッグバトルが待つ舞台へと向かうのであった。……しかし、彼女達はまだ知らない。その先には、はち切れんばかりの筋肉達が待つ事を。

「あ、そうだ。グラハム君に連絡する事があったんだ。これを持って、この場所に向かってくれ」

「これは……MP回復薬、でござるか？　助かるが、そこへは一体何を？」

「行けば分かるよ♪」

一方で、グラハムも次なる決戦の地へと向かうのであった。

◇　◇　◇

「歴史上初となる引き分けとなった第二試合を終え、この対抗戦も中盤戦へと差し掛かります！　第三試合はこれまた初の試み、二対二で行われるタッグバトル！　これまでとはひと味違うこの形式で、選手達はどんな戦い振りを見せてくれるのでしょうか!?　喉を潤し準備万全となった私、この通り興奮を隠し切れません！　さて、そろそろ入場の時間ですが——」

ランルルの声が会場に響く。戦いの余韻と次なる期待で一杯となっている観客達は、彼女の言葉でそれらの想いを更に強めているところだった。そしてそれは、どこかの戦闘狂も同じようで。

「あー、やっぱ第二試合に出れば良かったかなぁ……？　シルヴィアとエマの弟分、S級と遜色ない実力だったもんなぁ……」

「はいはい、ケルヴィン君はそろそろ正気に戻ろうか。第三試合が始まるよ」

「そうですよ、マスター！　私がいつかS級になりますから、その想いはその時に発散してください！」

「お、おう、じゃあ期待して――って、あれ？　バッケはどこかに行ったのか？」

ケルヴィンがキョロキョロと辺りを見回す。先ほどまで執拗に自身を誘っていたバッケの姿が、控室からなくなっていたのだ。

「バッケなら、さっき運営委員会に呼ばれてどこかに行ったよ」

「え、そうなのか？」

「はい。試合後という事で、その際に回復薬も沢山手渡されていました。私と違って沢山魔力を使っていたようでしたし、やはり見た目以上に消耗されていたんでしょうね」

「そ～いう事～♪」

「ふーん……？」

「あっ、ブルジョワーナさん達が舞台に上がりますよ」

「おっと、始まるか」

どこか釈然としないケルヴィンであったが、ちょうど選手入場の時間になった為、それ以上深く考えはしなかったようだ。ちなみにバッケが運営委員会に案内された先は、まあ、そういう事である。

「第三試合の組み合わせを発表します。ルミエスト代表、リオン・セルシウスさん。パートナーはラミ・リューオさん。冒険者ギルド代表、グロスティーナ・ブルジョワーナさん。こちらのパートナーには、オッドラッドさんが付きます」

「おおっと、噂の一年生仲良しコンビの登場ですか！　リオンさんにラミさん、入学試験の科目によっては、あのベルさんに匹敵する成績を叩き出したとされていますからね。これは素晴らしい戦いが期待されます！」

「あら、よくご存じですね。ランルルさんの仰る通り、特に運動適性に関しては、お二人ともベルさんとほぼ同等と言って良いでしょう。私としても、この試合は注目して見てみたいと思っています。舞台を心配する必要もなくなりましたからね（ボソッ）」

「えっ？　ミルキー教官、何か仰いましたか？」

「フフッ、何でもありませんよ。ただ、とても楽しみだなぁと。対戦相手である冒険者ギルドからは、S級冒険者の新鋭、『紫蝶』がいらっしゃっています。本来新鋭S級冒険者のお披露目は、昇格式で行うもの。それよりも早くに、この対抗戦で実力を披露して頂けるとは、大変有り難い事ですね」

「確かにそうですね。グロスティーナさんは獣王祭の参加経験があり、その際に同チームの『死神』ケルヴィンさんと戦っています。記録には敗北とありますが、実力伯仲の激しい戦いだったとか。うーん、私もその試合を直で観戦したかった！　これは私の予想ですが、お二人とも、獣王祭の時以上にお強くなっているのではないでしょうか!?」

「パートナーのオッドラッドさんも、A級冒険者の中では武闘派として有名な方です。果たしてグロスティーナさんとどのような連携を見せてくれるのか、その点も注目していきたいですね」

「ですです！っと、舞台に両ペアが来たようです！　選手入場ッ！」

ランルルの言葉を受け、会場の視線が舞台に集まり出す。ルミエスト側からは黒衣リセスを纏ったリオン、そして着崩した学生服姿のラミが仲良く入場。もう一方の冒険者ギルド側からは、紫色と緑色の全身タイツを着た筋肉お化け達が——否、グロスティーナとオッドラッドが、筋肉を膨らませながらの圧倒的入場。この瞬間、会場の歓声は真っ二つに分断された。

「「「うおおおぉぉぉぉ————！」」」

リオンらの入場と同時に目の保養、眼福とばかりに声援を送り出す男達。その声量は今日一番のものとなり、耳を塞ぎたくなるほどに轟く。……ただそれら轟きには、何やら悲鳴染みたものも混じっていた。それも、リオンとラミに向けられた声援と同等レベルのものだ。

「「「う、うわあぁぁぁぁ————!?」」」

喜びの雄叫びと同等のエネルギーを発されたのは、真逆の客席側、つまるところ冒険者ギルド側入場口付近の客席からだった。恐怖し、怯え、慟哭する——何かとんでもないものを目にしてしまったのか、そこには負の感情が満ちていた。

最早説明するまでもないだろう。そう、これら負の声援は、グロスティーナとオッドラッドに向けられたものなのである。

「うふっ、視線を釘付けよぉ」

「フハハァ！　公衆の面前で決めるポージングは気持ちの良いものだ！」

「……リーちゃん、あの格好は何？　心抉る的な、メンタル攻撃？」

「えっと、獣王祭でもあの格好だったから、そのつもりはないと思うよ……？」

「ええっ、素でアレ!?」

筋肉二人にとっては、そんな悲鳴も声援に聞こえるのだろうか。次々にポージングを変えては、その度に新たな悲鳴を巻き起こしている。

「あ、あれは……ゴルディア式戦闘着！」

「はい？……あ、あの、ランルルさん？　急に如何されました？　まさか、あの全身タイツを見て言ってます？」

「ミルキー教官、ご存じないのですか!?　装備による防御力を全て捨て、自然における人本来の動きを徹底的に追求し、その末に辿り着いたという幻の武の在り方！　それがゴルディア式戦闘着なんです！　まさか、まさか実際にこの目で見られるだなんて……感激です！」

「ランルルさんっ!?」

ミルキーの今日一番の驚き声が轟く。実況席は実況席で、予想外の盛り上がりを見せている様子だ。放送部所属、ランルル・ビスタ18歳。実況の勉強に熱中するあまり、格闘技のディープな部分にまでハマってしまった少女。何気に彼女は、ゴルディアについて結構詳しく知っていた。

「はぁい、リオンちゃんお久し振りぃ。まさか貴女と戦う事になるとはねぇ。そっちのお友達もすっごく強そうだしぃ、手加減なんてしてあげないからねん。うふん♡」

「ハッハー、そういう事だ！　マスターには悪いが、全力でいかせてもらう！　こっちはもう、後がないしなぁ！」

「こっちこそ、だよ！　逆に手加減なんかしたら、絶対許さないからね！　対人戦の基本、やれる事は善悪問わず、全部やれ！」

「えー……相手は筋肉お化けだし、リーちゃん凄いプレッシャー放ってるしで混乱気味だけど……まっ、何とかなるっしょ！　可愛さも強さも、私らの方が上って教えたげる！」

「それにしても、なぜ二人ともゴルディア式戦闘着を……ハッ、まさか!?　ミルキー教官、こいつは目が離せませんよ！　ちょっと、聞いてます!?」

「わわわ、分かりましたから、あまり私を揺さぶらなななっ」

対峙する選手達、二つの意味で絶叫する観客、混沌とする実況席――開始前からカオスそのものな第三試合が、いよいよ開始される。

◇　◇　◇

「試合、開始ぃぃぃ！」

これまで以上に気合いの入った試合開始の合図を送るランルル。彼女の声が響き渡った舞台では、リオンが魔剣カラドボルグと劇剣リーサルを鞘から抜き、ラミが両手に雷を纏わせ、筋肉二人が両手を大きく広げていた。見た目や意味合いは違うだろうが、各々からは攻撃的な圧が放たれている。

「さて、開始されたのは良いけれどぉ、まずはこれを決めなきゃねぇ」

「おう、そうだな！」

戦闘に参加する人数が多いとはつまり、警戒するべき対象もまた多いという事。互いが様子を窺うそんな最序盤にて、先に動いたのはグロスティーナとオッドラッドであった。当然、リオン達は警戒を強める。

「お・待・た・せぇ！　白昼に輝く儚き花っ！　グロスティーナ・ブルジョワーナ、貴方のハートを狙い撃ちよん！」

「待たせたなぁ！　縁の下から大地を突き破る獣ぉ！　オッドラッド、てめぇの心臓を食い破るぜぇ！」

――ダダァーン！

と、それはまるで日曜の朝に放送される、少年少女が夢見るヒーローヒロインの登場シーンのよう。劇的なポージングを決め始めた筋肉達の姿に、前知識を一切持たない観客達は呆然とするのみだ。しかし、見えてしまう。背後でカラフルな爆発が起こっているのが、幻覚だと分かっていても見えてしまう。普段のリオンであれば、役者の造作と格好は兎も角として、あまりのポージングの完成度の高さに瞳を輝かせていただろう。そう、普段のリオンであれば。

「稲妻超電導」

だが、今は対人戦中。派手なポージングなんて眼中にない、むしろ絶好の攻撃の機会だとばかりに、リオンは魔法を詠唱した。稲妻反応の上位互換であるS級赤魔法【稲妻超電導】、パーティ全員を効果の対象とするこの魔法は、リオンだけでなくラミの敏捷・反応速度をも大きく上昇させる。更にはその雷をカラドボルグにまで灯し、戦闘前の仕込みは完了。電気を纏い視覚的に更に煌びやかになった二人は、同時にヒーローヒロインへの攻撃を開始した。

（あらん、とってもせっかち。で、もぉ——）

（——臨戦態勢になってんのは、俺らだって同じだぜ？）

稲妻を宿したリオンの刃と、ラミの拳がグロスティーナ達に触れる寸前のところで、二つの筋肉から眩い何かが発せられた。紫と緑の、眩いばかりの光だ。

「「ッ!?」」

激しく警報を鳴らす危険察知能力、またはそれに準ずる勘に従い、リオン達は瞬時に方向転換。稲妻が走るが如く、ジグザグな軌道を描きながら後退する。

（あのまま剣を振り切っていれば、少なくとも攻撃は当たっていたと思う。けど、それ以上に手痛い反撃をもらっちゃうような、そんな気もした）

（ってか、何よアレ？　キモイってレベル超えてんですけど！）

　敵との距離を置いたリオン達は、改めて前を見据える。

「攻撃の手を引いたの、正解だったわよん。私の気、すっごい粘着性があるものぉ」

　眼前の光の中から現れたのは、紫色のオーラを全身に纏い、蝶（ちょう）を模したと思われる大きな翼を背に広げたグロスティーナだった。バチンとウインク＆ドガンと投げキッスをサービスすれば、観客席からは更なる悲鳴が溢（あふ）れ出す。

「ああ。だが、姉弟子の舞台に舞う貴人妖精（バイオレットフェアリー）だけでなく、俺の憤怒を食らう懇篤魔人（ヴァージャイフリート）の殺気にも勘付くとは、大したものだぁ！」

　そんな紫の変態の隣には、緑のオーラを顕現させたオッドラッドの姿もあった。彼の頭には鬼のそれに似た二本の角が生え、筋骨隆々の肉体と相まって、本物の魔人のように見えてしまう。但しそのオーラの色合いは鮮やかで、グロスティーナのオーラが毒々しいとすれば、こちらは瑞々（みずみず）しく感じられる。逞（たくま）しい容姿に相応（ふさわ）しく堂々と振舞っている為（ため）、オッドラッドを見て上がる悲鳴はまだ少ない様子だ。

「……ゴルディアの神髄を習得したんだね、オッちゃん。グロちゃんもその羽、前はなかったよね？」

「うふっ、ありがとっ。お姉様が日々進化するんだもの、私だって羽化するくらいに頑張らなくちゃと思ってねん。この可憐な羽が生まれたのは、そんな私の深層心理が働いたせいかもしれないわん。言うなれば、そう、舞台に舞う貴人妖精・発展形態！」

「リーちゃん、あの羽もごう。それか焼き切ろう。純粋にキモい」

「俺は結構ギリギリのタイミングだったがなぁ！　だが、使い方は心得ている！　遠慮なく全力で来いやぁ！」

「露骨なカウンター狙いじゃん。んな誘いに乗るほど、私軽い女じゃないしー」

「そう？　なら、こちらから少しダーティーに行くわねん。――鱗粉乱舞！」

そう言ったグロスティーナが、背中の羽を激しく羽ばたかせた。絵面が非常にうるさいが、羽から毒々しい鱗粉（？）が散布され、瞬く間に舞台上へと広がり始める。鱗粉の汚染速度は見た目以上に凄まじいようだ。

「これは……」

「まあ、見たまんまの毒ねん。獣王祭でやったダハクちゃんの戦法、私ってば結構リスペクトしていてねぇ。これはその真似事よん。あら、やだぁー！　ダーティーと言いつつ、淑女的にわざわざ教えちゃったわん！」

「グハハ！　姉弟子は親切だなぁ！」

グロスティーナが言っているのは、ダハクとゴルディアーナの試合の事だ。当時、真っ向からの勝負では勝ち目がないと悟ったダハクは、舞台を植物のドームで囲い、その中の空気中に猛毒を充満させるという作戦に出ていた。毒の種類こそはまだ不明だが、グロス

ティーナが羽から出しているのは、その時と同じ毒ガスに類するものなのである。

「このままお喋りに興じても、私達は構わないけどぉ～」

「いつまでもくっちゃべってたら、それだけそっちが不利になるぜ――」

――ダダァ――――ン！

「――っとぉぉ!?」

「あらん？」

あからさまに誘いをかける彼らの頭上より、突如として特大の稲妻が降り注いだ。紙一重のところで躱すオッドラッドとグロスティーナ。歪な軌道を描く稲妻は、そのまま舞台へと衝突。頑強である筈の舞台を部分的に破壊し、その衝撃で瓦礫を巻き上げた。しかも、どうやら攻撃は単発ではなかったようで。

――ゴロゴロゴロ……

舞台に施された結界の高さ一杯のところで、絶えず大気を震わせるような音が鳴り響いている。いつの間にかその高さの場所には、漆黒の雷雲が広がっていた。先ほどの稲妻は、この雷雲から放たれたものだったのだ。

(息できないとか面倒だし、毒とか絶対お肌に悪いし！　私達の美貌の為にも速攻で攻めるよ、リーちゃん！　ぶっ放せ、雷神雲！)

グロスティーナ達がお喋りに興じているうちに、ラミは陰でとある魔法を詠唱していた。四人の真上にある雷雲こそがラミのオリジナルS級赤魔法【雷神雲】。最大展開で山一つを覆い尽くすとされる暗黒雷雲は、先ほどの強力な稲妻を無数に、長期に亘って落とし続けるのだ。一発一発は大岩を確実に粉砕する程度の威力でしかないが、それが雨の如く降り注ぐとなれば、話は全くの別。最終的には山が消滅する代物と化す。

(うん、そのつもり！　何をするか分からないのなら、それさえもさせないのが上策！　狩りの時間だよ、紫電の巨番犬(ギガスケラヴノス)！)

筋肉達の意識が天より降り注ぐ稲妻へと向かっているうちに、リオンが次なる魔法を完成させる。生成するは、紫電で形成された巨大なる番犬。彼は牙を剝き、唸り声を上げ、稲妻の雨の中から獲物を見定める。そして次の瞬間、偶然にも目を付けた獲物と目が合った。

「あらやだんっ！　私、食べられちゃう！」

羽を羽ばたかせ空を舞う（実際は『天歩』による空中での跳躍）グロスティーナの叫びを受け、観客席からはそろそろリタイアする者が現れそうだった。

舞台は混迷を極めていた。空では雷が轟き蝶が舞い、地上では獣が暴れ筋肉が躍る——文字にすると本当にカオスなのだが、実際にそうなのだから手に負えない。ただ一つ言えるのは、この戦場はS級の戦いの中でも特に異様であるという事だ。

「いっけぇ、紫電の巨番犬（ギガスケラヴノス）！」

「やだんっ！」

雷獣が宙を駆けるグロスティーナに襲い掛かると、彼は逃げるように更に空高くへと舞い上がった。雷獣がその後を執拗（しつよう）に追い、この間にも雷雲からは稲妻が大量に落とされている。所謂（いわゆる）上下からの挟み撃ちに遭ってしまうグロスティーナであるが、その回避能力は凄まじく、未（いま）だにたった一度の攻撃も当たっていない。

「可憐な蝶になった私、生半可な攻撃は当たらないわよん！」

「……」

「って、リオンちゃんは息を止めているから、会話ができなかったわねぇ。乙女同士お喋りができないなんて、本っ当に残念っ！　なら、代わりに私が喋ってあげようかしらん。リオンちゃん、貴女良い事言ったわねぇ。勝つ為なら、やれる事は善悪問わず全部やれ、だったかしらん？　それ、正解よん。時には悪女になる事だって、女の魅力になり得るのん。なぜならば私は、こうやって空を舞っているだけで毒を振り撒（ま）き、貴女達を仕留める事ができるのだからぁ」

「……ッ！」

二つのS級赤魔法に、リオンが放った空顎（アギト）が加わる。

「飛ぶ斬撃ぃ!?　やだんもう刺激的！　ほおっ！　はあっ！　それでも私は舞うのっ！　蝶のように華憐に、妖精のように幻想的にッ！」

しかし、それでもグロスティーナを捉える事はできない。堪らず、リオンはそのまま『天歩』でグロスティーナを追い、更なる猛撃を放ち続けた。

「おー、派手にやってんなぁ！　やっぱ戦いはこうじゃねーと！　どこに落ちて来るか分からねぇ稲妻は、俺好みに派手！　ぶっ壊される度に再生するこの舞台も、愉快で実に良いッ！」

一方、地上の舞台では、オッドラッドが荒れ狂うこの状況に満足していた。落雷を躱す為に絶えず足は動かしているのだが、自身を大きく見せる為のポージングも一切止めようとしない。ここまで来ると、ある意味で病気である。

「なあ、アンタもそう思うだろう!?」

グロスティーナとリオンが本格的に戦い始めたから、そろそろこっちもおっ始めよう。オッドラッドはラミを指差し、そう宣言したつもりだった。……が。

「……おろ？」

対戦相手であるラミの返事がない。というか、姿も見当たらない。さっきまではそこに居た筈なのにと、オッドラッドは辺りを見回す。何度も見回す。だが、居ない。筋肉、困った。

そんなオッドラッドはさて置き、場面は再び空中の戦いへと戻る。

「うふん！　流石にこれ以上攻撃が激しくなると、蝶妖精な私も厳しいわん！　という訳でぇ――毒蜂刺針！」

豪腕が空を切り、宙を揺らす。一見何を破壊する訳でもない、ただの素振りのようにも思える強打であるが、もちろんそれだけでは終わらない。グロスティーナが放ったのは、かつてゴルディアーナが使用していた空気弾に、猛毒を付与したものだった。それをリオンが放って来る空顎（アギト）に向かわせ、迎撃する事で猛攻を軽減する。しかも空顎（アギト）と衝突した空気弾は、その場で毒を撒き散らし、更に空気中を汚染してしまう。正に攻撃と防御が一体となった戦法といえるだろう。

「ふぅー！　魔法を回避しているのもあって、流石に疲れるわねん！　でーもー、私とリオンちゃんの攻防は殆（ほとん）ど互角！　そんなんじゃ、私を崩せないわよん！　近付き過ぎたら私の格闘領域（テリトリー）、距離を取っても毒に侵されるぅ。八方塞がりねん！」

その言葉を耳にした途端、リオンは体に激しい電撃を走らせた。稲妻超電導（ライトニングヴァスト）、最大出力。一閃（いっせん）の雷撃と化したリオンはジグザグにグロスティーナへと迫り、近距離攻撃が届かない範囲でその周囲を駆け巡った。

（ちょっ、いくら何でも速過ぎッ！　目で追うのがやっとじゃないのん！　こうなったら刺し違える覚悟で、どでかいカウンターをおおんっ!?）

直後、グロスティーナに電流が走る。但し、こちらはリオンのように補助魔法を付与したのではなく、明らかに攻撃を食らっての反応であった。

「痺れる吐息（ワンサイデッドラブ）、ど真ん中に命中じゃん？　やっぱ私、魔法より息吹（こっち）の方が性に合ってる的な～」

痺れるグロスティーナが声のする方に視線をやると、そこには行方不明（オッドラッド談）になっていた筈のラミの姿があった。彼女の口元には電撃の残滓らしきものが僅かに走っており、グロスティーナはこの痺れの原因はそれであったのだと確信する。

（体の痺れが一気に拡がっていくぅー！　というか、何で彼女がここに居るのん!?　オッドラッドちゃんが相手をしているんじゃ――）

「――姉弟子、すまーん！　何かそっちに敵が行ったみたいだぞー！　俺は飛べんから、気合いと根性で頑張ってくれー！」

（オオオ、オッドラッドちゃーん!?）

痺れで口を動かせないグロスティーナは、代わりに心の中で叫びを上げていた。

（いえ、こんな時こそ落ち着くのよ、グロスティーナ！　淑女は取り乱さないものなの！　でもでも、彼女が竜王の系譜って事は知っていたけれど、そもそもこれだけ毒を撒いた状況で、息吹を使える事自体が異常じゃない!?　リオンちゃんは白魔法を使えない筈だし、竜王ちゃんもまた然りっ！　一体どんなマジックを!?）

高速で思考を巡らせ、冷静になろうとするグロスティーナであるが、残念ながら真実には至らなかったようである。正解はリオンの固有スキルである『絶対浄化』による力、これによりリオンの周囲、また通り道の毒は無毒化され、それどころか澄むほどの綺麗な空気となっていた。

更に言えば、挑発するグロスティーナの言葉や拮抗する攻防にしびれを切らし、自ら距離を詰めたように見せたのも、毒を吸わないよう息を止めているように演技していたのも、全てがリオンの作戦であった。体を電気で発光させ、雷獣を率いて派手に立ち回れば、自然と意識はリオンに集中してしまうというもの。ラミがこっそりとその後を追えば、息吹(ブレス)に必要な呼吸が可能になるし、何よりも二人で一人を攻める事ができる。オッドラッドがかなり悠長であった事も相まって、リオンの『先に片方を集中的に潰しちゃおう』作戦は、上手(うま)い具合に事を運ばせられたのだ。

「よし、斬牢(ざんろう)完成。八方塞がりだったのは、どうやらそっちの方だったみたいだね、グロちゃん」

「ッ!?」

絶え間なく動き回っていたリオンが、ラミと二人でグロスティーナを挟撃する位置取りで空中に立ち止まる。そしてグロスティーナの周りには、静止する斬撃が幾重にも張り巡らされていた。

「もちろん、これだけで終わらせるつもりはないよ。やれる事は何でもやっておかないとね」

「そーいう事ー。これ、私とリーちゃんの友情の証(あかし)だしー」

リオンが紫電の巨番犬(ギガスケラヴノス)を、ラミが雷神雲(トールモールン)を手元に全て引き寄せ、その雷の形を別のものへと変えていった。言うなればそれは、電気で形成された巨大な球体だ。観客席から見上げれば、空に二つの月が浮かんでいるように見えたかもしれない。但し、激しく眩(まぶ)しくはあるのだが。

「じゃ、リーちゃん。超人なら痺れが治る頃だと思うし、そろそろやっちゃう？」

「だね。斬牢（ざんろう）閉鎖、からの——」

「「——電磁双星（マグネティックノヴァ）！」」

宙に静止した斬撃の壁が、空に浮かんだ双月が、互いを引き寄せるようにゆっくりと動き出す。その中心に居るのは、当然ながらグロスティーナだ。

（ビュ、ビューティフル……！って、それどころじゃなかったわん！　動け、動くのよ、私の美しく頼もしい筋肉！　今こそ真の覚醒の時ッ！　無理でも、気くらいは動かして防御に徹しなさい！　ぬううぅ〜〜〜……毒姫の抱擁（プリンセスホールド）！）

二つの月が交わる直前、グロスティーナは自らの肉体を強く抱きしめ、『ゴルディア』による気を全開に解き放っていた。紫のオーラは彼の全身を包み込み、美しくも逞（たくま）しい、剛健なる乙女（？）の抱擁を体現する。

「「輝けッ！」」

——カッ！

グロスティーナを飲み込みながら融合する双月が、一つの大きな雷星へと変貌。燦々（さんさん）と輝く太陽のお株を奪うかのように、空にて太陽光の代わりとなる眩(まばゆ)い電撃を放出する。二つのS級魔法が元となった電磁双星(マグネティツクノヴァ)は、当然その威力も強力無比。雷竜王の加護の効果までもが加わって、更に凶悪な攻撃となっている。如何(いか)に屈強なるゴルディアの使い手でも、これでは跡形も残らないのではないか？　と、自然とそんな考えが過(よぎ)ってしまう。神の雷に観客達(たち)は恐れ戦(おのの)き、中には自身の安全を祈る者まで出る始末だ。

「やべぇ、今日一番の派手花火じゃねぇか！　姉弟子、死んだかっ!?」

　舞台上の唯一の味方であるオッドラッドも、空を飛ぶ手段がない為(ため)、応援に駆け付ける事ができない。絶体絶命、万事休す。味方を含め、誰もがそんな思いを抱いていた。そんな中、不意に電磁双星(マグネティツクノヴァ)が弱まり始める。

「リーちゃん、そろそろMP的にキツいし……！　MP切れも、お肌に悪いし……！」

「だ、ね……！　少し早めに切り上げようか……！　消耗が激しいの、改善しないと……！」

　どうやら、リオンとラミの魔力に限界が訪れたようだ。星々の爆発を思わせていた雷撃の放射と轟音(ごうおん)が次第に弱まり、遂(つい)には消滅。次いで、消え去った電磁双星(マグネティツクノヴァ)の中より、黒焦げの何かが落下した。当然ながらそれは、グロスティーナである。

「お、おおっとー!?　リオンさんとラミさんの極大魔法が炸裂(さくれつ)し、対戦相手のグロスティーナさんを丸焦げにしたぁー!?　流石に戦闘続行は不可能か、というか生きているんでしょうかぁー!?」

「至急、医療班の手配を。ええ、治療は現場で」

あまりに凄まじい光景であった為、暫し実況の口が止まっていたランルルであったが、グロスティーナの身の危険を感じてなのか、マシンガントークで実況を再開させた。解説役のミルキーも、通信機で治療の手配を進めている。戦闘不能者が出た事により、第三試合はルミエストの勝利で終了。そんな宣言が下される間際になって、ある男が遂に動き出す。

「ふんぬぅ――――！　まだだぁ――――！」

緑のオーラを纏った筋肉、オッドラッドである。オッドラッドは叫びながら大きく跳躍した後、落下の最中にいたグロスティーナを見事にキャッチ。お姫様抱っこになってしまった点が絵面的に悲惨だったが、その後の着地までをスムーズにやり遂げていた。

「オッドラッドさん、相方のグロスティーナさんの救助に向かったー！　これは熱い展開です！」

「暑苦しいの間違いでは？」

「そうとも言いますが、実際にこれは舞台への衝突からグロスティーナさんを助ける、素晴らしい行為と言えるでしょう！　残念ながら試合で活躍する機会のなかったオッドラッドさんですが、最後の最後に仲間を気遣う、良きチームプレイを見せてくれました！　心から拍手を送りたいです」

ランルルの目には、オッドラッドがグロスティーナを助けたように見えていた。実際、その認識は合っている。合っているが、試合が終わっているかどうかは、また別問題である。

「だから、まだだと言っているというに！　なあ、姉弟子！」

「……ぶっはぁ――――!?　げふっ、ごほっんんんっ！　ンンンッ！」

なんとオッドラッドの腕の中で、黒焦げ状態のグロスティーナが息を吹き返したのだ。体内から大量の黒煙を吐き出し、涙目になりながらも意識を覚醒させている。

「ハァッ!?　死なないようにちょっち手加減はしたけどさ、私らの電磁双星（マグネティックノヴァ）の直撃を受けて、何で起き上がるしっ!?　アレ、本当に人間!?」

「おかしいな。落下している間は、確かに瀕死状態だったと思うけど……」

上空より舞台へと落雷したリオンとラミが、グロスティーナの復活に驚く。この頃には黒焦げになっていた筈の肌までもが完治しており、元の筋肉美を曝け出す余裕まで見せていた。

「ななな、なんとグロスティーナさんが復活ぅ――――!?　これは一体どういう事だぁー!?」

ランルルの叫びと同じように、会場の観客達も同じ疑問を抱いていた。そしてその疑問は、思いの外早くに明かされる事となる。

「ふーっ、マジで危なかったわん、これ。川の向こうでゴルディアーナお姉様が手を振っていた気がしたもの。寸前のところで防御形態に移行できた私の肉体に、そして手加減してくれたリオンちゃん達に感謝しなくちゃ」

「ハッハー！　姉弟子、こっ酷くやられたな！　前以て仕込んでいた回復系の薬、今のでなくなっちまったぞ！」

「回復系の、薬……？」

オッドラッドの台詞に違和感を覚えるリオン。自由落下中のグロスティーナをオッドラッドが助ける場面はもちろん、地上に着地してからも、リオンは二人を注視し続けていた。しかし、オッドラッドが回復薬の類を使うようなシーンは、そのいずれにもなかったのだ。

「……もしかして、それがオッちゃんの力？」

「おお、その通りだぁ！　よく分かったなぁ、マスターの妹ぉ！　俺の固有スキルは『薬壺』！　肉体に薬の効力を宿し、適切なタイミングで放出する事ができるんだぁ！　今俺が宿している薬はマスターから貰った秘蔵の品、そして憤怒を食らう懇篤魔人を使えば、更に効力が増していくぅ！　まあ、回復系は姉弟子の復活で使い切ったけどなぁ！」

何もそこまで聞くつもりはなかったリオンであるが、勝手にオッドラッドがネタばらしをしてくれたので、何から何まで理解する事ができてしまう。

「な、なるほどね。グロちゃんが毒を撒いているのに、オッちゃんが平気そうにしているのは何でだろうって思っていたけど、その力で解毒していたんだ」

「その通――――り！」

「ちょっとー！　オッドラッドちゃんったら何でもかんでも答えちゃって、いくら何でも紳士過ぎぃ！　それに、こうして長話をしている間にも――」

話の途中であるが、リオンの手に、そしてラミの口元に、急速に魔力が集まっていく。

「――また魔法を使われちゃうわよん？」

「轟雷落士（フユーリーボルト）！」

「不和招く吐息（フォールアウト）！」

残り少ない魔力を掻（か）き集め、リオンとラミは勝負を決めにかかった。剣先の一点に雷のエネルギーを圧縮し、その剣を振るう事で稲妻が走り出すリオンの轟雷落士（フユーリーボルト）。体内にて帯電させていた電気を、息が続く限り息吹（ブレス）として全て吐き出すラミの不和招く吐息（フォールアウト）。リオン達の攻撃はここでも混ざり合い、一本の光線となって敵に向かって行った。

「番熊手掌打（くまさんふうのて）！」

「番熊手掌打（ばんゆうしゆしようだ）！」

閃光（せんこう）の如（ごと）き魔法と息吹（ブレス）に対し、グロスティーナ達の反応は迅速だった。予（あらかじ）め攻撃が来る事を予想していたんだろう。息を合わせ、波長を合わせ、対になる形でオーラを掻き集めた掌打を放ったのだ。巨大化した紫と緑の掌打が稲妻の光線と真っ向から衝突、その瞬間に舞台全体に亀裂が走り、結界内が光で満たされる。

「もうこの試合何回目か分かりませんけど、また眩しいっ！　目が、目が痛いレベルですっ！」

「クッ……！　で、ですが、その光も消えるようですよ……！」

「な、なんとっ！」

ミルキーが指摘した通り、舞台上の眩い光は徐々に弱まり始めていた。それから数秒もしないうちに、光は完全に消失。舞台の様子がまるっと見えるようになる。

「……やべぇ、本気でやべぇ威力だったぜ。思わず気を全部使っちまった。俺はもう、素っ裸だ」

「私もよん。で・も！　それはリオンちゃん達も同じみたい」

「うげぇ、ぎっづぅ……！」

「……」

双方、無傷のまま健在。舞台自体はその全てが修復中という酷い状況だが、先ほどの攻防は完全に互角で終わったようだ。但し、双方とも消耗は激しいようで、グロスティーナ達のオーラは完全に消失し、リオン達に至っては欠片の魔力も残っていない様子だ。

「私達はゴルディアの気を使い切った。リオンちゃん達は魔力の底が尽きた。じゃあ、ここからは純粋な斬り合いの殴り合いねん。私達の団結力、見せつけちゃうんだからっ！」

◇　◇　◇

それからの戦いは魔法抜き、ゴルディアによるオーラ抜きの、純粋な近接戦闘での勝負となった。

魔法は使えないものの、リオンとラミには序盤で施した稲妻超電導（ライトニングヴァスト）の効力が、そして魔剣カラドボルグには灯（とも）した稲妻がまだ残っており、能力の底上げという観点においては、リオン達が有利に立っている。また、ラミの息吹（ブレス）は生命エネルギーを変換して使う事もできる為、攻撃の手段もこちらが豊富だ。

一方、元より近接格闘術を主とするグロスティーナとオッドラッドにとって、この状況は願ったり叶（かな）ったりの好条件である。相手が魔法による補助効果を従えているとはいえ、それは獣王祭でも同じようなものだった。殴り合う前に使われた魔法ごと、敵を愛し粉砕する。そのスタイルこそがゴルディアなのだと、二つの筋肉は踊り狂う。

「うおおー！　手に汗握る素晴らしい戦いです！　昨今の戦闘は魔法が飛び交い、これこそが華と言わんばかりの試合が大多数でしたが、やはり試合は殴り合いの斬り合いに限りますね、ミルキー教官！」

「私に同意を求められても困ります。と言いますか、そろそろ落ち着いてくださいね、ランルルさん？　段々と貴女（あなた）の趣味嗜好（しこう）がダダ漏れになって来ていますよ？」

「おおっと、これは失礼致しました！　獣国ガウンの獣王祭を思わせる熱戦に、つい興奮の高まりがテンションマックス！　誰かガウンの就職先斡旋（あっせん）をしてくださーい！」

「ハッハッハ、良いぞー！」

「ランルルー！　うちの倅（せがれ）の嫁に来ーい！」

最早（もはや）ミルキーが忠告しても、ランルルの興奮が治まる気配はない。気高い位にいる筈の観客達も、そんなランルルの気質に当てられて、少しばかり羽目を外して来ている。

「もう……まあ、保護者の方々には好評のようですし、大目に見ますか。この試合が終われば、直ぐに元に戻るでしょうし」

「踊れ筋肉！　迸れ青春！」

「……戻りますよね？」

一抹の不安を覚えるミルキーであったが、そんな彼女の不安を余所に、試合は今も進行していく。

「やるわねぇ、リオンちゃん！　獣王祭で見せていた迷いや甘さ、完っ璧に克服してるじゃないのぉ！」

「グロちゃんこそ、いつの間にオッちゃんとのコンビネーションを鍛えたの!?　ケルにいも大喜びしているんじゃない!?」

「おうよ！　最近、俺を見るマスターの目が怖いぜ!?」

「やっべー、ギルド側って変態しかいないわー」

ケルヴィンの事はさて置き、リオンの指摘の通り、グロスティーナとオッドラッドの連携はずば抜けていた。互いが互いをフォローし、まるで本当に踊っているかのように……というよりも、本当にダンスをしながら戦っているのだが、これが侮れない。社交ダンスの如く相方の腰に手を回し、無駄とも思える回転を続け、手を組みながらの同時攻撃を放ち、時に相方を投げ飛ばす——このように次に何をして来るのか、行動が全く読み取れないのだ。その上、一見ふざけているようにしか思えないこの戦闘法も、なぜか異様に嚙み合っていた。

　もちろん、リオンとラミの連携も非常に高いレベルで纏まっている。現ルミエスト側のメンバーで、彼女ら以上に結束できる組み合わせはないくらいだ。しかし、しかしだ。そんなリオン達と比較したとしても、呼吸を合わせて二人の力を十全に発揮させるという意味では、グロスティーナ達が数段以上に上手と言わざるを得ない。純粋な実力ではリオン、ラミ、グロスティーナが拮抗し、その数段下にオッドラッドがいるという格付けだが、ゴルディアの結束はその実力差をイーブンへと押し上げていた。

「こっ！」

「のう！」

「なん！」

「のう！」

　斬撃打撃の嵐が激しく交差する。互角、何度やり合っても戦況は互角だ。攻撃を受けて傷付き、そのお返しに同等のダメージを与える。もうそんなやり取りが数え切れないほどに続いている。双方とも、この戦いで勝利をもぎ取る為にはもう一手、あと一手が足りない。

「なんとー！　均衡が崩れなーい！　まさかこの勝負、第二試合と同じく引き分けになってしまうのかぁー!?」

「とはいえ、両チームともそろそろ限界は近いでしょう。互角とはいえ、ダメージがない訳ではないのです」

「なるほど、決着は近いと？」

「恐らくは。疲労と共に蓄積した痛みは、一歩一歩着実に肉体を蝕んでいきますから」

ミルキーの解説は的を射ている。前半の魔法と気のぶつけ合い、そして後半の接近戦を経て、舞台上の四人は限界間際にまで達していた。あと一発でも攻撃をまともに受けてしまえば、戦闘不能に陥っても何らおかしくない状態だ。

……そして、勝負の決め手となる最後の一手が、ここに来て漸く訪れる。

（あ、あれっ……？）

（う、っそ、このタイミング、で……？）

それは微かな、ほんの微かな眠気だった。本来、高揚するこの戦場で起こる筈のない、とんでもなく場違いな睡眠欲。それらがこの肝心な場面で、リオンとラミを襲い始める。

意識が一瞬微睡みに囚われながらも、リオン達は攻撃の手を緩めなかった。普通であれば、この程度のラグは隙になり得ない。が、今回の戦いは互角の者同士が行う死闘、些細な過ちは取り返しのつかない失敗となり、自らに返って来る。

「あくまで保険のつもりだったのだけれどぉ、まさかここまでの熱戦になるとはねん」

「熱戦、良い言葉じゃねぇか！　俺は好きだぜぇ！」

「「――――ッ！」」

二人の攻撃が同時に弾かれ、大きな隙を晒してしまう。当然、この絶好のチャンスをグロスティーナ達が見逃す筈はなく、渾身の一撃をもって試合の幕切れとした。

「「オォラァッ！」」

一寸の狂いもなく放たれるは、猛烈な後ろ蹴り。リオンとラミの腹部に衝突した猛撃は、彼女らを舞台周りの結界にまで、容易に吹き飛ばした。

「き、決まったぁ――――！　テンポが早過ぎて残像しか見えませんでしたが、これ以上ないほどにクリティカルな当たりに感じられました！　ミルキー教官、これは……!?」

「ええ、ここに試合終了を宣言します」

その瞬間、会場に歓声が沸き上がった。最初こそ観客は皆、リオン達を応援していた訳だが、これだけの素晴らしい試合に魅せられた後となれば、誰が勝利したかなんて今はもう関係ない。ただ燃え上がる心に従い、勝者と敗者、その双方に声援と拍手を送る事で頭が一杯なのだ。それだけ観戦する側も満たされる戦いだった。

「……あんだけ崩れた姿勢から、やられる間際にカウンターを狙って来やがった。後一歩でも深く踏み込んでいたら、逆に俺がやられていたかもしれねぇ」

「私が攻撃した親友ちゃんもよぉ。もう、最後の最後に尻尾の変身を解除して、尾を叩き付けて来るなんて……ホンット、ファンタスティック！」

オッドラッドの左胸には、浅く剣で斬られた切り傷があり、一方のグロスティーナの頬も猛烈に叩き付けられたのか、大きく腫れ上がっていた。

「親友ちゃんが本当の姿で戦ってくれていたら、また違った結果になったかもね～。慣れない姿でチーム戦って、難易度高過ぎよぉ？」

「まあまあ、良いじゃねぇか！　それよりもマスターの妹よ、姉弟子の毒が効かねぇとは、凄まじい能力じゃねぇかぁ！　だが、薬はちゃんと効いたようだなぁ！　安心したぞぉ！」

　試合の序盤、オッドラッドのみが舞台に取り残されたあの場面。観客達までもがオッドラッドから目を離す最中に、彼はこっそりと憤怒を食らう懇篤魔人でとある薬品を空気中に放っていた。先ほどリオン達を襲った微睡みの正体は、正にそれだったのだ。

「とはいえ、使ったのはただの風邪薬だけどなぁ！　危険な薬物はマスター・ケルヴィンが使わせてくれんかった！」

「風邪薬って、服用したら眠くなるものねぇ。まっ、刺激のない薬だったからこそ、最後の最後まで気付かなかったのかしらん？　ケルヴィンちゃんに感謝しなく――あらん？」

　くねくねと体を捩らせようとしたグロスティーナであったが、不意に片膝を舞台へ付けてしまう。口調はいつも通りだが、肉体は正真正銘、限界であったようだ。

「……紙一重。そう、どちらに転んでもおかしくない、紙一重の勝負だったわん。でーもー、ちょっとだけ運が私達に味方して、ちょっとだけ下準備も勝っていたみたい。更なる成長を楽しみにしているわよぉ、小さな勇者さん♪」

◇　◇　◇

「み～んなぁ～、勝ったわよぉ～ん♡」

試合に勝利し、メンバーの下へと帰還したグロスティーナはご機嫌だった。猛烈な速度でスキップし、その勢いのまま皆の下へと駆け寄る。

「さっ、勝利の抱擁をお願い！」

皆の直前で急停止、目を閉じ両手を広げ始めるグロスティーナ。しかし、待てども待てども、お待ちかねの抱擁が来る気配はない。

「……あらん？　ねえ、抱擁はぁ？」

「いや、しねぇよ」

「す、すみません……」

「私もパスね～」

グロスティーナが目を開けると、部屋の端にまで離れた仲間達の姿があった。変人変態揃いのS級冒険者達も、流石に抱擁は避けたかったらしい。

「もう、照れ屋さんなんだからん！」

「ハッハー！　だが、俺らの初勝利には変わりない！　マスター・ケルヴィン、俺達はやったぞ！　そしてスズ、仇は取ったぞ！」

「ああ、その点に関しては素直に称賛するよ。リオンと竜王相手に、よく勝てたもんだ。……本当に強くなったよ、本当に。リオンを倒してくれた礼も、いつかしないとなぁ」

「はい、お二人とも素晴らしい戦い振りでした！……本当に、素晴らしい戦いで、嫉妬しちゃうくらいです。羨ましい」

「ハッハッハー、そうだろうそうだろう！」

両手を腰に当て、豪快に笑うオッドラッド。師と同期の弟子に褒められたのが、よほど嬉しかったのだろう。しかしその裏で師の口は若干吊り上がり、同期の弟子はジェラシー染みた圧力を放ち始めており……大きな功績を残した筈が、なぜか将来に暗雲立ち込めるオッドラッドであった。

「うげー、まさか試合の後にも働かされるとはねぇ……」

そうこうしているうちに、バッケが舞台の魔力補充係から解放されて帰って来ていた。

「ああ、バッケもお帰り。喜んでくれ、第三試合は勝ったぞ」

「知ってるよ、それなりに間近で見ていたからね。激戦の後で悪いけど、グロスとオッドラッドはあっちに……って、そういや二人とも、MPは高いのかい？」

「あら、突然の質問ねん。でも答えちゃう！　殆どないわん、魔法は使わないもの！」

「同じく、MPはないに等しいぜ！　俺はこの拳、そしてゴルディアがあれば十分だからなぁ！」

「あー、やっぱりかい。なら、別に向かわせなくても良いか」

「うん？　一体何の話かしらん？」

「いや、こっちの話だ。ま、タッグバトルであっちも二人いるんだし、何とかなるだろ。それよりもシン、次はアンタの番だっけ？　ギルドの総長様が負けるんじゃないよ」

シンに活を入れようとするバッケ。しかし、当のギルド総長はというと。

「すぱ～……え、何だって？」

懐から葉巻を取り出し、呑気に喫煙していた。シンが口から煙を吐き出すと、器用にもその煙は輪っかの形となって宙に舞い上がって行く。

「ったく、相変わらずマイペースなこって。最古のＳ級冒険者同士の戦い、精々堪能させてもらうとするよ」

「おいおい、レディに向かって歳の話をするとは失礼な。言っとくけど、アートの方が全然年上なんだからね？　そこは忘れないでほしいなぁ。すぱ～……」

「ハッ、そんだけ強気なら大丈夫か！　アタシはひと仕事した事だし、ここで酒でも飲んで見物させてもらうよ。なあ、誰か酒樽を持ってないかい？」

スパスパと葉巻をふかすシンと、ガブガブと酒を飲み始めるバッケ。ここが学園であるという配慮は、どうやらこの二人にはないらしい。

「スズ、シン総長ってそんな昔からいるのか？」

「私も正確な年齢は知らないのですが、少なくとも私が生まれる前から総長ではありましたね。噂によれば、パーズのミストギルド長よりも全然年上だとか――」

「――はーい、そこ！　私の話を聞いていたのかな？　試合前に私のやる気を削ぐような事はしないように！　歳の話、駄目絶対！」

口に葉巻を銜えながら、腕で大きく×を作り出すシン。

「ハァ、まったく。あがり症で人見知りな私だってのに、気分を落ち着かせている暇もないようだ。じゃ、そろそろ行って来るよ。ケルヴィン君、間接キスみたいになっちゃうけど、葉巻の残り吸う？」

「悪いけど、俺は葉巻（そういう）のは吸わないんだ」

「あら、残念。ぽいっと」

シンはそう言って、持っていた葉巻を宙に放り投げてしまう。

「おい、ポイ捨てなんてするな――っと!?」

すかさずケルヴィンが注意しようとするが、次の瞬間、その葉巻は宙に溶け込むようにして消えてしまっていた。当然床にも葉巻は落ちておらず、辺りを見回してもどこにも見当たらない。

（葉巻が消えた、いや、どこかに転移したような消え方だったな。総長の能力か？）

「アートが相手か～。ちゃんと蜂の巣にできるかな～っと」

◇　◇　◇

「クッソー、負けたぁ――――！」

「とっても強かった――――！」

ルミエスト側のメンバー控室に戻ったリオン達（たち）は、到着するなりそう叫んでいた。ルミエストにとって初の敗北となってしまったのが、よほど悔しかったのだろう。

「皆、ごめん！　負けちゃいました！」

「うー、でかい事言って負けちゃうとか、情けないし！……GM」

同時に、仲間達に向かって頭を下げる。

「リオン君、ラミ君、頭を上げ給え。私達の中に君達を責める者なんていないさ。いや、それにしても見応えのある、良い戦いだった」

「そうね。私と違って格下が相手だった訳でもないし、勝負内容自体どちらに転んでもおかしくないものだったわ。というか、変態が相手だった事を、心から不憫に思っているくらいよ」

「そうでごわすなぁ。拙者も勝利を持ち帰られなかった身、お二人の事をとやかく言える立場にありませぬ。そもそも、言う必要も皆無じゃけぇ」

そんなリオンらに対し、メンバー達はむしろ素晴らしい戦いであったと、温かく迎え入れてくれた。

「えと、す、凄い試合でした、です……！」

但し、最後の試合を任せられているクロメルだけは、少し落ち着かない様子だ。頑張って笑顔を作ってはいるが、どこかぎこちなさが拭えない。

それもその筈だろう。対抗戦におけるこれまでの成績は、一勝一敗一引き分け。アートが担当する第四試合がどのような結果になったとしても、ルミエストが勝利できるかどうかは、クロメルにかかっていると言っても過言ではなくなってしまったのだ。

「クロメル、勝負を決められなくてごめんね？　僕達で少しでも負担を減らせれば良かったんだけど、逆にプレッシャーをかける結果になっちゃって……」

「マジGM、クロちゃん！　私ってばマジ駄目な子！」

「そそそ、そんな事ないです！　わたわた、私は大丈夫ですですし！」

見るからに大丈夫ではなかった。ラミに抱き着かれ頬ずりをかまされるが、その間もクロメルの表情は非常に硬い。

「あ、私、ちょっとお花を摘みに行ってきますね。失礼します、です」

そう言って、クロメルはとてとてと控室を出て行ってしまった。

「……緊張されておりますなぁ」

「仕方ないよ。最後の試合なんて、僕だって緊張すると思うもん」

「いえ、今のリオンならそんな事ないでしょ。嬉々として戦うでしょ」

「そ、それこそ、そんな事はないよ!?」

「むー、尚更負けたのが悔しいし。あんの筋肉お化け～～～！」

「……教官とは学生を支える為の存在。ならば、私がその本分を果たそうじゃないか。クロメル君の負担が少なくなるように、次の試合は私が必ず勝利する！」

颯爽と立ち上がるアート。その姿は指導者として正しく、非常に頼りになるものであった。

「では、行って来る。私の勝利を祈っていてくれ給え」

「「……」」

……全身が金ピカでなければ。

対抗戦第四試合、ミルキーに名前を読み上げられたシンとアートは、間髪を容れずに舞台へと入場。そして超特急で視線を衝突させ、猛烈な火花を散らしていた。

「ええ、ええ……そうですか、リオンさんとラミさんの配置が完了したと。分かりました」

「ミルキー教官？　如何されました？」

「いえ、リオンさん達は大丈夫かなと、医療班と連絡を取っていたところです。話によれば、健康面に問題はないようですよ。お二人とも回復が早かったようで、直ぐにでも動けるそうです」

「なるほど、流石はミルキー教官！　生徒の安全を確認されていたのですね！」

「フフ、運営に携わる者として当然ですよ。それよりも司会進行を進めませんか？　舞台上のお二人、そろそろ勝手に始めてしまいそうですよ？」

「なんと!?」

　ランルルが舞台に視線を戻す。するとそこには大剣を構え、今にも斬りかかりそうになっているシンと、両手に強大な魔力を集め、今にも魔法をぶっ放しそうになっているアートの姿が。

「おいおい、そんな魔力を渦巻かせて、開始の宣言前からどうしようっていうのかな？　まさかルミエストの学院長ともあろうアートさんが、フライングからの不意打ちをしちゃうのかな？　大切な生徒達と保護者の方々の前で？」

「ハッハハ、面白い事を言うものだ。またジョークの腕前を上げたんじゃないかい？　それとも、年の功というものなのかな？　私は君のフライングからの不意打ちに備えて、こうしてやりたくもない迎撃の準備をしているだけだ。もう良い歳という年齢も過ぎているのだから、それくらいは察してほしいものだ」

「その言葉、そっくりそのままお返ししたいな。備えているのは私の方だ」

「いいや、私に決まっている。なんなら学院長の座を懸けても良い」

　そろそろ散っている火花が、盛大な花火に発展しそうだった。

「うわぁ、これは凄い事になっていますね……あのお二人、毎年対抗戦の時期になると何かと争っているのが風物詩となっているのですが、過去に何かあったのでしょうか？」

「さあ、どうなんでしょうね？　誰から見ても低レベルな戦いで、非常に愚かしいという事だけは分かるのですが」

「おーい、解説席に座ってるミルキーくーん？　好き勝手言ってくれちゃってるけどさぁ

～？　私がこの場で、狂犬時代の君の秘密をバラしちゃっても良いんだよ～？」

「……（スッ）」

「ミルキー教官!?　あの、無言のまま立ち上がらないで頂けますか!?　笑顔が凝固してますよ!?」

言い争いは解説席までをも巻き込み、会場は更に混沌としていた。その様子を見ていた対抗戦のメンバー達も、何事かと首を傾げている。

「んん～、あまりスマートな会話とは言えないわねん」

「そうなんだよ。なぜかは知らないけど、この時期のシンはいつもあんな感じなんだよねぇ。アートとできていたのかねぇ？」

「バ、バッケさん、失礼ですよ……！　ですが、あんなにも攻撃的な総長は、私も初めて目にします。だ、男女の関係は兎も角として、本当に何かあったのでしょうか？　マスター・ケルヴィンはどう思われますか？」

「……」

「……？　マスター・ケルヴィン？」

スズに声を掛けられるが、何やら悩んでいる様子のケルヴィンは一向に反応を示さない。それもその筈、この時のケルヴィンは自身の固有スキルである並列思考をフル活用してまで、とある事について頭を悩ませていたのだ。

（第四試合の相手はアート、という事は最終試合に出る俺の相手は必然的にクロメルだろう。いや、別に強そうな奴と戦えなくて残念とか、そういう気持ちは……ないと言ったら嘘になるが、今俺が抱えている問題はそこではないんだ。クロメルを他の奴らと本気で戦わせる事を回避できただけでも、大変に意味のある事ではある。だが問題は、俺がクロメルとどう戦うべきかという事！　クロメルに怪我をさせるのは論外だが、あまり手加減が過ぎるとパパ、クロメルに嫌われちゃうんじゃないか？　あれだけ聡明な子なんだ、小手先の誤魔化しは通用しないだろう。Ｓ級冒険者らしくそれなりの実力を見せて、且つ無傷のままクロメルを圧倒する？　けれどけれど、あまりに一方的な試合展開になれば学園でのクロメルの立場ががががががっ！）

（マ、マスターが何かに悩まれてる！　ここまで苦悶されているなんて、恐らくは私が想像もつかない、次元の異なる問題を抱えているんですね！　マスター、私は何もお助けできませんが、せめて心の中で応援させて頂きます！　頑張ってください！　フレッ、フレッ！）

――とまあ、試合を見守る側も見守る側で、なかなかにカオスであった。

「ああ、もう！　私の手に負えなくなって来ましたので、始めてしまいますよ!?　はーい、試合開始ぃ！」

　立ち上がったミルキーの腰にしがみ付きながら、ランルルが決死の試合開始宣言を決行。流れでやってしまった試合開始であるが、結果としてこれは最善のタイミングであった。なぜならば、その宣言は偶然であったとはいえ、シンとアートが得物と魔法を放ったのと、全く同じタイミングであったからだ。

「「死ねぇ！」」

シンの持つ大剣は、以前ギルド本部でケルヴィンに不意打ちした際にも使用した、『ハザードクラスター』という武器だ。刃先に弾丸発射用の筒を備え、猛毒を周辺に撒き散らすという、大変に危険な代物である。シンはその得物を何の躊躇もなく振り下ろし、また弾丸をぶっ放した。

対するアートは両手に集めていた魔力を用い、右手と左手で異なる魔法を発動。赤と青の光が輝いた刹那、眼前のシンに向かって無数の鳥を模った炎と水が飛来する。エフィルの多重炎鳥に似たそれら魔法は、一瞬にして舞台上を覆い尽くす。

「ここ、これはフライングぅ――――!? いえ、私の宣言と同時に攻撃したのでしょうか!? 解説のミルキー教官、その辺どうなんでしょう!?」

「……」

「ミルキー教官、そろそろ理性を取り戻して！ 私を引き摺らないで席に戻って――――！」

現在実況のランルルは席から大きく離れ、摑んだミルキーに引き摺られて舞台へと向かっていた。学園側もこれは止めないと不味いと思い至ったのか、教官のアーチェが二人の下へと駆け寄り、説得を試みている。

「また毒か。先ほどの試合もそうだが、学び舎でそのようなものは使ってほしくはないものだな。性格の悪さが滲み出ているぞ？」

「魔法はよくて毒は駄目なのかい？　指導者がそんな差別をするとは、ルミエストも落ちたものだね。自分の無能を棚に上げないでくれる？」

「「……（イラッ）」」

舞台外でのトラブルを余所に、シンとアートは本格的な戦いを開始。これまで培った恨みが攻撃に上乗せされ、二人の攻防は指導者と総長らしからぬ大人気ないものへ——つまるところ、最早舞台や周辺の結界への被害について、全く配慮しないレベルへと至っていた。

「くふふ、ふざけた得物も持って来たね。そんなんで私に勝つつもりなのかな？　それとも、演奏の一つでも披露してくれるつもり？　なら、私の勝利を祝うファンファーレでも奏でてよ」

「断固拒否するし、私は至って真面目さ。君こそ、また目新しい武器を持って来たものだな。一体どこの腕利きの鍛冶師が鍛え上げた？　『工匠の父』と謳われるドワーフ職人あたりの作か？」

猛毒の煙、そして赤と青の鳥達が消え去り、ズタボロにされた舞台の上に二人の姿が現れる。二人は姿が見えない中でも言い争いを続けていたようで、言葉のドッジボールは未だに終わる気配を見せない。ただ、そんな二人の手には新たな得物が見受けられた。シンの左手には明らかに銃の形状をした火器が、アートの手にはギターに似た撥弦楽器があり、今正にそれらを使おうとしているところだった。

◇　◇　◇

　シンとアートの因縁は数百年も昔に遡る。当時、まだお互いが冒険者でもなかった若かりし頃——とは言っても、その頃既にシンは神の使徒として活動し、アートはダークエルフの長として里を統治する立場にあった。そんな二人の初対面にて、事件は早速起こってしまう。それはとある任務の関係で、シンがダークエルフの里を訪れていた時の事であった。

『うーん、君、眼鏡のセンスないんじゃない？　変に分厚いし、何だか瓶の底みたいだよ？』

『『『——!?』』』

　排他的なダークエルフを口八丁手八丁で言い包め、無理矢理族長のアートと対面したシンが、突然そんな爆弾発言をぶっ放したのだ。彼女としては思った事を素直に言っただけなんだろうが、アートを含め、この時のダークエルフ達の衝撃は凄まじいものだった。

　世界で最も容姿の美しい種族は何か？　そう問われれば、大半の者はエルフの名を、或いはダークエルフの名を口にするだろう。それ故に悪党に狙われるなど、長い歴史において何度も種族間の軋轢を生んだ要因となるほどに、この二種族は美し過ぎた。

　そんな美し過ぎるダークエルフの中でも、アートの美貌は頭一つ抜けたもので、里内で秘密裏に行われている美エルフコンテストでは、毎年優勝を掻っ攫うほどのものであった。だからこそ、他のダークエルフ達はアートのファッションセンスを含めた美しさこそが、美の全てだと信じて疑わなかったのだが——

『えっ、皆がそんな変な格好をしてるのって、もしかして族長を真似てるの？　あちゃー』

『『『——！！？？』』』

——里が閉鎖的で、外界との繋がりが薄かったのも原因の一つだろう。ただ一つ言えるのは、この頃からアートのセンスは独自性が強く、一般的な感性からは程遠いものだったという事だ。つまり、控えめに言ってダサかったのである。しかし、そこは思っても口にしないのが普通だろう。

『その服もないよー。何で袖がギザギザになってるの？　自分で引き裂いたの？　え、マジで？』

『『『——！！！？？？』』』

だが、シンは普通ではないし容赦もしない。自分が我慢するくらいなら、全てをかなぐり捨ててしまう自由な人物であった。というのも、この頃からシンは超自由人であり、使徒としての使命も気分でやったりやらなかったりと、本当に自分に素直な性格だったのだ。任務中、各所で今回のような問題を起こす事などざらで、これまで幾柱もの使徒を統括して来たアイリスが、火消しの為に日々頭を悩ませていたほどだ。

それでも長年に亘って使徒として働けて来られたのは、それだけの実力と能力があったからだ。今でこそ『選定者』の前身としての力は消失してしまったが、当時の彼女は組織の要として、問題を起こすのと同じくらいに活躍していた。……しかし、流石にこれ以上は無理だとアイリスが匙を投げて、リオルドと交代する形で使徒を引退していたりもする。彼女としては円満な退職だと思ってるようだが、実際のところはリストラに近かった。

とまあ、そんな彼女が正直な気持ちを連呼してしまったものだから、アートのファッションセンスの悪さが里の皆にバレてしまった訳だ。流石に最初は戯言であると、シンの言葉を信じる者はいなかったのだが、またしても口八丁手八丁な彼女は、無駄に根気強くダークエルフ達を信じさせてしまった。その後、アートはすっかりと自信をなくして寝込んでしまい、暫くして族長としての地位を辞して旅に出たという。センスを磨き己の自信を取り戻す為に、そして仇敵であるシンを見返す為に。

ちなみに、二人以外にこのふざけた因縁を知る者は、今となっては殆どいない。知っているとすれば、かつて神の使徒を束ねていたアイリス（現シスター・エレン）くらいなものだろうか。今でこそ多少は落ち着いた（？）二人であるが、積もりに積もった恨みとは恐ろしいもので、かつては洒落にならないレベルでの殺し合いに発展した事もあったようだ。例えば、こんな事件がある。それはシンがギルドの総長に就任し、本部にアートを招集した時の事だった。

『これから冒険者の頂点になる奴にさー、私が直々に二つ名を付けようと思うんだよねー。

何か格好良いし、インパクトがあって良いよね！　こう、毎年年刊誌みたいなのを出してさ、馬鹿な事を考える各国に注意喚起するの。あ、私、イラストも描いちゃおうかなっ！』

『……おい、そんな事の為に私は呼ばれたのか？　大事な話ができたからと聞いて、わざわざ来てやったんだぞ？』

『いやいや、これだって最上級に大事な話じゃん？　今後の冒険者ギルドの在り方が、すっげぇイカした感じで変わるんだよ？　一種の革命だよ!?』

『ハァ……で、だからどうしたと言うのだ。別に私の賛同が欲しい訳ではなかろう？』

『ああ、うん、それは全然いらない。ノーセンキュー』

『……』

『そんな怖い顔しないでよー。一応、アートもS級冒険者の立場に居るからね。二つ名をくれてやろうと思いまして。あ、ちなみに私の二つ名は『不羈』ね。何者にも束縛されない自由なる風って感じで、正に冒険者の象徴として相応しい名じゃない？』

『周りの気苦労を気にもせず、どこまでも馬鹿という意味ではそうだろうな』

『あ、そんな事言っちゃう？　良いのかな～？　アートの二つ名、変なのにしちゃうよ？昔のファッションセンス並みに、恥ずかしいのにしちゃうよ？』

『ふん、挑発には乗らん。大方、己のセンスのなさを私の過去に擦り付けたいんだろうが、公表前からそんな保険を掛けているあたり、大した二つ名は思い浮かばなかったんだろう？　どれ、聞いてやろうではないか。貴様が一生懸命に考えた、私の二つ名とやらを』

『……『縁無』』

『は？　おい、今何と言った？』

『だから、縁なし眼鏡で『縁無』だって。見たまんまだし、分かりやすくて良いよね？　実はアートが来てから考えようと思ってさ、今三秒くらい考えて、思い付きで決めちゃった！　はい、これで決定～！　いやー、瓶底眼鏡からお洒落にジョブチェンジしてくれて、私も鼻が高いよ、『縁無』！』

『……なるほど、有象無象の縁に囚われず、縁が無いほどに無限の才能に溢れていると、ある種、『不羈』のお前よりも圧倒的に上で自由なる存在であると、つまりそう言いたい訳だな？』

『はい？　おーい、勝手な解釈を挟むなよ。そんな意味合い微塵もないよ。頭にハレーションを起こしてしまったんですか？　お薬出します？』

『フッ、真実を突きつけられたからといって、そんなに僻むものではないぞ。これだからお子様は困る』

『『……死ねぇ！』』

以降、二人は無人島にわざわざ移動してまで、三日三晩にも及ぶバトルを行ったという。このような本当に些細な事で、それも小学生レベルの口喧嘩からマジな殺し合いに発展するものだから、周りの面々の苦労が計り知れないのは、最早言うまでもないだろう。但し、その後はアートがルミエストの学院長に就任し、シンもギルドでの仕事が本格的に忙しくなったのもあり、二人の関係は適度に（？）火花をバチバチさせる程度に落ち着いていったようだ。

「アートさあ！　自分はお洒落になったと勘違いしてるみたいだけど、その格好は本気でどうかと思うよ!?　全身金ぴかとか、どこの成金だっての！　女装はガウンとこの獣王とキャラ被(かぶ)ってるし！」

「これは私の生徒より受け継いだ意志の表れだ！　そんな事も分からないとは、やはりお前は人の上に立つべきではなかったようだな！　自由と勝手を履き違えるな！　あと、これは女装ではない！　歴(れっき)としたお洒落だぁ！」

「うっさい撃ち殺されろ！」

「お前が射殺されろ！」

……やっぱり、落ち着いていないかもしれない。

程度の低い口撃合戦は兎(と)も角(かく)として、二人の間で行われる攻防は息つく暇もなく、S級冒険者であるケルヴィンやバッケ達の目から見ても、大変に熾烈(しれつ)なものと化していた。

「宙跳ぶ弾丸(ジャンプバレット)！」

見当外れな方向に向けた銃剣、及び銃で弾丸を発射するシン。そのまま直進すれば舞台や周りの障壁に当たっていたであろう二つの弾丸は、発射された直後にその軌道上から姿を消してしまう。

「またそれか！」

アートが咄嗟の回避行動を行うと、先ほどまで彼が居た場所の背後より、消えた二つの弾丸がその空間を貫いていた。まるで弾丸が空中で転移して、アートに奇襲を仕掛けたかのような攻撃だ。しかしこれは比喩ではなく、シンの弾丸は本当に転移していたのだ。

神の使徒を引退後、シンはギフトとしてアイリスより賜っていた固有スキルを返す代わりに、別の固有スキルを会得していた。それが現在も彼女が使用している、『的外』の力である。

この固有スキルはシンが投擲したり、銃や弓といった射出武器で放ったりした攻撃に、とある能力を付与する。それは狙った対象に当たるまで、延々と追跡を繰り返す百発百中の力。たとえ銃身を明後日の方向に向けて弾を放ったとしても、その攻撃は偶然に発生した小さなワープゾーンへと飲み込まれ、奇跡的に対象に当たるであろう場所へと吐き出されるなどして、その軌道を変えてしまう事ができるのだ。更に、その偶然と奇跡を越えてやって来た弾丸を躱したとしても、シンの能力はまだ終わらない。何せ、この力は当たるまで続くのだから。

――キキィン！

「ッ⁉」

横に跳び不意打ちを躱した筈のアートであったが、今度はそれらの弾丸が舞台に当たる事で跳弾、再びアートが逃れた方向へと矛先を変化させる。恐らく、この跳弾をもう何度躱したところで、弾丸が止まる事はないだろう。謎の奇跡的な力が働いて弾丸の威力は落ちないし、偶然が積み重なってその矛先がアートを見失う事もない。言ってしまえばシンのテリトリー（少なくとも舞台上は全範囲）に居る限り、この攻撃は獲物にヒットするまで永続的なのだ。また、その力を宿させる弾数も異常だった。

――ダァンダァンダァン！

シンが追加となる弾丸を、再び的外れな方向へと打ち続ける。今度は自らの死角でもある真後ろに向かってであった。

（それでも弾丸は勝手に私をロックオンする。自分の体で弾丸の姿を遮って、消えるタイミングを見せない魂胆か。いつもの如く、美しくない戦い方だ。しかし、厄介なのもまた事実。普通に考えれば撃ち落とすのが有効策なんだろうが、消滅レベルで完全に破壊しない限り、粉々にしたところであの攻撃は私を追い続ける。運悪く分散して、攻撃の手が増えるのはよろしくない。しかもこれまでの経験上、あの弾丸の破壊は高確率で上手くいかない。十中八九中途半端に破壊されて、小さな破片になるのが関の山だ。恐らくはステータスの幸運値が絡んでいるんだろうが、さて……）

思考を巡らせるアート。これまでの経験から推測する彼の考えは、ほぼほぼ正解を的中させていた。アートが思っている通り、シンの『的外』の不可思議現象には幸運が深く関わっている。言うなれば、刀哉(とうや)やセルジュが持つ『絶対福音』を攻撃の一部に特化させた力なのだ。躱せば何かしらの理由で追いかけて来るし、破壊したとしても少しでも弾丸の残骸が残っていれば、その残骸全てが再び追って来る。しかも前述の通り、どんな方法で弾丸を迎撃したとしても、奇跡と偶然が絡まって残骸が残る事が殆どと来たものだ。躱すも解決にならず、破壊するにも分の悪い賭け。結果、現状の理不尽を押し付けられている訳である。

しかしその間にも攻撃は止まらず、尚(なお)も襲い掛かる弾丸の数は増えている。試合が開始されてから、先ほどの銃撃で計百四十四発の弾丸が解き放たれた。そして、その百四十四発の弾丸は全弾、今もこの舞台上で躍り狂っているのだ。あらゆる場所で転移と跳弾が起こって、最早(もはや)舞台上は収拾がつかない様相を呈している。

「そんな面白い力があったのなら、俺との時にも使ってろよ！　狡(ずる)いぞ、アートばっかり！」

客席でとある召喚士が大声を上げて注目を集めているが、この戦いにはあまり関係がないので割愛する。

「いい加減一発くらいまともに当たりなよ、アート！　掠(かす)ったくらいじゃ、私の宙跳ぶ弾丸(ジャンプバレット)は止まらないぞ！」

「フッ、そういう事は掠らせてから言うものだ！」

話を戻そう。そんな混沌(こんとん)とした戦場に身を置いているというのに、アートは未(いま)だに一つの傷も負っていなかった。それもそうだろう。シンが固有スキルを発動しているのに対し、彼も彼で固有スキルを発動させていたのだ。

「ったく、私の教え子の教え子じゃあるまいし、過度に避けるのも大概にしてほしいものだなっ！」

「誰の事だがさっぱりだが、さぞ苦労したんだろうな、その教え子達はっ！」

「うおお、アンジェみたいに避けまくってる！　どんな能力なんだ!?　気になるぞ、気になる！　おい、そこを代わってくれ、シン総長！」

……一部の客席より、今度は地団駄を踏む音も聞こえて来た。しかしながら、例の如く割愛。

再び話を戻す。アートの固有スキルは『紙一重』、彼が持つ危険を回避する系統のスキルを底上げし、その全てを上位のスキルへと押し上げる能力だ。仮にアートが『危険察知』を持っていたとすれば、それは『危険全知』へ、『心眼』であれば『真眼』へと進化する訳だ。またアートが持つそれらスキルは当然S級だ。上位かつS級の回避スキルを総動員させ、アートは爽やかな汗を迸らせながら、この難局を逃れていたのである。本気で攻撃を躱すアートは、それはもう気味が悪いくらいに攻撃が当たらない。

「相変わらず気味が悪いし気持ちも悪い！　私に対する嫌がらせみたいな能力だよね、それ！」

「フン、誰が親切に当たってやるものか。数を増やすだけでなく、数発だけ毒を混ぜる卑怯者の攻撃になんてな！」

「あ、バレてた？」

シンの銃剣ハザードクラスターには、ケルヴィンを襲った時にも使用した、毒ガスを含んだ弾丸が数発だけ装塡されていた。本来であれば着弾した瞬間に毒素を撒き散らすこの弾丸であるが、今回はシンの『的外』が発動している為、不思議と破損しないまま通常の弾丸の中にこっそりと交じって、アートを追いかけ回していたのだ。

だが、アートもただ攻撃を躱していただけではない。その最中にも楽器を鳴らし、軽やかに演奏を行っていた。

「君こそ、そう遠慮しなくたっていい。こんな間近で私の哀楽の二重奏を聞き続けるのは辛いだろう？　ほら、早く楽になると良い。さっさと射貫かれろ」

「くふふ、やなこった！」

アートは『演奏』スキルの達人であり、彼が奏でる曲は人の感情を揺さぶるとまで言われている。しかもだ、不思議な事に曲を聴く者によって、その曲調は違った風に聞こえるのだという。その効力はステータスにもハッキリと表れ、仲間には全ての能力に劇的なまでの向上をもたらし、敵には全能力を著しく低下させるデバフが与えられる。そして当然この場合、シンに与えられるのは後者の効果だ。

「しっかし、相変わらず下っ手くそな演奏だなぁ。それにさぁ、楽器の弦で攻撃をぶっ放すの止めてくれない？　そこは常識的にいこうよ？」

「貴様にだけは、言われたくないッ！」

猛りと共にアートが楽器の弦を弾くと、そこより出でた何かが、高速でシンに迫って行った。

時間を少し巻き戻し、場面を迷宮国パブに移す。金雀の宿に滞在するエフィルはお腹の子供の事もあり、今回はここで留守番を任される事となった。彼女と共に宿に残るのは、学園都市ルミエストにあまり関心を示さず、それよりもご飯（野菜・米・甘味）の事で頭が一杯で、それ以上にエフィルの事が大好きな竜王ズの面々。そして誰よりも何よりもご飯（全部）の事で頭が一杯な、元転生神のメルであった。

「メル様、よろしかったのですか？」

「ンング？　ングング……何がでしょうか？」

ソファーに座り編み物をしていたエフィルが、間食（テラ盛り）をしていたメルに問い掛ける。

「いえ、クロメル様も対抗戦に出場されるのですから、ご主人様と共にルミエストへ向かった方が良かったのではないかと、そう思いまして」

「ああ、それなら大丈夫ですよ。保護者という立場では大勢が向かいましたし、アンジェにもよろしくやるよう伝えていますからね」

今回の留守番にはアンジェも残ろうとしてくれていたのだが、元ギルド職員&元神の使徒というシンとの繋がりもあって、どうにも断れなかったらしい。現在はこの場に居ない面子と共に、こっそりとどこかで対抗戦の観戦を行っているところである。

「ですが……」

「フフッ、そう心配せずともクロメルは私に似て聡明な子ですから、きっと事情を察してくれるでしょう。それに、パパに似てとっても強いんです。心配する要素が見当たりません。フフン！」

メルは頬に食べ物を詰め込みながら、器用に鼻息を荒くしている。ケルヴィンが重度の子煩悩である事は周知の事実であったが、どうやらメルも結構な親馬鹿であったようだ。

「そうそう、エフィル姐さんは余計な心配をしないで、安静に努めるべき。はむっ！」

「んだなぁ。姐さんに何かあったら、おで達が申し訳、立だねぇよぉ。ハグッ、ハグッ！」

「ッスね～。あっちにはケルヴィンの兄貴の他にも、ジェラールの旦那やセラ姐さんの親父さんも行ってるんスよ？　世界最強の保護者団ッスわ。パキッ！」

そんなメルに乗っかるのは、各々の好物を口にする竜王ズ、ムドファラク、ボガ、ダハクの三体だった。金雀で出される料理は竜王の舌をも唸らせる出来のようで、概ね満足しているようである。

「そ、それはそれで相手方に粗相がないか、少々心配ではあるのですが……」

当然の心配であった。親馬鹿&爺馬鹿×2の相乗効果によって、一体どんな化学反応が起こるのか、予想なんてできよう筈がない。

「ですから、エフィルは心配し過ぎなんです。如何にクロメルやリオン、ベルが可愛いからといっても、立場と場は弁えますよ、流石に。ダハク達もそう思うでしょう？」

「……よくよく考えれば、信頼して良いのか疑問になってきた」

「極めに極めているからなぁ。エフィル姐さんが不安になる気持ち、嫌ってほど気付かされたぜ」

「おで、凄く心配」

「……ほら、ダハク達もこう言っている事ですし！」

「メル様、会話内容を改竄されるのは如何なものかと」

好物に夢中だった竜王ズも、ここに来て正気に戻ったようだ。

「まったく、我が家の者達は心配性で家族思いなんですから。リオンはあれでも戦闘経験が豊富ですし、ベルに関しては言うまでもありません。クロメルはクロメルで持っていますからね。ひょっとしたら、パパと戦う事になっているかもしれませんよ？　ほら、そうすれば爺馬鹿達の怒りの矛先は、自然とパパの方へ――」

「――そうなった場合、ご主人様はクロメル様との戦い方に悩まれるでしょうし、ジェラールさんとグスタフ様との戦いを前に、冷静さを保てるでしょうか？　うう、とても怪しいところです。そんな時だからこそ、私がご主人様のお役に立ちたい、支えたい……！」

ふとしたメルの言葉を受け、ご奉仕禁断症状が発症してしまうエフィル。

「メル姐さんがエフィル姐さんの不安を煽った。それはいけない」

「駄目ッスよ、メル姐さん。兄貴と離れ離れになってるエフィル姐さんの気持ちも考えてくださいよ」

「メル姐さん、軽率、なんだな……」

「あの、一応私も妻として離れ離れな立場なんですけど？」

想い人への愛は誰にも負けないと自負しているメルは、どこか納得していない様子だった。まあ、実際問題世界を揺るがすほどに重い愛を持っているのだが、日頃の行い（食）への印象が強過ぎて、いまいち竜王ズには浸透していないようである。

「エフィル姐さん、安心して。姐さんの想いは、主になくてはならないもの。どんなに離れていても、それは絶対不変。気遣い優しさ甘いお菓子、そしてオンリーワンな弓術に並ぶ者なし。イコール、主も夢中。私も夢中パンケーキ」

「そうだそうだ！　天下一の野菜スティック！」

「んだんだ！　炊き立てご飯！」

「そ、そうでしょうか？　そうだと、嬉しいのですが……」

治まりの気配を見せるエフィルのご奉仕禁断症状。但し、空気が読めなかった元女神様はここでも口を滑らせてしまったようで。

「あ、でも弓術でしたら、エフィルに並ぶ傑物が居ましたね、確かルミエストに」

「あうあっ……」

「「「メル姐さん!?」」」

メルに悪意はない。ただ、致命的に空気が読めないだけなのである。転生神を止めて半ニート生活になってからというもの、最近になってその兆しが顕著になってしまったのである。

「エフィルは弓術に炎の魔法を組み合わせ、更には火竜王の加護を下地にしていますので、他の者では真似ができない、とんでもない火力を叩き出します。どこまで影響を与えているかは分かりませんが、調理技術における火の扱いの上手さも、巧みな技術に影響を与えているのでしょう。単純な殲滅力ならば、私達の中でも随一です。ええ、私は理解していますよ、エフィル。そんな超火力弓術と肩を並べる者が存在するとなれば、エフィルがそこまで気になるのも、ある種仕方のない事でしょう」

「さ、流石はメル姐さんだぜ。何と言われようと、全部説明する気だ……!」

「というか、エフィル姐さんが動揺している理由自体、ちょっと勘違いしている」

『彼の名はアート・デザイア、ルミエスト学院長であり『縁無』の名を冠するS級冒険者です。ダークエルフの里を取り纏める族長でありながら、ある日を境に里を抜け出した彼の経歴はかなり特殊なもので――』

((――経歴から語り始めた……!))

暇を持て余したメルの口は止まらない。ただ、このまま語らせると長くなる為、メルの話はざっくりと要約。

「へえ。つまるところ、そのアートって奴はエフィル姐さんと同じく、弓術に魔法を付与するんスか！」

「しかも扱う魔法は全属性。私よりも属性が多いとか、かなり猪口才」

「それも矢を放つのは弓からではなく、楽器の弦からですか。実際に放っている姿が想像できませんね。更にはそこに演奏のスキルを組み合わせるらしいですし、私には真似できそうにないです……」

「まあ彼が放つのは実際の矢ではなく、完全に魔法で生成した矢ですからね。厳密に言えば矢に魔法を付与しているのではなく、弓術という発射形体に魔法を利用しているようなものです」

「でも、でもよぉ。全部の属性⁉って、五個の魔法に、もっと一杯の属性って事、だよなぁ？　それって、器用貧乏って事じゃ……⁉」

「「「えっ？」」」

ボガのふとした一言に、エフィルやダハク達が振り返る。メルだけは茶をすすりながら、ボガが気付いた事に感心しているようだった。

◇　◇　◇

　舞台の上は数え切れないほどの弾丸と、七色の矢で一杯になっていた。あ、いや、八色の矢だったかな？　シン総長とアートの戦いは、兎にも角にも攻撃の密度が濃い。限られた空間での戦いってのも理由の一つなんだろうが、それ以上に二人とも攻撃をぶっ放すし、同じくらいに攻撃を避ける。もう躱す隙間も攻撃を増やす隙間もないってのに、よくやるものだ。

「それだけに惜しい、俺があの場に居ない事が口惜しいぃぃぃ……！」

「おい、ケルヴィン。歯ぁ食いしばり過ぎて、口から血が垂れてるよ？」

「マスター、私のハンカチをどうぞ！」

　スズからハンカチを受け取り、血を拭う。いかんいかん、つい本能が剥き出しになってしまった。頭では納得していたつもりだったが、俺の肉体の方が理解してくれていなかったようだ。まったく、困った奴だ。

　にしても、シン総長の能力には驚かされたな。喩えるなら、セルジュの幸運能力を攻撃にのみ特化させたとか、そういう感じ。周りの敵味方には一切効果を及ぼさないけど、自分の攻撃にはこれでもかとばかりに幸運効果を詰め込んでいやがる。それによって引き起こされるのは、セルジュ以上に不自然な怪現象の数々だ。跳弾はまだ良いとしても、簡易的な転移門が発生するのは本当に意味が分からない。しかも試合開始から放った弾丸全てに付与しているらしく、今のところ数の制限も見当たらないと来たものだ。

「流石は最古参のS級冒険者だ。シン総長、長年の活動に見合う能力の鍛え方をしているじゃないか！」

「あら、ケルヴィンちゃん。女の子に向かって歳の話題はNGよん？」

「マスター、ハラスメント関連の本は持っていないので、代わりにこの本をどうぞ！」

スズからビジネスマナー関連の書籍を受け取り、軽くページをめくる。いかんいかん、つい口が滑ってしまった。理知的な戦闘狂たるもの、その辺のマナーにも気を付けなくては。……スズ、よくこんな本を持ち歩いていたな。ギルド長も苦労してるって事なんだろうか？　よし、俺は絶対ならんでおこう。

それはさて置き、アートも魅せてくれるよな。あれだけの弾幕を掻い潜りつつ演奏を続行、更には矢のような魔法を放つ暇まであるなんて。透過能力をなしとすれば、もしかしたらアンジェよりも回避能力に長けているんじゃないか、これ？　ただまあ攻撃を全力で行えない分、アートもシン総長に攻撃を当てられないみたいだけど。

うーん、アンジェの意見を聞きたいところだが、今は皆と一緒に街の外で観戦しているんだよなぁ。要らぬ情報を頭に入れたくないから、緊急事態以外は意思疎通も使わないようにしてるし。

「あの二人、付き合いが長いからねぇ。多分だけど、お互いに手の内をそこそこ知っているんじゃないかい？　この調子で行くならこの試合、長引くよぉ？」

「何、それはマジか？　俺のこのフラストレーション、どうすれば良いんだ？」

「そりゃあ、私と良い事して解消すれば――」

――ピピィ――――!

突然聞こえて来たのは、甲高い笛の音だった。隣を見れば、スズがホイッスルを吹いていた。スズよ、そんなものまで……

「バッケさん、そこまでです! 今日何度目かのアウトな発言でしたので、冒険者のモラルを守るギルド長として、貴女にこれを進呈します! よく読んでおくように!」

「……何だい、これ?」

「よく分かるハラスメント防止本です!」

持ってるじゃん、ハラスメント本……い、いや、それよりもS級冒険者に忌憚のない意見を言える、スズを流石と褒めるべきか。普段は人見知り気味だけど、やる時はやる子なのである。

「し、試合終了――――!?」

「「……は?」」

予期せぬアナウンスに、思考が一瞬停止してしまう。おかしいな、試合終了なんて実況の声が聞こえて来た気がするけど、聞き間違えだよな? 延長戦突入――――! とか、きっとそんな感じの言葉を言ったんだよな?

「ア、アート学院長がギブアップした為、第四試合は冒険者ギルド側の勝利とします! ……アート学院長、一応の確認なのですが、本当によろしいのですか?」

「ああ、私の負けで構わないよ。ほら、場外に出ているだろう？」

「いえ、そもそも対抗戦に場外負けというルールはありませんよ。試合中に稼働している結界を突き破って外に出てしまった場合でも、戦闘が継続可能な状態であれば復帰は許可されてしますし……と言うか、結界をどうやってすり抜けたんですか!?　自分から歩いて出て行きましたよね、今!?」

「そりゃあ、私の魔法で少しばかりの小細工をさせてもらってね。ふむ、それならばこうしよう。この試合だけそういうルールだったって事にしておいてくれ。故意に外に出てしまった訳だしね」

「え、ええー……」

視線を舞台の方へ戻すと、そこには俺達と同じ感情を抱いているであろう様子のシン総長と、舞台の外に出ているアートの姿があった。聞き間違えじゃなくてマジだったのかよ。つか、どういう状況なんだよ？　総長や実況の子、アート以外の皆が困惑してるぞ。俺に至っては何てもったない事をしているのかと、未だに自分の耳を疑っている。

「おいおい、どういうつもりだ、『縁無』？　まだ私の弾丸はお前を貫いていないし、ギブアップをする状況でもない筈だ。あれだけ煽った末に敵前逃亡とか、今更笑い話にもならないんだけど？　それに舞台上からお前がいなくなったせいで、目標を見失った弾丸が全部止まっちゃったじゃないか。もしかして、私の攻撃を止める事が目的だったとか？」

シン総長が言う通り、さっきまで戦場を縦横無尽に駆け、あらゆる空間を埋め尽くしていた弾丸は全て止まり、舞台の上にカラカラと転がっていた。量が量なだけに、弾頭や薬莢のちょっとした山が築かれている。

「そう短気を起こすな。ギブアップを宣言しているのに、そんな狙いがある筈がないだろう。殺し合いはそこそこに、それが私達の暗黙の了解だった筈だ。流石にこれ以上の戦いは、私も本気で殺しに掛からなければならない。貴様だって、そろそろ次の手を打つところだったんだろう、シン？」

「……まっさか～、公衆の面前なんだ。私だってそこそこで収めるつもりだったさ。精々、こっそり溜めこんでおいた毒弾を全弾至近距離で炸裂させるとか、不意を突いてハザードクラスターの刀身を飛ばして、更には刃をも炸裂させて弾丸にしてやるとか、その程度の事しか考えていなかったよ。いや、本当に」

いつ毒を撒き散らすんだろうか、とは考えていたけど、半端な攻撃にしない為だったのか。そしてその銃剣の刃、スペツナズナイフみたいに飛ぶのかよ。飛んだ挙句に炸裂するのかよ。多分だけど、それらも追跡能力を保持していたんだと思う。端的に言って殺意の塊だ。うーん、よだれが止まらん。

「フッ、殺る気十分ではないか。私個人としては、是非とも続きを楽しみたかったんだがね。どうにも立場と状況が、それを許してくれそうになかった」

「へえ、どんな立場と状況？」

「これ以上やり続ければ、私だけでなくルミエストまでもが危険に晒される。私の察知スキルがそう告げていたんだ。だから、今日のところはここまで。悔しくはあるがルミエストの学院長として、ここは退かせてもらう。貴様にもギルドの長としての行動を、少しくらいは期待したいものだ」

……？　何か含みのある言い方だな。一体どういう意味だ？

「……なるほどねぇ、そういう事か。それなら私も冒険者ギルドの総長として動かなきゃだし、このまま素直に勝者となる訳にはいかないかな。という訳で……おーい、実況席！」

「は、はい、何でしょうか？」

「私もギブアップね。あと、ちょっくら仕事ができたから、次の舞台の魔力供給係、他から見繕って。じゃ、そういう事で！　じゃね！」

「は、はいぃぃぃ!?」

実況の子の驚き声が会場に響き渡る。が、シン総長は関係ないとばかりに、そのまま猛烈な勢いで駆け出し、舞台の結界を正面から突き破って選手入場口へと消えて行ってしまった。更に時同じくして、アートの姿もいつの間にか消えてしまっている。

「あれっ？　ア、アート学院長!?　あの金ぴかどこに行ったぁ――――!?」

当然、実況の子はそういう反応を返す訳で。

「うーん、自由だねぇ」

「あの人達、この企画のトップ責任者達なんだよな？」

「一応その筈ねん」

「私、ちょっと菓子折りの準備をして来ますね！」

そう言って本当に菓子折りを用意しに行くスズの後ろ姿を見送りながら、俺達は運営部を不憫に思った。

「た、ただいまの試合については、対抗戦運営部にて協議致します。ラストを飾る第五試合に入る前に、少し長めの休憩時間を取りますので、今のうちに観戦の準備をしておいてくださいね～。ではでは、また後ほど！……ミミミ、ミルキー教官どうしましょ――」

よほど動揺しているんだろう。実況の子、放送を切り終える前に本心を曝け出しちゃったよ。

「本当にどうしたんだろうな？　うちの総長も向こうの学院長も」

「そうねぇ、未だにここへ戻って来ないというのも不可解よねぇ」

「二人して密会でもしているんじゃないかい？　まっ、何をしているかは知らないけどねぇ」

「バッケちゃん、ま～たそんな事言ってぇ。スズちゃんに叱られちゃうわよん？」

しこたま酒を飲んでいるバッケであるが、別に酔っていらん事を言っている訳ではなさそうだ。つまり、これで平常運転。ファーニスの王様、毎日大変なんだろうなぁ。俺と会った時も、心なしか疲労していたみたいだったし。

「アート学院長、ルミエストが危ないとか、そんな事を言ってたか？　何でそんな事を言い出したのかは知らないけどさ」

「噂によるとアート学院長には、周りの者達に迫る危険を察知する力があるらしいわよん。それも、結構な規模のねん」

「所謂『危険察知』の拡張版だわな。それを使って学園の経営やら生徒の安全やらを守って来たとか、そんな話もあるくらいだ」

「へえ、そんな力が……って、それじゃあさっきの話、尚更真実味を帯びてるじゃないか！　何だ何だ、テロでも起きるってのか？」

「ハハハッ、テロと来たか！　Ｓ級冒険者がこれだけ集って、それに対抗できるほどの生徒も居るこの場所で、そんな馬鹿な真似ができたら大したものさね！」

「ハッハー！　その時は俺が撃退してやるぞ！」

「ちょっとー、笑い事じゃないんだってばぁ。これだけ厳重に警備している理由を考えてみなさいよん。可能性としては十分にあり得るわよぉ」

まあ、確かに。今のルミエストには各国の有力者達が集まっている。となれば、それだけ敵対する者も多くなるってもんだ。……大事をとって、動ける仲間達に警戒にあたってもらうか。ええと、義父さんやジェラールがいつ暴れ出すか分からなかったから、外のキャラバン付近に移動してもらったんだったか。そっちはそっちで心配だが。

『セラ、アンジェ、シュトラ、聞こえるか？』

『あっ、ケルヴィンお兄ちゃん！』

『お疲れ～。なんだかそっちは大変な事になってるみたいだね』

『でも、こっちはこっちで大変な事になっているのよ！　今、すっごく忙しいんだから！間が悪い！』

『ええっ……』

　連絡するなり、いきなりセラに怒られてしまった。

『えっと、私が説明するね』

『頼む、シュトラ』

『第一試合が終わってからグスタフのおじ様が、第三試合が終わってからジェラールお爺(じい)ちゃんが段々ヒートアップしちゃって。それから色々あって、今は何とか大人しくしてもらっているところなの。目立たないように私が結界を施して、ゲオルギウスやロイヤルガードのお人形達で押さえ込んで……』

『その隙に私が『血染』を使って、強制的に体を動けないようにして！』

『止(とど)めに私が対S級モンスター用の痺(しび)れ薬と眠り薬を注入して、完全に鎮静化させようとしたんだけどさ、これが笑っちゃうくらいに抵抗されちゃって。子供と孫の為ならば、この程度の試練打ち破らん！　みたいなノリで、段々と耐性みたいなものが出来てきたの。ジェラールさんに至っては、わざわざセラさんに命令させて、実体化までしてもらってるんだけどね～』

『アンジェお姉ちゃん、笑い事じゃない段階にまで来ているんだけど？』

『うん、そうなんだよね。本当にどうしよっか……』

　途端に困り果てた口調になるアンジェ。さっきまでのは空元気だったのか。というか、そこまで拘束してまだ元気な爺ーズは一体何なんだろうか？　セラの固有スキルまで使ってんだろ？　義父さんに関しては同じ能力持ちだから、そこで対抗しているのかもしれないけど……ジェラールについては、何で抗えてるのって感じだ。まさか、自称試練に抗う最中に新しい能力に目覚めたとか、そんな冗談みたいな覚醒が？……あの爺馬鹿っぷりを考えると、絶対にないとは言い切れないのが凄いな。

『私達も頑張ってみるけどさ、次のケルヴィンの試合の相手、クロメルでしょ？　正直その試合の内容次第では、これ以上押さえられるかどうか怪しいんだよね』

『そ、そんなになのか？』

『そんなに！』

『ジェラールお爺ちゃんもグスタフのおじ様も、クロメルの事が大好きだから、その、何かの拍子に怒るような出来事があったら……私の計算では、七割くらいの確率で脱出されちゃうかなって』

　それ、試合後にほぼほぼ覚醒するって事じゃないですか。シュトラの計算だから、これ以上ないくらいに信頼できる情報だし。

『という訳だから、できるだけ平和的に終わらせてね、ケルヴィン！』

『怒りの矛先がケルヴィン君に向かうのは、むしろバッチ来い！って感じなんだろうけど、流石に周りを巻き込む訳にはいかないでしょ？　任せたよ、ケルヴィン君！』

『ルミエストの未来は、お兄ちゃんの肩に掛かってるよ！　頑張って！』

　一方的に励まされ、一方的に意思疎通が切られてしまった。……ルミエストの危機ってさ、もしかしてうちの関係者が原因なんじゃないか？　うわ、一気に不安になって来た。本当にそうなったら、申し訳ないとかそんなレベルの話じゃ済まないぞ、おい。

　……念の為、クロメルに護衛を付けておこう。スズは菓子折り買いに行ってるし、オッドラッドは試合内容が少しばかりアレだったから、学園関係者に変な目で見られるか。となれば——よし、奴らに任せてみよう。

「あー、あー……誰かある！」

　気配を探り当て、そちらに向かって叫ぶ俺。

「おい、どうした『死神』？　お前まで変になったのか？　いや、元から十分に変だったが」

「お前達と一緒にしないでくれよ。いやさ、こうやって呼んでやると、来るんだよ」

「あ？　男か？　良い男か？」

「あらん、どんな素敵な殿方が来るのかしらん？」

　こいつら……

――ダッダッダッダッ！

俺が叫んでから暫くすると、慌ただしい足音が聞こえて来た。んー、ちょい遅いぞ。

「シンジール、華麗に参上！　私を呼んでくれたのかな、マスター？」

「おい、マスター！　急に呼び出すんじゃねぇよ！　飯食ってたんだぞ!?」

俺の呼び出しに応じ、ダッシュでここまで来てくれたのは、今回の対抗戦でメンバーから外れてしまったA級冒険者、シンジールとパウル君だ。片や肩で息をしながらも華麗に、しかしながら口元にお弁当を付けて、片やその辺の売店で購入したであろう、ご当地飯を手に持っての参上である。……何気に二人とも、対抗戦を別の形で満喫していたようだ。

「主の命には迅速に対応するべきとか言って、さっきの言葉を耳にしたら直ぐに集合できるように、スズが全力でこいつらを仕込んだんだよ。いやー、使ったのは今回が初めてだったんだけど、マジで集合するのな、お前ら」

今更だけど、さっきの合言葉ってトラージのツバキ様とかが、たまにやっていそうな台詞だよな。天井裏とかから忍者が出て来そう。

「おう、そんな事を確認する為にわざわざ呼び出したのか？　殴って良いか？」

「パウル、落ち着き給え。マスターがそんな事で呼び出す筈がないじゃないか。きっと重要な任務を私達に授けるつもりなのさ！　そうなのだろう、マスター・ケルヴィン!?」

話が早くて助かるな。けど、俺の後ろに居る『女豹』と『紫蝶』が、「ほう……」とか言っているのが若干不吉だ。二人とも、強く生きるんだぞ？

「ああ、実はだな――」

一方その頃、ケルヴィンが今現在最も危険視している爺馬鹿(ジェラール)&親馬鹿(グスタフ)はというと――

「「うおおおぉぉぉぉ――――!」」

――学園都市ルミエストの外、映像放送が行われているキャラバンの外れにて、魂の叫びを上げていた。

「いい加減うっさいわよ！　隠居するどころか限界を突破し続けてるし、父上もジェラールも何なのよ、もう！」

セラはそんな迷惑な保護者達の頭を鷲掴み(わしづか)し、手の平に切った傷より血を流す事で、『血染』による拘束をし続けていた。本来セラの『血染』は頭さえ押さえてしまえば、対象の全てをコントロール下に置く事ができる無敵の固有スキルであるのだが、どうした事か、このダブル馬鹿はその支配を逃れる寸前のところにまで至っていた。アンジェの毒や封印の鎖といった搦め手(からて)を同時に使っているのだが、それさえも乗り越えて、ダブル馬鹿はこの叫びを上げる始末。一応、この叫びはシュトラの結界によって周囲に聞こえないようにはしているが、ダブル馬鹿の本体が動き出すとなれば、隠蔽工作がこれ以上持たなくなるのは必然であった。

「セラさん、ケルヴィン君の試合が終わるまで持ちそう？」

「そこまでは頑張って持たせるけど、その後は保証し切れないわね……！　というか、ホントにどういう原理よ、これ……！」

「グスタフのおじ様はセラお姉ちゃんと同じ固有スキル持ちだから、それで対抗してると思うけど……ジェラールお爺ちゃん、そんな能力持ってたかなぁ？」

「うーん、シュトラの記憶にないとすれば、私も思い当たるようなものはないんだよね。ジェラールさんの固有スキルって、身につけている装備品の性能を上げる『自己超越』と、敵を倒すごとにステータスが上昇する『栄光を我が手に』、だっけ？」

「……セラお姉ちゃんの血も自分の装備品として認識させて、存在の概念を書き換えているのかな？　体内に回った毒、拘束している鎖も同じようにしているとか」

　シュトラが凄まじく恐ろしい考察をし始めた。

「うわー、何それ。セラさーん、らしいよー？　恐いねー、気を付けてねー」

「セラお姉ちゃん、押さえつけてるゲオルギウス達、退避しても良い？　私のヌイグルミ達まで取り込まれるのは、流石にちょっと……」

「何だか他人事じゃない、二人とも!?」

　そんな風に分析したり怒ったりしている間にも、ダブル馬鹿の抵抗は強まっていく。

「私の『報復説伏』が使えれば、無理矢理にでも言い包めるんだけど……二人とも、私に敵意がないから効果がないの」

「万事休す、ってやつかな？　あっ、簡易転移門を使って、北大陸に送り帰すっていう荒技も一応あるけど、どうする？」

「それをやったら、多分あっちにいる悪魔四天王が全滅するわ！　それに、折角立て直した国が悪評だらけになっちゃう！」

「「あー……」」

容易に想像のつく、最悪の光景であった。

「本当に面倒なんだから！　二人とも、良いの!?　ここで無駄に暴れたら、ベルやリオンから一生嫌われちゃうわよ!?　私も嫌うし、そこのシュトラやアンジェだって嫌う！　当然、クロメルもよ！」

「「ッ!?」」

セラがそう声を荒らげた途端、ダブル馬鹿の叫びがピタリと止まり、また同時に二人の巨体がビクリと震えた。

「あらっ？」

そんな意図はなかったのか、当のセラもキョトンとしている。しかし、アンジェとシュトラはこの展開を予想していたようで。

「あっ、セラさん遂に（つい）やっちゃう？　二人を止める最終手段」

「さ、最終手段？」

「うん、最終手段。ギリギリの臨場感を楽しんでもらう為に、ケルヴィンお兄ちゃんの前ではもう無理！っていう演技をしていたんだけど、やっぱりお爺ちゃんとおじ様には、これが一番効くと思って。えっと——自分勝手で我が儘な大人、私、大っ嫌い！」

「「ッ！！？？」」

そうシュトラが精一杯叫ぶと、再びダブル馬鹿の巨体がビクビクと震え出した。どうやら精神面にクリティカルヒットしているようである。

「……ああ、なるほど！　単純な解決法過ぎて、今の今まで忘れちゃってたわ！　小難しい事なんてせず、正面から罵倒するのが一番効くのよね、父上達には！」

「そうそう、この二人が一番怖がる事って、娘や孫に嫌われる事だからね～」

「だから余裕だったのね、アンジェ達……まあ、良いわ。それが分かっちゃえば、やる事は一つだし！」

「うん、やっちゃえやっちゃえ！　セラさんが言えば、きっと効果覿面だよ～」

「よーし、スゥ……父上にジェラール！　あまり度が過ぎると、式にも呼ばれなくなるんだからね！　私の晴れ姿、一生見せない！」

「「ぐぅはぁっっっ！！！」」

あまりの衝撃に、遂には吐血をしてしまうダブル馬鹿。そのまま白目をむき、バタリと地面にぶっ倒れる。

「ちなみに、ベルっちのも当然不参加だよー。あ、不参加というより、立ち入り禁止？　うわー、二人の晴れ姿を見られないなんて、可哀想だなー。それはそれは素晴らしくて、

後世に残すべき大切な場面なのになー。それどころか最悪の場合、式の後には絶縁されちゃうかもー？」

「優しいリオンちゃんやクロメルにも、流石に我慢の限界というものがあります。学園生活を滅茶苦茶にした人に対して、今までと同じように接する事ができると思いますか？　良い大人なんですから、孫に甘えるのも大概にしないと、後々大変な事になってしまうかもしれませんよ？　少なくとも、今後トライセンには入国禁止です」

「「だぁうはぁっっっ！！！」」

更にアンジェとシュトラはダブル馬鹿が倒れたところに、追い打ちならぬ耳打ちをしていた。ダブル馬鹿の耳元で囁かれる言葉は、どれも鋭利な刃物となってガラスのハートを粉砕する。その結果、ダブル馬鹿は口から泡を吐き出し、全身から力という力を抜かれるのであった。ついでに魂のようなものも出かけているが、ダブル馬鹿も良い大人なので、後は自分で何とかする事だろう。

「悪は滅された、いえ、馬鹿は滅されたが正しいのかしら？　一歩間違えれば、ケルヴィンも馬鹿になってしまうのよね……そうならない為にも、私達が正しい道に導いていかないと！」

「そうだね！」

「うん！」

こうしてケルヴィンが最も恐れていた危機は去り、ルミエストの地に一時の平穏が訪れるのであった。相手が元魔王と暗黒鎧なだけに、決して笑い事で済まされる事件ではなかった。が、正直落としどころとしては、至極妥当なところだろうなと、三人は心から納得している様子だ。

(でも、さっきから嫌～な予感がするのよね。父上とジェラールを黙らせたら収まると思っていたけど、どうもそんな気配もないし、うーん……)

セラはキャラバンで放送されている映像を見詰めながら、不穏な予感について考えを巡らせる。このような予感がする時は、十中八九何かが起こると、経験則から知っていたのだ。

(……まあ、いっか！　どうせケルヴィンが喜んで何とかするだろうし！)

但し、それは同時にケルヴィンが喜びそうなものでもあった為、次の瞬間には考えるのを即座に放棄。考えを巡らせる代わりに、アンジェ達と共に屋台を巡り始めるのであった。

「あっ、パインかき氷ですって！　美味しそう！　二人も食べない？」

「もち、食べる食べる！」

「わ、私は少しだけで十分だから、お姉ちゃん達のを分けてほしいかな。ムドファラクみたいに一杯は食べられないし……」

「「え？　メル（さん）じゃなくて？」」

『『くしゅん！』』

意思疎通から腹ペコ天使＆竜王のくしゃみが聞こえて来た。

◇　◇　◇

『協議の結果を報告します。第四試合、アート学院長とシン総長の戦いは、双方が試合放棄という事で……引き分けとする事にしました！　この結果を踏まえ、これまでの戦績を振り返りますと、互いに一勝一敗二引き分け！　つまりつまり、ラストを飾る第五試合にまで、対抗戦の勝敗を持ち越す事になります！　いやあ、まさかここまで一進一退の展開になってしまうとは、誰が予測できたでしょうか!?　皆さん、最後の試合も要注目ですよ！　それでは、ミルキー教官！』

『はい、最後の組み合わせを発表しますね。第五試合、ルミエスト代表、クロメル・セルシウスさん。冒険者ギルド代表、ケルヴィン・セルシウスさん』

『おおっとー！　ファミリーネームが同じぃ!?　これは一体どういう事だぁー!?』

学内に流れる放送は、大変に熱狂的なものになっていた。第五試合の出場選手である、ケルヴィンとクロメルの親子関係について。またケルヴィンがS級冒険者となってから、どのような活躍をして来たのか、その子供であるクロメルがどんなに優秀な生徒であるのかを、これでもかとばかりに解説している。

「ハァ、遂にこの時が来てしまいましたか。しかも、相手がパパだなんて……私、全く勝てる気がしません、です……」

　そんな放送を耳にして、お手洗いを後にしたクロメルは、今日何度目かの大きな溜息(ためいき)をついていた。自分が他のメンバーより実力が劣っているのは、最初から理解しているつもりだった。その上で自分のベストを尽くすつもりでもあった。しかし、一番重要とも言えるこの場面で、自分の試合が回って来てしまった。その為(ため)、クロメルはずっとこんな感じで、極度の緊張に陥ってしまっていたのだ。

「ああ、クロメルのお嬢ちゃん、こんなところにいたのか」

「えっ？」

　そんなクロメルに話し掛けたのは、ケルヴィンが派遣したボディーガード、パウルであった。その隣には格好をつけてポーズを決めるシンジールの姿もあり、なぜかその手には出店で買ったであろう、山のような屋台飯が。

「パウルさんにシンジールさん？　あの、その大量のご飯は一体……？」

「レディ・クロメルが緊張してると思ってね。気の利く私が、美味しいご飯を持って来てあげたよ。これで気力が回復するんだろう？　うんうん、美味しいものを口にすれば、緊張感も紛れるというものさ」

「え、えと、ありがとうございます？……でも、その、試合の前に食事をするのは、ちょっと辛(つら)いかな、と……」

「な、何だって!?　レディ・メルはどんな状況でも、ご飯さえあれば完全復活して、その後の鍛錬もほんの少しだけ優しくしてくれたのに!?」

「いや、それはあの人限定の話だろ。愛娘だからって、そこまで同じにしてやんなよ……」

尤もな意見であった。

「あの、お二人はどうしてここに？　校内の見学ですか？」

「いんや、んなもんに興味はねぇよ。マスターに嬢ちゃんの警護に当たるよう、そう指示されてな」

「マスター・ケルヴィンは子煩悩を極めているからね。さあ、レディ・クロメル！　舞台までの道のり、その警護は私達に任せてほしい。必ずや君を、マスターのところまでお連れしよう！」

「え、あ、はい？」

いまいち状況を理解する事ができないクロメル。まあ、普通に考えれば分かる筈もないのだが、特に断る理由もない為、このまま警護を任せる事に。

「いやはや、胃を摑む作戦は、まさかまさかの失敗か。でも、今の流れで緊張感はいくらか解れただろう？　そう、それこそが私の真の作戦だったのさ！」

「ったく、相変わらず調子の良い奴だ。ところで嬢ちゃん、舞台への道はどっちだ？　俺ら、嬢ちゃんを探す為に走り回っててよ、ぶっちゃけ軽い迷子状態だったんだ」

「ま、迷子さんですか？」

「この学園、無駄に広いからね。私達が迷子になるのも、仕方のない事なのさ。そうだろう？」

「……フフッ、そうかもしれません」

パウル達の即興漫才を目にして、どうやらクロメルは笑顔を取り戻したようだ。

「会場へ行くには、こっちの通路を真っ直ぐ行くのが一番――」

「――嬢ちゃん、ストップ。それ以上進んじゃ駄目だ」

「えっ？」

会場への方向を指差しながら歩き出そうとするクロメルを、なぜかパウルが呼び止めた。更にシンジールは、まるで何者かからクロメルを護るかのように、彼女の前に立ち塞がっている。

「ど、どうしたのですか？」

「いやあ、ちょっと嫌な気配を感じたものでね。そこに隠れている人、出て来たらどうだい？　そこに居るのは分かっているよ」

「……なるほど、気付かれてしまいましたか」

通路の物陰からそんな声がすると、次いでそこより大柄な人物が姿を現した。そして、その人物はクロメルがよく知る人物でもあった。

「ホ、ホラス教官？」

「教官？　誰だ？」

「えと、ルミエストに勤めている先生の一人です。マール寮の寮長さんもされています、です」

「はー、要はそれなりに責任ある立場にいるって事か。で、そのお偉いさんが、うちの嬢ちゃんに何の用だい？　あんな敵意剝き出しでよぉ？」

相手が学園の教官であろうと、パウルの言葉に遠慮という文字はなかった。しかし、それは仕方のない事でもある。何せたった今彼が言ったように、ホラスには明確な敵意が備わっていたのだから。

「敵意？　はて、何の事やら。私はそこにいるクロメル一年生を迎えに来ただけですよ。先ほどの放送にもあったように、次の試合はクロメル一年生が出場されます。ただ、少しばかり控室から退席している時間が長かったので、何名かの教官で彼女を捜していたのです。そして、この区画は私が警備を担当する場所、たまたま私がクロメル一年生を発見したのです。何もおかしなところはないと思いますが？」

「フッ、下手な嘘はつかない方が良いと思うな。それなら、そんなところに隠れる必要なんて一切ないだろ？　尤も、嘘を言うにも隠れるにしても、もう少し殺気を抑えた方が良い。レディ・アンジェに死ぬほど鍛えられた私達の察知能力、甘く見ないでほしいな。本当に！　冗談でなく！　死ぬほど鍛えられたからね！」

シンジールの言葉には、やたらと力が入っていた。

「……生徒が怪しげな男達に声を掛けられていたので、少し様子を窺っていたまで――と、流石にこれ以上は無理がありますね。なるほど、A級冒険者でも多少はやるようになった、という事でしょうか。過小評価していた事を、ここにお詫(わ)び申し上げます」

パウルとシンジールに対し、ホラスが深々と頭を下げ始める。誤解が解けた？　と、クロメルはそんな風に考えたが、それでもパウル達が警戒心を解く事はなかった。それどころか得物を構え始め、より警戒心を強めている。

「ですので、ここよりは少々手荒な真似(まね)をさせて頂きます」

「「ッ！」」

顔を上げたホラスの頭上には、いつの間にか漆黒の輪が、更に背中には同色の翼が形成されていた。その姿は、まるで堕天使そのものである。

「おいおいおいおい、一体何だってんだよ！　俺は嬢ちゃんの引率に来ただけだってのに！」

「引率とは失礼だな。そこはエスコートと……って、それどころでない事は確かか。さて、どうしたものだろうね」

ホラスから解き放たれる圧も最初の比ではなく、クロメルでさえも肌で殺気を感じられるほどになっている。そして、ケルヴィンの下で鍛え上げられたパウル達だからこそ、眼前の何者かの実力が自然と分かってしまう。これは間違いなく格上の敵、つまり――

（面白(おもしれ)ぇ、俺が潰す！）

（貴重な強者(つわもの)、私が倒す！）

――喰(く)い甲斐(がい)のある敵だ、と。バトルジャンキー教育の弊害、ここに発生。

「ホ、ホラス教官、貴方の目的は、一体……？」

そんな戦闘狂が異常発生している中で、まともな思考を維持していたクロメルが、至極真っ当な質問をぶつけた。ホラスはクロメルに対し軽く微笑み、この質問に返答する。

「最初に言った筈ですよ。クロメル一年生、いえ、堕天使クロメル。私は貴女をお迎えに上がったのです。同じ堕天使として、ね」

あとがき

『黒の召喚士17　学園戦線』をご購入くださり、誠にありがとうございます。アニメ放送開始まであと少し！　ワクワクが止まらねぇ迷井豆腐です。WEB小説版から引き続き本書を手にとって頂いた読者の皆様は、いつもご購読ありがとうございます。

ワクワクするのは良いんですが、今年ももう六月なんですよね。そう、半年も終わってしまったんですよ、半年も！　早くアニメが放送してほしい気持ちが半分、時の流れの早さに絶望する気持ちが半分と、何とも心の内が混沌としています。つか、これ去年も言っていなかったっけ？……細かい事はさて置きましょう。そうする事で、心の平穏は保たれるのです。そして、アニメを見ましょう。そこには新たなる『黒の召喚士』の世界が広がっているのです。そして担当様、『黒の召喚士』のフィギュアを出しましょう。そうする事で、私の心はより穏やかになります。え、駄目？

最後に、本書『黒の召喚士』を制作するにあたって、イラストレーターの黒銀様とダイエクスト様、アニメーション制作に関わる皆様、そして校正者様、忘れてはならない読者の皆様に感謝の意を申し上げます。それでは、次巻でもお会いできることを祈りつつ、引き続き『黒の召喚士』をよろしくお願い致します。

迷井豆腐

黒の召喚士 17
学園戦線

発　行　2022 年 6 月 25 日　初版第一刷発行

著　者　迷井豆腐
発行者　永田勝治
発行所　株式会社オーバーラップ
〒141-0031　東京都品川区西五反田 8-1-5
校正・DTP　株式会社鷗来堂
印刷・製本　大日本印刷株式会社

Printed in Japan　ISBN 978-4-8240-0211-2 C0193